내가 그린 에세이

그린에세이작가회·2
2025

그린에세이작가회·2

내가 그린 에세이

1판 1쇄 발행	2025년 5월 5일
지은이	김선호 외 25인
발행인	이선우
펴낸곳	도서출판 선우미디어

등록 ㅣ 1997. 8. 7 제305-2014-000020
02643 서울시 동대문구 장한로 12길 40. 101동 203호
☎ 2272-3351, 3352 팩스: 2272-5540
sunwoome@hanmail.net
Printed in Korea ⓒ 2025. 김선호 외 25인

값 15,000원

ISSN 3091-6137 02
ISBN 978-89-5658-792-9 03810

내가 그린 에세이

그린에세이작가회 · 2

2025

선우미디어 sunwoomedia

나 하나 꽃피어
풀밭이 달라지겠느냐고
말하지 말아라

네가 꽃피고 나도 꽃피면
결국 풀밭이 온통
꽃밭이 되는 것이 아니겠느냐

조동화 시인께서 쓰신 시 〈나 하나 꽃피어〉 중 일부입니다.
격월간지 『그린에세이』를 통해 등단한 스물여섯 문우가 꽃 피우는
마음으로 자신을 갈아 넣어 쓴 글을 모아 ≪내가 그린 에세이≫ 2집을
발간합니다.
아직은 부족함이 많지만 동인지 발간이 이어지노라면, '네가 꽃피고
나도 꽃피면 결국 풀밭이 온통 꽃밭이 되는' 그런 날이 오리라 믿습니
다.

동인지 2집 발간에 참여해 주신, 국내외 작가 선생님들께 진심으로 감사드리며, 건필을 기원합니다.

아울러 ≪내가 그린 에세이≫ 2집을 꽃향내 나는 책으로 편집 출간해 주신, 선우미디어 이선우 대표님께도 깊은 감사의 마음을 전합니다.

2025년 3월 끝날
그린에세이작가회 회장 김선호

•
•

차례

제3부 **조금 느려도 좋은 삶**

제 1 부

울고 웃던 꽃자리

우리도 가야 할 길

임순형*

온갖 병마에 쓰러졌다가 오뚝이처럼 일어나셨던 어머니께서 또다시 외상성 뇌출혈과 고관절 및 척추골절로 중환자실에 입원하셨다. 대장암, 당뇨병과 저혈당 쇼크, 부정맥, 갑상선과 신장의 기능 저하, 고혈압과 뇌출혈, 갈비뼈 골절…, 온갖 병에도 꿋꿋하게 버텨 오신 어머니는 올해 89세, 늙으셨다고 하기보다 거친 풍파(風波)에 닳아 너덜너덜해진 작은 어선의 깃발처럼 낡으셨다.

1년 전, 뇌출혈로 쓰러지셔서 일시적으로 말을 못 하게 되셨을 때 드디어 올 것이 왔다고 생각했다. 허둥지둥 낚싯대를 접고 나주에서 서울로 올라오는 고속열차 안에서 불길한 생각을 멈출 수 없었다. 하지만 어머니는 또다시 거짓말처럼 일어나셨다. 오른쪽 손발에 남은 약간의 장애, 단어구사력이 떨어지는 언어장애에도 혼자 식사도 하시고 식후 헬스 자전거를 타실 수 있었다. 몸 상태를 보면 요양병원에 입원하셔야 했지만, 팬데믹으로 인해 병원이 더욱 위험할 수 있어 요양보호사와 형제들이 수발을 들었고 어머님의 의지도 강했다.

---

* 〈그린에세이〉로 등단. 그린에세이작가회 회원. 작품집 《한전KPS에서 온 편지》, 공저 《내가 그린 에세이》

두 번째 뇌출혈, 고관절과 척추골절, 의사는 아니지만, 이번에는 예후(豫後)가 좋지 않다. 형제들과 상의해 어머니 묫자리를 가족묘로 바꾸는 리모델링을 급하게 진행했다.

30년 전 미국에서 교육받고 있을 때 큰아버님께서 갑자기 돌아가셨다. 귀국 후 성묘하였더니 공원묘지에 부친 삼 형제의 부부 묘 여섯 기가 준비되어 있는 것이 의아하고 생경스러웠다. 부모님 모두 북한이 고향이며 6·25사변 때 월남하셔서 우리 집은 선산도 없었고 할아버지와 할머니가 계시지 않아 어른들이 돌아가시는 것을 본 적이 없어 '죽음, 무덤'과는 무관하게 살았었다. 돌아가셔야 무덤에 묻힌다는 단순한 생각에 살아생전 묫자리를 마련한다는 것은 이해하기 어려운 풍경이었다.

30년이 흘러 아버님 3형제 분들이 묫자리를 마련할 때만큼의 연배가 되었다. 부모님과 3형제 몫의 묫자리를 만들었는데 꺼림칙하지 않고 오히려 아이들에게 부담 주지 않게 되었다는 생각에 안도감까지 생긴다. 살아갈 날이 살아온 날보다 적기에 당연히 받아들여야 할 것이고 수긍되지 않으면 고개 뻣뻣이 들고 저항하고 받아들이지 못하는 못된 성격도 많이 누그러진 듯하다.

물과 낚시를 좋아해서 죽으면 화장 후 저수지 주변에 뿌려지길 원했으나 위법이므로, 아마도 낚시 친구들이 낚시 갈 때마다 막걸리 한 잔 부어주는 것으로 만족해야 할 것 같다.

어머님이 1년 전에 쓰러지셨을 때 벌써 요양병원에 모셨어야 하는데 코로나 팬데믹을 핑계 대고 요양병원에 모시지 않은 것이 더욱 불효인지 모른다. 아무리 집안 곳곳에 손잡이를 많이 설치했다 하더라도 아파트는 병원보다 생활하기 어려운 구조다. 병원에서도 외부 충격에 의한 뇌출혈과 골절이니 집안 생활을 하시다 넘어지셔서 뇌출혈과 고관절 및 척추골절로 이어졌다는 진단이다.

효도하기 위해 요양병원에 모시지 않은 것인데 불효로 바뀐 셈이다. 담당 의사와 면담하니 전치 12~13주 진단이 나왔고 퇴원하셔도 요양병원에서 지내시는 것이 바람직하다고 한다. 이제는 감성보다는 이성적으로 판단해야 하는 시점이 되었다.

어머님이 쓰러지신 후 부모님을 모두 여의신 선배님을 만났다. '요양병원에 모시는 것이 불효인 것 같지만 이성적으로 판단하면 불효가 아니다. 주위의 시각을 과도하게 의식해 본인들은 결정하기 어려운 문제지만 이제는 요양병원에 모시는 것이 당연하다.'

아버님이 갑자기 돌아가셔서 병수발 경험이 없으니 '편히 집에서 모시겠다.'라는 것은 감성적일 수 있다. 전문가도 3개월 입원하셔서 재활치료를 받아도 정상 생활이 어려우니 요양병원으로 모셔야 한다고 하니 합리적인 판단일 겁니다. 인생 선배의 말처럼 본인 문제는 오히려 제삼자 의견을 듣는 것이 합리적일 듯하다.

처음 경험했던 무덤에 대해 생경함이 그리 어색하게 다가오지 않고 당연하게 받아들여지는 것처럼 살아가며 얻는 경험들은 지식이 되고 나이 들면 연륜이 된다. 어머님의 병구완 과정은 우리도 거쳐 가야 할 절차이며 걸어가야 하는 길일 것이다.

염색은 분기, 목욕은 매주, 손발톱은 격주로 깎아드렸다. 중환자실에서 일반병동으로 옮기시면 손발톱부터 깎아드려야 한다. 힘없고 여윈 팔다리를 잡고 "움직이지 마세요, 피나요."…. 이번에는 괜히 눈물이 나올 것 같다.

-전략-
발톱 깎을 힘이 없는 늙은 어머니의 발톱을 깎아드린다.
가만히 계셔요. 어머니 잘못하면 다쳐요. -후략-
　　　　　-이승하 <늙은 어머니의 발톱을 깎아드리며>

臨終, 삶의 고단함을 뒤로하고

제목이 기억나지 않는 소설에 서대문교도소 관련된 대목이 있었다.
'교도소에서는 확정된 형량에 따라 서열이 매겨진다. 사형수들의 죄목
은 대부분 살인으로 폭력이나 사기전과 등의 잡범들은 범접하지 못한
다. 사형수들은 제일 좋은 잠자리를 배정받고 방장 역할도 하지만 대
부분 말이 없다. 언제 형 집행이 될지 몰라 매일 아침 세면을 정갈히
한다.

서대문교도소 교수형 집행장은 면회소 가는 길에서 좌측으로 가야
한다. 면회 왔다고 하면 밝은 얼굴로 나섰다가 갈림길에서 양측에 팔
짱 끼고 호송하는 교도관이 좌측으로 발걸음을 돌리면 대부분이 얼굴
이 흙빛으로 변하고 다리에 힘이 풀려 걷지 못한다.

다리 풀린 사형수는 죽음 앞에 선 인간 본연의 모습이 아닐까 한다.
돈 많은 사람이나 힘 있는 사람일지라도 모두가 죽음 앞에서는 나약하
고 한없이 무기력한 모습이 죽음 앞의 초연함보다는 인간적일 것이다.
젊었을 때는 '남자는 짧고 굵게 살아야 하니 희망과 기약 없는 무기징
역의 고통이 더욱 크다.'라고 이야기했으나 이제는 생각이 바뀌었다.
수인번호가 불릴 때마다 죽음의 문턱을 드나들어야 하는 사형수의 고
통을 생각하면 무기수의 고통은 어쩌면 행복인지 모른다.

어머님은 작년에 약한 뇌출혈로 약물치료를 받으셨다. 1년도 되지 않아 다시 넘어지셨고 이번에는 상황이 더욱 심각했다. 고관절 골절, 척추골절, 외상성 뇌출혈로 입원하셨다. 노인들은 고관절 골절만으로도 돌아가신다는 이야기를 들었기에 이번에는 행운의 여신이 손을 뻗어 줄 것 같지 않다는 불길한 생각이 들었다. 하지만 다행스럽게도 세 가지 수술을 이겨내시고 40일 만에 중환자실에서 퇴원하셨다.

중환자실에서 노래를 부르셨다는 어머니는 천성이 낙천적이며 씩씩하시다. 재활치료가 가능한 요양병원으로 향하는 앰뷸런스 안에서도 어머니는 씩씩하셨지만 큰 수술로 인해 정신도, 체력도 많이 소진되신 듯했다. 마지막으로 뵌 씩씩한 모습이었다. 코로나 팬데믹으로 면회 금지 조치가 내려져 추석 명절에 특별면회가 이루어졌지만, 말씀도 못 하고 눈도 맞추지 못하셨다.

전화벨 울리는 소리에 가슴이 덜컹덜컹 내려앉았다. 벨 소리를 줄이고 싶으나 그럴 수 없어 광고성 전화는 화풀이할 겸 그때마다 죄다 수신 차단 조치를 했다. 진동에서 벨 소리로 전환했지만, 혹시 깊은 잠에 전화를 받지 못할까 봐 잠을 설치기 일쑤였다. 임종(臨終)을 눈앞에 둔 어머님을 옆에서 지켜보는 심정은 안타깝고 조마조마한 것보다는 고문에 가깝다. 당연히 겪어야 할 일이라 생각해도 어머님 생각할 때마다 눈시울이 붉어지는 건 어쩔 수 없다. 매일 아침 병원에 전화하여 어머님 상태를 물어보는 것도 가슴 졸이는 일이며 소설 속에 나오는 사형수의 심정이 조금 이해되었다.

차도가 있기를 희망했지만, 시간이 흐를수록 기력이 떨어지셨다. '재활치료를 시작했다.'에서 '체력이 저하되어 중단'했고, '컨디션이 좋으면 말씀을 잘하신다.'에서 '가끔 말씀도 하신다.'로 바뀌고, '간식을 잘 드신다.'에서 '삼키는 걸 어려워하신다.' '요플레 같은 유동식을 드신다.'로 바뀌었다. 숯불이 사그라지듯이 체력과 정신도 고갈되어 가듯 조금씩 조금씩 악화되어 가는 어머니의 모습을 전화상으로 지켜보는 건 가슴 아픈 일이었다.

말도 못 하고 눈뜨기조차 어려운 상황이 왔다. 직계가족의 면회가 끝났으니 이제는 편히 보내드리는 일만 남았다. 병원에서도 외국에 사는 누나와의 면회를 성사시키기 위해 수혈, 고단위 영양제 등 모든 방법을 동원했으니 병원과 어머님이나 가족들도 최선을 다했고 여한은 없다. '이제는 회복 가능성이 없는 것 아닌가? 이제부터는 어머님의 고통을 줄일 수 있다면 모르핀 등 어떤 약제를 써도 좋으나 지금 당장 좋다고 돌아가실 때 고통을 주는 방법은 쓰지 않았으면 좋겠다. 편안하고 고통 없는 치료를 했으면 한다.' 의료진도 동의했다.

담당 의사는 어머니와 우리 가족과 같은 교회를 오래전부터 다녔던 분으로 어머니가 입원하시는 날 서로 반갑게 인사를 나눴던 분이다. 의사가 우리 가족들에게 "이제는 가족들이 두 번 이상 어머님을 뵈었으니 섭섭함도 풀었을 것이고 현대사회이기에 꼭 임종을 지킬 필요는 없을 것 같다. 한국 사회의 문화로 인해 꼭 임종을 지켜야 한다고 생각하는 사람들도 있다. 하지만 경험상 임종을 지키는 것은 정신적으로도 쉬운 일도 아니며 임종 시간을 예측하기도 어렵다."라고 권고했다.

어머님의 임종은 몇 번의 예행 연습을 거쳐야 했다. 임종 면회 후 산소포화도가 떨어지는 것이 반복되어 몇 번의 전화를 받았고 '임종면회실'로 가다가 되돌아오기도 했다. 이런 임종 연습이 없었더라면 크게 당황스러웠을 것이다. 임종을 맞는 당사자에게는 얼굴이 흙빛으로 변하고 발에 힘이 빠져 걷지 못할 정도의 충격이지만 옆에서 지켜보는 자식들에게도 피 말리는 상황이다.

'오늘따라 유달리 편해 보이신다.'라는 간호사와 통화했는데 2시간 후에 다시 간호사가 전화했다. 간식을 보내줘서 고맙다는 말이겠지 생각하며 전화를 받았다.

"병원 오시는 데 시간이 오래 걸리세요? 혈압과 맥박이 갑자기 좋지 않으세요. 심장 마사지를 해 드릴까요?"

"회사에 있습니다. 한 시간은 걸립니다."

"아, 그래요?"

"심장 마사지하지 마세요. 편하게 가셔야지요."

간호사의 목소리는 떨렸고 내 목소리는 허공을 딛는 것처럼 허둥댔다. 2021년 6월 9일 쓰러지신 어머니는 끝내 날 좋고 단풍 예쁜 11월 16일 소천(召天)하셔서 원하셨던 하나님 곁으로 가셨다.

겨울 낚시

전라남도 나주, 영광에 근무할 때는 한겨울에도 물만 얼지 않으면 낚시를 했다. 구스 바지와 오리털 파카를 입고 가스난로를 켜면 눈이 펑펑 내리는 한겨울에도 견딜만하다. 물론 조과는 떨어져 한두 마리에 그치지만 물가에 앉았다는 즐거움만으로도 낚시 욕구가 어느 정도 해소된다.

하지만 중부권 낚시는 11월이면 끝난다. 11월 7일이 입동이며 22일이 소설이므로 절기로는 충분한 겨울이지만 한파가 몰아닥치지 않으면 12월 초순까지도 낚시할 수 있다. 특히 2024년은 기온이 따뜻해 12월 초순까지 민물낚시를 계속 즐기고 있지만, 갑자기 기온이 떨어질 것이다.

겨울이 되면 낚시꾼들은 낚시 장비를 꺼내서 줄을 교체하고, 바늘을 묶어 여분의 채비를 만드는 등 다음 낚시 시즌을 준비한다. 얼음이 녹기를 기다리나 한번 언 얼음은 쉽사리 녹지 않는다. 또한, 얼음이 녹았다고 해도 물이 차가우니 동면 상태에 들어간 붕어들은 움직이지 않는다. 낚시꾼들의 마음도 덩달아 엄동설한이다.

물론 겨울에는 따뜻한 하우스 낚시터를 개장하지만, 이상하게도 1월 1일 해를 넘기면 입질이 시원치 않아진다. 입질이 약해진 원인으로 낚싯바늘에 시달린 붕어들이 학습효과로 인해 약게 미끼를 빼먹는다는 설이 있고, 아무리 실내 낚시라 해도 해를 넘기면서 지온(地溫)과 수온(水溫)이 떨어지기에 붕어들 활성도가 떨어진다는 說이 있다. 붕어는 수온에 영향을 많이 받는 동물이므로 후자가 설득력 있고 과학적인 설이 아닌가 한다.

붕어는 변온동물이다. 수온 변화에 따라 스스로 체온을 변화시켜서 적응하는 동물이다. 대표적인 변온동물인 뱀이 동면(冬眠)하듯 붕어도 수온이 내려가면 겨울잠을 자거나 에너지가 소모되는 행동을 극도로 감소시킨다. 먹이 활동으로 잃는 에너지보다 먹이에서 얻는 에너지가 적다면 행동을 멈추거나 절제하는 것이다.

이는 생존을 위한 본능으로 수온이 낮아질수록 회유반경은 줄어들고 초 저온기에는 삭은 수초나 나뭇잎 속에서 꼼짝하지 않는다. 이 경우에는 아무리 진수성찬을 차려서 코앞에 들이밀어도 먹지 않는 경우가 많다.

먹성이 좋은 고수온기에는 아무 미끼를 사용해도 잘 먹는다. 어분, 글루텐, 보릿가루 같은 시판용 미끼는 물론이고 자장면 국수, 바나나, 고구마, 감자, 옥수수, 지렁이, 새우, 납자루(붕어는 잡식성이라 의외로 조그만 물고기들도 먹는다.) 등 모든 미끼를 가리지 않고 잘 먹는다. 물론 수온이 너무 오르는 한여름에는 붕어도 식욕을 잃지만 먹이 활동은 가을까지 왕성하다. 특히 가을은 겨울을 나기 위해 몸에 지방을 축적해야 하는 시기로 먹성이 좋다. 그래서 붕어를 좋아하는 사람들은 기름이 오른 가을 붕어 맛을 최고로 친다.

그러나 수온이 내려가는 초겨울부터 붕어 입질이 까다로워진다. 떡

밥 물성(物性)도 물렁물렁하게 해야 먹고 붕어 식성도 변해 어제 잘 먹혔던 미끼를 오늘은 먹지 않는 경우도 많다. 까다로워진 붕어 식성을 맞추기 위해 이 시기에는 낚시꾼들도 다양한 미끼를 준비해야 한다. 어느 미끼를 선호할지 모르는 상황이니 가능하면 현지 낚시점에 들러 미끼를 사는 게 가장 좋은 방법이다.

이 시기에는 소위 생(生)미끼라는 지렁이 또는 생새우도 준비하는 것이 좋다. 생미끼는 집어효과가 떨어지지만 잡히면 대물이고 찌 올림이 확실한 장점이 있다. 찌가 점잖게 오르는 찌 맛을 보는 낚시꾼들이 선호하는 미끼이기도 하다. 생미끼는 고수온기에도 잘 먹히는 미끼지만 입질이 까다로운 저수온기에 위력을 발휘하는 때도 있다.

지렁이는 선호하는 미끼는 아니다. 아무리 붕어 낚는 것을 좋아해도 꿈틀거리는 지렁이를 바늘에 꿰는 작업은 꺼려진다. 민물새우나 김장용 새우가 사용하기 좋은 크기인데 구하기 어려워 대하를 적당 크기로 잘라 사용한다. 아내가 반찬용으로 대하를 사면 낚시를 위해 한두 마리를 남겨 놓곤 한다.

냉장고를 뒤적거리다 보면 대하는 없고 물오징어가 있는 경우도 있다. 대하보다는 못 하지만 물오징어도 훌륭한 미끼다. 지렁이처럼 길게 잘라 사용하면 되지만 오징어 다리로는 낚아본 경험은 없다. 붕어도 질깃한 다리보다는 야들야들한 오징어 몸통을 좋아하는 듯하다.

하절기에는 그늘진 나무 밑이나 갈대 부들밭이 포인트다. 먹이사슬 중 하위계층인 붕어들은 은폐, 엄폐물이 있는 곳을 선호하지만 동절기에는 해가 잘 드는 곳에서 훌륭한 조과를 올리는 경우도 있다. 물론 해가 잘 들면서 은폐, 엄폐물이 있는 곳이면 더욱 좋다.

이 외에 저수지 수면이 전부 얼었으나 얼지 않는 곳이 드물게 있다. 이곳은 십중팔구 샘솟는 자리일 가능성이 크다. 따뜻한 지하수가 솟아 나오니 붕어들이 몰려 있어 겨울 낚시 최적의 포인트다.

물가에 가지 못하는 계절이라 어설픈 낚시꾼은 낚싯줄을 갈고 낚시찌를 정비하고 있다. 낚시사이트를 기웃거리기도 하고 컴퓨터 자판을 두들기며 붕어를 낚아내는 상상을 하고 있다. 낚시는 마약중독 같은 끊기 힘든 병이며 전염성까지 있는 무서운 병이다. 이런 중환자(重患者)들을 멀리해야 한다.

웃고 울던 자리가 꽃자리

김현숙*

....

　어린 시절부터 나는 눈물이 많아서 형제들은 울보라 불렀다. 하지만 시간이 흐르다 보니, 웃음과 눈물로 채워진 자리들이야말로 인생에서 가장 소중한 꽃자리였음을 깨닫는다. 삶은 기쁨과 슬픔이 교차하는 여정이지만, 때로는 눈물을 흠뻑 적신 자리에서 아름다운 꽃이 피어난다.

　넷째 언니에게 내가 왜 울보였는지에 대한 사연을 들었다. 내 나이 네 살 때, 6·25 전쟁 일어났다. 아버지는 이질에 걸려 약 한 번 써보지도 못한 채 세상을 떠나셨다. 장례를 치른 후, 얼마 지나지 않아 빨갱이들이 집으로 들이닥쳤다. 그들은 번쩍이는 긴 칼을 마루에 꽂으며 아버지의 양복과 구두, 자전거 유품을 모조리 빼앗아 갔다고 했다. 엄마는 아버지의 위패를 품에 간직하고 가족을 지켜 달라며 간절히 빌면서 신처럼 의지했다.

----

* 에세이문학회 이사, 일현수필문학회 발전위원, 조선에듀 문우회장, 그린에세이작가회 부회장, 현)문해교육 강사. 전국문해 한마당 《말하고 싶어요》 대회 최우수상. 수필집 《웃어보자 세상아》. 공저 《내가 그린 에세이》

엄마가 목숨을 걸고 지켜야 했던 가족은, 십 남매와 큰며느리까지 열한 명이었다. 그날 밤으로 자식들을 데리고 피난길에 오르기로 결심했다. 물건을 빼앗긴 억울함도, 아버지를 잃은 슬픔도 느낄 겨를이 없었다. 우리 가족은 피난민 대열에 섞여 산속으로 향했다. 그때 엄마의 절박함과 긴장감은 두 어깨에 바윗덩이처럼 홀로 짊어지고 우리 가족을 지켜내셨으리라.

언니들과 오빠들은 봇짐을 이고 지며 묵묵히 걸었다. 넷째 언니(8살)는 나를 업고 험준한 산줄기를 따라 꼬부랑길을 걸었다. 열 번째로 태어난 갓난아기인 남동생은 엄마 등에 업혀 있었다. 철없는 나는 엄마 냄새를 맡을 수 없어 칭얼대기 시작했다. 콩 볶는 듯한 총소리가 귀를 때리며 두려움을 키웠다. 울음으로 내 마음속의 공포를 내보냈던 것 같다. 어르고 달랠수록 더 악을 쓰며 울어댔다. 그 울음소리는 가족만의 위험이 아니었다. 주변 피난민들조차도 위태롭게 했다. 그들의 불안과 짜증이 새어 나왔다.

"제기랄, 새깽이도 많네."

"그 가시나 버리쇼! 이러다 우리까지 죽것소!"

"까딱하다 우리까징 죽는단 마시!"

사람들은 서로 밀고 밀치며 앞서거니 뒤서거니 승강이를 벌였다.

그날 밤, 엄마는 가족을 데리고 집으로 돌아올 수밖에 없었다. 집에 돌아와서도 울음을 멈추지 않는 나를 본 큰오빠는 화를 내며, "저 지집애 내다 버려요!" 하며 으름장을 놓았단다. 엄마는 말없이 나를 달래느라 정신이 없었다고 했다. 나는 얘기를 듣는 동안 죄인 같아 그만 울고 말았다.

엄마는 곧 새로운 결단을 내렸다. 장남인 큰오빠 내외는 대를 이어야 한다며 즉시 사돈댁으로 보냈다. 남은 가족은 정읍시 메꼴 마을에 있는 외가댁을 향해 45리 길을 걸었다. 외삼촌과 외숙모는 따뜻하게 맞아주었고, 우리는 몇 달간 몸과 마음을 추스르며 지낼 수 있었다. 엄마의 결단과 굳은 의지가 어디서 나오는지 듣는 동안 눈앞이 아찔하고 가슴이 아렸다. 태어나는 것도, 죽는 것도 내 의지로 선택할 수 없다. 할 수 있는 건 착한 딸이 되겠다고 다짐했다.

1983년, 힘든 삶을 살 때 일이다. 초여름 날 저녁. H 회사에서 야간 근무를 마치고 집으로 돌아온 시간은, 밤 11시 30분쯤이었다. 세 아이는 하루 종일 엄마를 기다리다 지쳐 잠이 들었다. 아이들의 얼굴을 바라보니, 미안하고 안쓰러운 마음이 밀려왔다. 낮에 아이들이 놀다 출출하면 수시로 밥이라도 먹도록, 보온밥통에 밥을 가득 채웠다. 무직이던 남편은 밥보다 술을 마시고 있었다. 빈 막걸리 통이 두어 개 나뒹굴고 퀭한 눈으로 쳐다보며 한마디 하는 것이었다.

"요즘, 꽤나 재미난 모양이지?"

비꼬듯이 말했다. 무직자의 심정은 이해하지만, 이건 아니다. 불쾌할 정도를 넘어 화가 날 지경이었다.

그는 돌격적으로 따지기 시작했다. 야간 근무를 마치고 집에 돌아온 나에게 할 말은 아니었다. 그의 격한 목소리는 밤공기를 타고 타종처럼 울려 퍼졌다. 벽 하나 사이로 앞뒷집이 붙어있는 단독 주택에서는 숨소리조차 들릴 정도로 고요했다. 가슴속 울화가 강아지 꼬리처럼 휘두르며 일어났다.

이야기의 발단은 이렇다. 회사에서 나에게 라이벌 의식을 갖고 있던 남 씨. 그 여인의 얼굴은 심한 곰보였다. 얼굴에 마마 자국으로 평생 열등감에 사로잡혔다. 'OB 베어 집'에서 남편은 우연히 남 씨를 만났다. 그녀는 남편에게 내가 근무하는 회사 B 과장과 연애 중이라며 뱀 같은 혀를 놀렸다. 말도 안 되는 중상모략이었다. 내가 가장 실망했던 건 남씨보다 남편이었다. 십 년하고도 오 년을 함께 살아온 나보다, 남 씨의 말을 믿다니. 귀 얇은 남편이 한순간에 정나미가 떨어졌다. 이내 밖으로 나와 신정동 골목시장을 지났다. 외로운 가로수와 가로등 불 아래로 쏟아지는 빛을 의지하며 마냥 걸었다.

꽃비가 한두 방울 떨어진다. 부귀영화를 바라는 것도 아니다. 평범하게 산다는 것이 이렇게 힘든가. 몸과 마음이 지쳐간다. 삶이란 실망스럽고 한없이 외롭다 못해 가슴이 아리다. 꽃비에 젖은 뿌연 가로등도 나처럼 외로워 보였다. 순간, 레드 공중전화 부스에 앉아 있는 전화기가 손짓했다. 올케언니한테 전화를 걸었다. 올케의 빈자리는 오히려 허탈감을 더했다. 꽃비가 어느새 실비가 되어 내렸다. 하늘의 선녀도 나처럼 울보일까? 사뿐히 내리는 실비가 그날따라 다사롭다. 울컥 설움 덩이가 두 눈에서 흘러내렸다. 울면서 신정동을 몇 바퀴나 돌았든가. 믿었던 남편도, 간이라도 빼줄 것처럼 다가오던 남 씨도 밉다.

사람들은 하나둘 빗속으로 사라졌다. 가로등 불빛 아래 내 그림자만 남았다. 긴 동굴 속 같은 고요 속에서 엄마의 목소리가 들린다.

"속상헐 땐 울어 라이. 실컨 울고 나면 속이 후련한 기여."

맞다! 엄마는 전쟁의 참혹함과 험난한 세월 속에서도 홀로 10남매를 키웠다. 작은 키에 48킬로밖에 안 되는 몸으로, 무거운 삶의 무게를 인내심으로 견뎠으리라. 그런 엄마를 떠올리며 나 자신이 한없이 부끄러웠다.

신정 3·4동 길을 돌고 도는 동안 분노, 원망, 절망이 서서히 녹아내렸다. 옅게 밝아오는 하늘에는 주황빛 해 오름이, 흰 구름 사이로 붉게 고개를 내밀었다. 빛 사이로 아들딸들의 얼굴이 해처럼 떠올랐다. 순간, 어미 새처럼 집을 향해 내리달았다. 밤새 열려있던 철 대문 안으로 들어섰다. 큰딸, 아들, 막내딸이 해맑은 얼굴로 나를 반겼다. 아무 일도 없었던 듯이 서둘러 밥을 하고 도시락을 싸 주며 아이들을 학교에 보냈다.

돌아보면 울음은 단순히 약함에서 비롯된 것이 아니다. 엄마처럼 가냘픈 어깨 위에 얹혀 있던 삶의 무게는, 가족을 향한 눈물겨운 사랑의 힘이었다. 엄마의 눈물을 한 번도 보지 못했지만, 나처럼 속울음으로 마음을 정화 시켰을 것이다. 눈물은 나쁜 감정을 삭이는 보물이다. 역시, 가족이란 사랑과 희망을 품은 꽃자리가 아니었을까.

가위로 본 세상

　미용실에서 숏커트 값을 25,000원 지불했다. 가위질 몇 번 했을 뿐인데, 만 원이나 인상했다. 미용사는 코로나 이후 물가가 많이 올랐다고 변명을 늘어놨다. 미혼인 여사장은 가위로 장단에, 아파트 2채를 마련했다고 한다. 난 지인에게 푸념했더니, 그녀는 대수롭지 않게 말했다. '강남 미용실은 커트비가 20만 원이야!' 가위가 우리 일상 속에서 얼마나 중요한 역할을 하는지 돌아보게 되었다.

　어린 시절 우리 집은 대가족이었다. 여인들은 밤늦게까지 손바느질로 가족의 옷을 만들어 입었다. 바느질 도구라야 대나무로 만든 긴 자와 실, 바늘, 주물로 만든 가위 한 자루뿐이었다. 올케와 언니들은 보물처럼 바느질함 속에 간직했다.

　나는 지금도 칼을 사용하는 것이 서툴다. 요리할 때 칼만 잡았다 하면 늘 피를 보곤 한다. 게다가 요리 중에 제일 어려운 게 채썰기인데, 다행히 채칼이 나왔다. 그리고 웬만한 건 가위를 사용하였다. 그런 나를 보고 딸들도 대파, 고추, 김치 종류까지 칼 대신 가위를 사용하는 것이다.

　생각난 김에 집에 있는 가위를 세어 보았다. 톱니가위, 재단 가위, 야채 가위, 손톱 정리 가위, 코털 가위, 전지가위, 꽃게 가위, 밤 가위까지. 무려 열한 종류나 된다. 반면, 칼은 부엌칼과 과도뿐이다. 우리 가족의 건강은 가위가 책임진다.

　요즘 음식점에서도 가위가 대세다. 게다가 가위의 생김새도 제각각 이다. 음식점에 가면 기다란 갓김치나 코다리찜도 덩달아 주물 가위가 나오고, 삼겹살 구이나 갈비탕도 확 휘어진 바이킹 가위가 나온다. 바 이킹 가위는 손에 쥐기만 해도 해적이 된 것처럼 실감 난다. 뿐만 아니 라, 파전이나 폭 김치, 파김치 나올 때도 손님 손에 가위를 쥐여준다.

　여섯 살 무렵이지 싶다. 병원도 약국도 없던 시절, 나는 잦은 잔병치 레를 했다. 온몸은 알 수 없는 열로 펄펄 끓었고, 눈앞엔 아지랑이가 아른거렸다. 무더운 여름, 콩밭을 매고 돌아온 엄마는, 나무로 만든 동그란 됫박에 쌀을 가득 담았다. 그다음 옥양목 천으로 쌀을 단단히 감쌌다. 꼭 내 머리통만 한 크기였다. 그 쌀 됫박을 내 이마 위에 올려 놓고 얼굴에서 목까지 마사지하듯 문질렀다. 엄마는 간절하게 신께 빌 었다. 한참 뒤에 됫박에서 찰랑찰랑 구슬이 굴러가는 소리가 났다. 천 을 풀자 움푹 들어간 쌀 됫박에서 쌀알을 서너 개씩 세 번 집어냈다. 그 쌀에다 내 침을 세 번 뱉었다. 엄마는 침이 묻은 쌀을 사립문 밖으 로 냅다 뿌렸다. 한참 뒤에 새털처럼 온몸이 가벼워졌다. 마치 옹달샘 물을 마신 듯 시원하고 살 것만 같았다.

　다음 날, 또 고열에 시달렸다. 이번에는 당골래를 불렀다. 언니는 샘물을 길어 오고, 당골래는 하얀 사기그릇에 물을 가득 채웠다. 가위 의 손잡이에 면실을 길게 연결한 다음, 엄지와 검지로 실을 잡고 물그 릇 중앙에 초점을 맞추어 주술을 외웠다. 아니나 다를까, 빙빙 돌던 가위가 물그릇을 세게 부딪쳤다. 당골래는 북쪽 잡귀가 심술을 부렸다고 말했다. 밥과 콩나물, 시금치, 숙주나물을 소반에 담아 대문 밖에서 빌고 난 다음. 그 밥과 반찬을 세 숟가락씩 물바가지에 담고, 대문 밖에 골목길을 향하여 칼을 세 번 던졌다. 세 번째에 칼을 땅에 꽂고 그 위에 물바가지를 모자처럼 씌웠다. 신기하게 고열이 귀신같이 사라졌다.

가위의 위력은 거기서 끝이 아니었다. 중2 때, 체육 시간이었다. 하얀 체육복을 모두 갈아입고 달리기도 하고 배구도 했다. 배구 선수였던 나는 친구들과 더 뛰놀다가, '가사' 시간이 다가와 교실로 들어섰다. 교실 안은 반 친구들이 삼삼오오 모여서 웅성거렸다. 교실이 비어 있는 사이에 누군가 친구 A의 돈을 훔쳐 갔다는 것이다. 가정형편이 어려운 A는 담임 몰래 찹쌀 도넛과 꽈배기를 팔았다. 우리는 사 먹는 재미가 아주 쏠쏠했다. A가 책상에 엎드려 흐느끼는 모습을 보고 가슴이 아렸다. 그때 짝꿍이 주물 가위를 내 손에 쥐어주면서.

"얘, 가위 신께 도둑 잡아 달라고 빌어 봐."

뭔가 도둑을 아는 것처럼 디밀었다.

"뭐? 내가 점쟁이냐!"

"갸, 그 돈 없으면 이번엔 퇴학이랑께!"

그 친구의 처지는 딱하지만 이건 아니지 싶었다.

읍내에 사는 친구들은 이해하지 못하지만, 시골 아이들은 가위 점을 믿는 눈치였다. 가위 신이 있는지 알아볼 절호의 기회였다. 평소에 가위를 들고 장난치듯이 점쟁이 흉내를 냈으니까. 짝꿍이 권할 만도 했다. 나도 부모님께서 월사금 때문에 아기돼지를 팔고, 1년 양식인 나락을 일부 팔아서 마련해 주었다. 가위를 생각하면 힘든 삶을 이겨

낸 가족의 모습이 떠올랐다.

짝꿍은 서둘러 물 한 사발을 떠 왔다. 교실 안은 긴장감으로 가득 찼고, 숨소리마저 쥐 죽은 듯했다. 내 주위로 아이들이 하나둘 모여들더니, 어느새 산울타리처럼 둘러섰다. 나는 긴장된 손으로 가위를 잡고 당골래 흉내를 내었다.

"가위 신님! K 친구 돈을 찾아주시오."

당골래 흉내를 냈으나 말이 나오지 않았다. 진솔하게 마음속으로 빌었다.

한참 기다렸다. 아무런 느낌이 없었다. 머리도, 손도, 몸도, 영적인 그 어떤 신호도 없었다. 신은 나와 대화하길 원하지 않았는지. 아니면 애초에 불가능한 것은 아닐까? 난, 코브라와 대결하듯이 온몸을 곤두세웠을 때였다. 갑자기 가위가 솔바람에 찻잎처럼 흔들리듯 움직이기 시작했다. 그때, 누군가 외쳤다.

"움직인다! 움직여!"

나도 모르게 움찔했다. 누군가 어깨를 건드린 듯, 가위는 좌우로 더 크게 흔들리기 시작했다. 순간, 가위를 떨어뜨리고 말았다.

그때였다. 교실 문이 드르륵 열렸다. 6·25 전쟁 때 정여중·고 학교를 끝까지 지켰다는 전설의 봉제(가사) 선생이 들어오셨다. 작은 키에 하얀 커트 머리, 네모진 얼굴은 근엄해 보였다. 우리는 각자 자리에 앉아서 옷 마름질하거나 꿰매는 척하는 아이들도 있었다. 결혼도 반납하고 평생 교육에 열정을 쏟는 가위 선생이 아닌가. 그날따라 옷을 재단하는 선생님의 가위를 놀리는 솜씨가 예사롭지 않았다.

다음날, A의 책상 속에 고스란히 돈이 들어 있었다. 가위는 단순히 도둑 잡은 도구가 아니다. 우리가 세상을 새로운 시각으로 바라보며 불필요한 것은 덜어내야 하는 가위. 때로는 용기를 내어 낡은 것을 잘라낸다면, 좀 더 아름다운 가능성으로 나아갈 수 있지 않을까. 가위로 보는 세상은 새로운 길과 창조와 변화의 힘이지 싶다. 나는 가위를 사랑한다.

나의 노스탤지어

2024년 2월, 독감 때문에 무척 힘든 시간을 보냈다. 젊었을 때는 약 없이도 이겨냈던 감기가 그날따라 나를 무기력하게 만들었다. 문해 교육 강의 나갈 책임감으로 병원을 전전하면서 빠른 회복을 기원했다.

어두컴컴한 방안, 온몸의 근육이 풀어져 렘수면 상태에 빠져들었다. 핸드폰이 울리며 적막을 깨뜨렸다. 경고음처럼 귓가를 울리는 소리가 불길한 느낌을 자아냈다. 원이가 울먹대며 말끝을 잇지 못했다. 뭔가에 충격을 받았음이 분명하다. 진정할 기회를 주며 기다렸다. 잠시 심호흡하며 입을 열었다.

"형님! 백미가…. 백미가 우리 곁을 떠났어요."

그의 목소리는 떨렸고, 엉엉 울고 있었다.

내 가슴도 덜컥 내려앉았다. 은은하고 순수하며 하얀 백합꽃 같은 그녀가 홀연히 떠났다고? 일순 말문이 막혀 버렸다. 어떻게 받아들여야 할지 혼미했다. '넋이 나갔다.'라는 말이 이런 때 쓰이는 말이구나 싶다. 아무리 생각해도 이해가 되지 않았다. 며칠 전만 해도 건강했다. 코로나도 아니고, 나처럼 노년도 아니다. 그렇다고 평소 지병이 있어 앓고 있었던 것도 아니었다. 무엇이 급해서 홀연히 떠났단 말인가. 이제야말로 문학을 공부할 오십 대인데 말이다. 여행권이 없는 곳이기에 가서 물어볼 수도 없다.

백미! 무심코 부르며 어제의 교분을 떠올렸다. 그녀의 빈자리가 점점 더 크게 느껴진다. 생전에 함께했던 합평 모임의 추억, 일곱 명이 나눴던 이야기들이 하나둘 떠오른다. 그날 글 평과 삶에 관한 이야기들이 아직도 귓가에 맴돈다. 그뿐만이 아니다. 내가 조선에듀문우회 회장을 맡았을 때, K의 언어폭력은 단순히 소외시키는 것에서 멈추지 않았다. 그의 말과 행동은 노골적인 공격과 폭언, 모욕, 비난의 말 폭탄이었다. 나를 회원이라는 소속감에서 떠밀어내고 있었다. 비수 같은 말들이 가슴을 할퀴고 간, 내 상처는 빨갛게 진물이 되어 녹아내렸다. 그때 백미가 다가와 천사 같은 얼굴로 말했다.

"용서해 주세요. 회장님을 위해서도….''

그 선한 미소와 함께 건넨 말은 분명 함축된 의미가 있었다. 그 뜻을 받아들이지 못한 채, 집으로 돌아오는 내내 씁쓸함을 삼켜야 했다. 가톨릭 신자인 백미의 말은 마치 신부님의 교리처럼 들렸다. 죽을 만큼 내 아픔을 느끼지 못하는 것 같아 섭섭한 마음도 들었다.

어느 날 '에드윈 마크햄' 작가의 〈원〉이란 제목의 시를 읽었다.

그는 원을 그려 나를 밖으로 밀어냈다.

나에게 온갖 비난을 퍼부으면서.

그러나 나에게는

사랑과 극복할 수 있는 지혜가 있었다.

나는 더 큰 원을 그려 그를 안으로 초대했다.

시의 내용이 내 심정을 표현했다. 사람은 누구나 자기만의 '원'을 그리며 관계 속에서 살아간다. 시는 관계에서 포용과 화해를 말해주었고, 마치 내 삶의 단면을 보여주는 것 같았다. 내 나이 칠순이 넘어도 생전 처음 겪어본, K의 비수 같은 폭언을 지금도 잊지 못한다. 시의 5행에서는 사랑과 지혜의 힘으로 화해를 도모하는 게 중요하다고 했다. 생각해 보니 백미도 곁에서 그 뜻을 권했던 기억이 이제야 떠오른다.

살아오는 동안 어떤 사람을 인연으로 두었을까? 짧은 시(詩)지만 음미해 보면 상처와 고통을 받았을 때, 분노나 복수로 대응하기보다 사랑과 지혜를 통해 화해를 도모하는 태도가 중요하단다. 만일 백미가 그런 경우였다면 더 큰 원을 그려 K를 안으로 초대했을지도 모르겠다. 나는 그를 용서하지 못하고 내 안에서 K를 몰아내려고 힘썼다. 지금은 그녀의 충고를 이해하고 다시 새겨본다.

백미가 별이 되어 만날 수 없어도 그녀는 내 안에 있다. 좋은 사람이라고, 내가 존경할 만한 사람이라고. 친절하고 상냥한 그녀가 그립다. 풀 한 포기에도 지난한 이야기가 있다고 했다. 글을 쓰다 보니, 그녀와의 추억이 많다. 입시생으로 바쁜 와중에도 내 출판 기념일에 금일봉을 들고 축하해 주던 일. 그 고마운 마음에 그녀가 등단했을 때 금일봉과 선물을 주었던 일이 떠오른다. 외롭고 힘들 때 살며시 조언해 주며 빵과 커피, 밥을 사 주던 일도 있다. 영원히 함께할 것처럼 속마음에 담아두고 감사의 표현조차 제대로 하지 못했던 마음이 아쉽다.

어느 날 교보문고에 갔을 때, 그녀가 생각나서 ≪단순한 진심≫(조해진)의 장편소설을 사서 보내 줬다. 그 작은 호의에도 그녀는 '앙리 프레데릭 아미엘'의 ≪아미엘의 일기≫를 나에게 보내주었다. 나는 심심할 때마다 그 책을 읽곤 했다. 책 내용은 내 일기장과는 차이점이 있고, 읽을 때마다 무언가 새로움을 느꼈다. 특히 아미엘은 자신의 나이를 기록하는 방식에서 큰 인사이트를 얻었다. 그 덕분에 나뿐만 아니라 학생들에게도 일기를 쓸 때, 자신의 나이를 기록하라고 일러주었다. 그 점이 획기적인 아이디어였다.

백미여! 마지막 가는 길 함께 하지 못해 미안하네. 하지만 가슴에 담고 언제든지 떠올리고 있어. 그대가 별이 된 지 엊그제 같은데, 꽃 피는 봄이 가고, 울울창창한 여름도 가고, 불타는 가을도 가고, 쓸쓸한 겨울이 왔네. 계절은 변함없이 가고 오지만, 그곳은 가는 열차만 있을 뿐, 오는 열차는 없는가? 만약 돌아오는 열차가 있다면, 죽음이라는 단어가 없겠지. 남은 시간 동안은 인내하며 사랑을 나누고, 그리움 속에서 살아가야겠네. 언젠가는 나도 백미 만나러 가겠지.

그동안 마음에 담긴 서사들을 되돌아본다. 백미와의 우정은 새벽이슬에 낙엽이 젖듯이 영롱한 아름다움으로 피였는데. 그대가 그립다. 오늘따라 그리움이 더 깊어지는 듯하다. 백미의 손때 묻은 ≪아미엘의 일기≫를 읽으며, 백합꽃 같은 '백미'를 그리며, 인생의 무상함을 달래본다.

삶은 결국 상실을 배우고, 인내하는 시간 속에서 자신을 발견하는 여정일 것이다. 태양이 비춘다고 해서 언제나 눈부신 풍경만 보이는 것은 아니다. 지혜로운 눈을 뜨면 비로소 어둠 속에서 빛을 발견하듯, 작은 것들 속에서 깊은 아름다움을 찾아낼 수 있다. 용서가 필요하다고 말해준 심성 고운 백미, 다시 만날 날을 기약하며 하늘나라에서 평안하게 좋은 글 많이 쓰고 행복하길 바라네.

백미가 남겨준 사랑과 향기를 오래 기억할 것이다.

이제는 말할 수 있다

김선호*

내 어릴 적 부엌은 요즘처럼 입식이 아니었고 부엌 바닥이 마루보다 낮았다. 그 당시 어머니는 쌀을 물에 담가 밤새 부엌 바닥에 놓았다가, 쌀 속에 있는 돌들을 조리로 골라낸 후 아침 밥물을 맞추곤 하셨다.

그때는 쌀 속에 왜 그렇게 돌이 많았는지 여러 개를 골라냈는데도, 식사 중 돌을 씹는 불의의 사고가 종종 일어났다. 그깟 일이 뭐 대수라고 불의의 사고냐고 할 수도 있겠지만, 우리 집의 경우 그것은 분명 후폭풍을 동반하는 사고였다. 신기하게도 식사 중 돌을 씹는 '와지끈' 소리는 주로 아버지의 입속에서 났다. 그러면 그 소리와 함께 식탁의 분위기가 급랭하면서, 모든 식구는 아버지의 다음 반응을 숨죽인 채 지켜봐야 했다. 심기가 불편해 보였던 날은, 아버지는 밥상을 뒤엎으셨다. 그렇지 않은 날이라도 '에잇' 소리와 함께 숟가락을 집어 던지듯 밥상 위에 내려놓았다. 이런 상황을 만나면 어머니는 죄인처럼 아무

---

*〈그린에세이〉로 등단. 그린에세이작가회 회장. 작품집 《내가 그린 에세이》(공저)

말씀도 못 하고 전전긍긍하셨다.

하루는 아침 식사 중 대형 사고가 날 뻔했는데 가까스로 모면했다. 그날도 식구들이 둘러앉아 조용히 밥을 먹고 있었다. 때때로 식사 시간을 이용한 아버지의 훈계와 지적이 식사 분위기를 더 엄숙하게 만들곤 했지만, 그날은 다행스럽게도 돌 씹는 소리 없이 식사가 끝나가고 있었다. 바로 그때 아버지의 밥그릇 속에 살이 올라 꽤 통통해 보이는 귀뚜라미 한 마리가 밥알로 살짝 덮여 있는 것이 내 눈에 들어왔다. 아마도 부엌 바닥에 있었던 쌀 불리는 그릇 속 물에 빠져, 밤새 허우적거리다가 익사한 것으로 보였다. 눈앞이 캄캄했다. 밥그릇 속에 귀뚜라미가 쌀과 같이 익어 있는 것을 아버지가 목격하는 날에는, 만약 아버지가 나라의 임금이라면 중전인 어머니는 폐위되어 사가로 내쳐질 뻔한 엄청난 사고였다. 하긴 국모가 직접 밥하는 나라는 없겠지만.

다행히 죽은 귀뚜라미가 아버지 쪽에서는 보이지 않는 밥그릇의 사각지대에 놓여 있었다. 밥이 얼마 남아 있지 않아 귀뚜라미가 아버지 눈에 띄는 것은 시간문제였다. 그렇게 되면 밥상이 날아가는 사태를 피할 수 없을 것으로 보였다. 나 외엔 아직 아무도 귀뚜라미를 보지 못한 듯싶었다. 이 위기를 해결해야 할 무거운 십자가가 그 당시 초등학생이었던 내게 지워졌다. 나는 끙끙거리며 최악의 상황을 피할 방안을 찾았다. 그 사이에도 아버지의 숟가락은 몇 번이나 아슬아슬하게 귀뚜라미 사체 옆을 스치듯 지나갔다.

그때 반짝 한 꾀가 떠올랐다. 지체할 시간이 없어 나는 바로 실행에 들어갔다. "엄마, 나 밥 좀 더 주세요." 부모가 돼 보니 자식이 맛있게 식사하는 것을 바라보는 것이 행복의 한 부분인 것을 안다. 속도 모르는 어머니는 흐뭇한 표정으로 "응, 응 그래"하면서 부엌으로 가기 위해 일어나려 하셨다. 그때 나는 이렇게 말했다. "아니 그냥 밥 한 숟가락만 더 먹으면 돼요. 아버지 밥 한 숟가락만 퍼가도 되죠?"라고 말하고는, 허락을 기다리지도 않고 아버지 밥그릇 안으로 숟가락을 들이밀었다. 아버지의 눈을 피해 그 통통한 귀뚜라미는 내 밥그릇 안으로 옮겨졌고 대충 얼버무리다가 식사를 끝냈다. 나는 그때, '하늘이 무너져도 솟아날 구멍이 있다.'라는 속담이 맞다는 것을 경험했다. 나중에 어머니에게 그때의 긴박했던 상황을 말씀드렸다. 어머니는 가슴을 쓸어내린 후 냉수 한 대접을 벌컥벌컥 들이켜셨다.

아버지의 춘추가 올해로 아흔인데, 아직도 자신이 귀뚜라미 웰빙 밥(?)을 먹은 적이 있는 걸 모르고 계신다. 어머니가 그때 있었던 일에 대해 지금이라도 양심선언을 하면, 비위가 약한 아버지는 아마 헛구역질을 하실지도 모르겠다.

그 일이 있고 난 후, 어머니께서 "우리 선호가 나를 살렸다."라고 주위에 귀뚜라미 웰빙 밥 사건을 자랑삼아 말씀하시곤 했다. 하지만 나는 싫었다. 어린 마음에도 그 일은 밖으로 알려져서는 안 될 일이라고 생각했기 때문이다. 그러나 이제는 말할 수 있다. 어머니가 부엌살림에서 은퇴하신 지도 여러 해가 되었고, 식품위생법 위반의 공소시효(?)도 지났을 테니까.

여객기 창에 기대어

　미국 로스앤젤레스 공항에서 출발하는 항공기에 탑승하면서 검표하는 스튜어디스에게 탑승권을 보여주었더니, 비즈니스석으로 바꾸어주었다. 대신 비즈니스석 여객용 음식이 모자랄 경우 이코노미석의 것이 제공될 수도 있다는 것이 조건이었다. 비즈니스석이 이코노미석보다 얼마나 더 편한지 아는데 굶기지만 않으면 뭘 주든 대수겠는가.

　여객기가 출발한 후 등받이를 조금 뒤로 젖히려고 하다가 버튼을 잘못 건드렸는지, 갑자기 좌석이 침대처럼 펼쳐져 당황스러웠다. 그렇지만 옆자리 승객한테 어떻게 해야 좌석이 원래처럼 되는지 물어보기는 싫어, 혼자 끙끙거리며 곤혹스러운 시간을 보냈다. 기내식이 나오기 전까지 의자를 원래대로 되돌리지 못하면, 어정쩡한 자세로 누워있는 것이 선택이 아니라 실수였다는 것이 들통나게 될 참이었다. "미안하지만, 저 좀 일으켜 주실래요?"라고 승무원에게 얘기할 수밖에 없는 상황은 어떻게든 피하고 싶었다. 좌석에 있는 버튼들을 이것저것 누르다 보니 다행히 일어나 앉을 수 있었다. 좌석에 붙어있는 스크린으로 영화를 보는 것도 싫증이 나던 차에 문득 장시간의 비행기 여행이 인생살이와 유사하다는 생각이 들었는데, 이 생각이 꼬리를 물고 이어졌다.

앉아가는 좌석의 차이는 경제적으로 여유롭게 사는 부류와 서민의 차이와 같다는 생각이 들었다. 넓고 편의시설이 잘 갖추어져 있는 집에서 사는 사람들도 있고, 좁은 집에서 여러 식구가 복닥거리며 경제적으로도 팍팍한 생활을 하며 살아가는 사람들도 있다. 그러나 비즈니스석에 앉아왔든 이코노미석에 앉아왔든 항공기가 목적지에 도착하면, 누구나 예외 없이 내린다. 그동안 여러 차례 해외여행을 했지만, 내리기를 거부하며 한 시간만 더 앉아 있다가 가면 안 될까요? 라고 승무원에게 사정하는 여행객을 본 적이 없다. 또 내릴 때 자기가 앉아왔던 좌석을 뜯어서 집으로 가지고 가려 하는 사람도 없다. 다 두고 내리는 것이다. 언젠가 그때가 오면, 다 놓고 가는 것과 같은 이치이다. 비행기 여행은 사고만 나지 않으면, 목적지에 도착하는 시간은 모든 승객이 같다. 그러나 인생이란 여행은 탑승객 중 호명되는 사람만 먼저 내린다. 출장길을 나설 때마다, 어쩌면 이번 여행에서 집으로 돌아올 수 없을지도 모른다는 생각을 한다. 무슨 방정맞은 생각이냐고 할지 모르지만, 사실 우리는 다 시한부 인생이 아니던가? 다만 내려야 할 시간이 다를 뿐이다.

국제선의 경우 비행기에 탑승하면서, 내 목숨을 맡겨야 할 항공기의 기장이나 부기장의 얼굴을 지금까지 본 적이 없다. 또 그분들의 무사고 비행시간, 사고 사례들을 확인해 보지도 않았다. 그런데도 밥 주면 먹고 졸리면 아무 걱정 없이 잔다. 종종 항공기 추락 사고를 매스컴을 통해 보아 왔음에도…. 혹자는 천지의 창조자가 정말 있다면 보여 달라고, 그러면 믿겠다고 한다. 그렇지만 본 적도 없는 기장이 자신과 같은 비행기에 타고 있다는 건 믿는다. 기장의 안내방송을 들었으니까. 그리고 비행기가 날고 있으니까. 비행기의 움직임은 진동으로 느낄 수 있다. 이에 반해 창조자가 운행하고 있는 지구의 자전과 공전은 진동을 느낄 수 없다. 그러나 영혼의 울림으로 그분의 존재를 깨달을 수 있다. 생명과학을 전공한 까닭에 생명체가 얼마나 오묘한 존재인지 가슴으로도 안다. 수많은 생명체가 우연과 시간의 조합으로 만들어져 온 것이라는 데 동의할 수 없다.

성경을 읽다 보니 성경 속의 말씀이 나에게 주는 말씀으로 다가오는 시점이 있었다. 이런 체험이 축적되면서, 창조주가 내 어머니의 존재처럼 자연스럽게 받아들여졌다. 비행기가 이륙할 때마다 긴장된다. 아직 한 번도 이륙에 실패한 비행기를 탄 적이 없음에도. 기체 자체의 중량에 만석인 승객들과 바리바리 실은 짐들의 무게를 생각하면, 비행기가 뜬다는 것이 경이롭다. 조종사들은 배웠을 것이다. 엔진 출력을 최대로 올리고 활주로를 질주하노라면, 양력이 중력보다 커지는 시점이 오고 비행기가 이륙할 수 있다고. 그러나 이 이론을 머리로는 알아도, 뜰 수 있다는 믿음이 없으면 활주로 위를 질주할 수는 없다. 신앙도 마찬가지인 것 같다. 육신의 중력보다 믿음의 양력이 커지는 시점에 영적인 비상이 가능하다는 것을 경험한 영혼만이, 더 높고 멀리 날 수 있다는 점에서.

이웃이니까

인천공항에 내려 꺼두었던 핸드폰을 다시 켜니, 진아로부터 연락이 와 있었다.

"교수님 안녕하세요? 김진아입니다. 한국에는 잘 도착하셨죠? 교수님을 보내드리고 엄마와 저는 여기저기 돌아다녔어요. 기숙사는 생각보다 괜찮았고요. 교수님! 짧았지만 뵙게 되어서 너무나 감사하고 행복했습니다. ㅎㅎ 오래전부터 알고 지내던 분처럼 너무 편하고 재밌었어요. 낯선 땅에서 제가 기댈 누군가를 소개해 주심에 정말 정말 다시한번 감사드립니다. 교수님 사랑합니다. 방학 때 또 뵈어요.'"

진아는 어제 타이베이에서 처음 만난, 대학의 제자이자 동문 후배이기도 한 박 선생의 하나뿐인 딸이다.

칠 년 전 남편이 암으로 세상을 떠난 후 박 선생은 생활전선에 뛰어들었다. 하지만 박 선생의 수입으로 동시에 대학생 둘을 뒷바라지하기엔 역부족이었다. 그렇다고 두 자녀 중 누구도 학업을 중단시킬 수는 없었다. 박 선생은 아빠의 사업 때문에 중국에서 자랐던 두 자녀 중 중국어가 유창한 진아를, 한국보다 학비가 싼 대만의 대학에 3학년으로 편입시켜 유학을 보내기로 한 것이었다. 경제적 여건이 안 되어, 이국땅으로 딸을 보내야만 하는 엄마의 속은 들여다보지 않아도 숯 검둥이일 것이다. 진아는 기숙사 신청을 했지만, 자리가 없으면 통학이 가능한 곳에 서둘러 방을 얻어야만 하는 형편이었다.

나름 도울 수 있는 길이 있는지를 생각해 보던 중, 사업상 알게 되어 이십 년이 넘도록 가까이 지내고 있는 대만인인 다니엘 첸이 생각났다. 그가 마침 타이베이에 살고 있었다. 다니엘에게 진아가 대학 인근에 방을 얻어야 하면 도와줄 수 있겠냐고 이메일을 보냈다. 또 그녀가 대만에서 공부할 동안 급히 도움이 필요할 때 연락하면, 달려와 도와줄 후원자가 되어 달라고 부탁했다. 그는 기꺼이 진아의 후원자가 되어 주겠다고 약속했다. 그녀가 누구인지 모르지만, 나의 부탁이니 그렇게 하겠다는 그가 더 가깝게 느껴졌다. 진아 일로 그와 연락을 주고받았지만, 직접 만나 부탁하는 것이 좋겠다 싶어 일박이일의 일정으로 대만을 다녀왔다. 다니엘이 보고 싶기도 했다. 몇 해 만에 다시 방문한 창카이섹 국제공항은 이전과 별로 달라진 것이 없어 보였다. 출국장 앞에서 나를 위해 일부러 휴가까지 낸 다니엘과 박 선생 모녀를 만났다. 서로를 인사시킨 후, 식사를 같이하며 우리 넷은 온종일 같이 있었다. 외동딸을 키우고 있는 다니엘이 아비의 심정으로 그간 방을 알아본 내용을 들려줬다. 대학으로부터 기숙사에 입사하라는 통지가 며칠 전 진아에게 왔다는 소식에 다니엘도 자기 일처럼 기뻐했다.

다니엘과 헤어진 후, 호텔 로비에서 모녀와 차를 마시며 환담했다. 내가 진아를 위해 자비로 타이베이에 온다고 했더니, 그런 말을 믿는 엄마가 너무 세상을 모른다고 그분이 왜 오냐고 타박까지 했다는 얘기를, 호텔로 돌아오는 길에 박 선생에게서 들었다. 박 선생이 진아에게 '네가 직접 교수님께 여쭤봐'라고 말했다. 잠깐 망설이는 듯하더니 진아가 물었다. "교수님. 왜 우리 엄마와 저에게 이렇게 잘해주세요?"
나는 이렇게 답했다. "진아야. 어머니는 오래전 대학에서 나한테 배운
제자이자 동문 후배다. 내가 그 대학에 출강을 멈춘 후 그때 조교였던
어머니의 소식을 모르고 지냈다. 그런데 졸업 후에도 나에게 계속 연
락을 해오고 있는 어머니의 남자 동기생과 함께, 작년 연말쯤에 다시
만날 기회가 있었다. 그래서 어머니의 근황을 알게 되었다.

　성경에 네 이웃을 네 몸과 같이 사랑하라는 말씀이 있다. 지키기 어
려운 말씀이지만, 난 그런 삶을 추구해 보려고는 한다. 그런데 어머니
가 내가 이웃으로 여기는 울타리 안으로 들어오셨다. 그래서 이렇게
하는 것이다. 사기꾼들도 처음에는 잘해주지만, 그들에게는 다른 목적
이 있다. 나는 네 어머니와 진아가 이웃이기 때문에 이렇게 하는 것일
뿐이다." 진아는 아무 말도 하지 않았지만, 충격을 받은 듯 보였다.
그 이후 진아와는 자주 카톡을 주고받는 사이가 되었다. 엄마에게 자
신이 짐이라고 카톡을 보내온 그녀에게 이렇게 답을 보냈다. "계곡을
따라 흘러내리는 물살이 빠른 실개천 양쪽에 큰 돌들이 놓여 있었다.
사람들은 이 큰 돌을 어깨에 메고 계곡물을 건넜다. 돌의 무게를 더해
물살의 힘을 이기기 위함이었다. 진아는 엄마에게 짐이 아니다. 남편
을 여의고 혼자되어 세상이란 물살 빠른 계곡물을 건너가야 하는 어머
니가, 균형을 잃고 넘어지지 않도록 도와드리는 버팀돌이다."

샐비어

송선주*

집 입구에 줄지어 선 빨간 샐비어(salvia), 하얀색 삼층 양옥. 서로를 돋보이게 한다. 일본 가와사키에 사는 외사촌 인주 오빠의 집이다. 오빠는 두고 온 어머니와 형제들이 생각날 때면 고향집 사립문에 사이에 활짝 핀 샐비어를 보며 위로로 삼았단다. 꽃이 만개할 때면 빨간 나팔 모양의 꽃을 따서 뒷부분에 입술을 대고 쪽 빨면 달콤한 꿀이 나왔다. 형제들이 너도나도 여린 꽃을 따 흩어진 꽃잎은 골목을 발갛게 물들였다. 수십 년이 흘렀어도 새록새록 한 어린 시절, 어찌 잊을까.

아버지를 모시고 언니와 일본을 방문했다. 가와사키는 70여 년 전 아버지가 사셨던 제2의 고향이다. 가시기 전에는 어디에 무엇이 있고 하며 훤하게 그리고 계셨다. 그가 안내한 아버지의 살던 곳에 갔다. 세월만큼이나 모든 게 변하여 우두커니 서서 그때를 떠올리며 가늠할 뿐이었다. 그나마 옛 절만이 그 자리를 지키고 있었다. 오랜 세월이 흘렀지만, 여전히 기억하고 계신 아버지의 일본어 실력에 놀랐다.

---

* 〈미주재림문학〉 수필 신인상(2011), 〈그린에세이〉로 등단. 그린에세이작가회 회원. 가든수필문학회 회원. 작품집 《내가 그린 에세이》(공저)

인주 오빠는 외삼촌의 둘째 아들이다. 외삼촌은 오빠와 이모, 내 엄마를 데리고 일제강점기 때 바다 건너 가와사키로 갔다. 그곳에서 엄마는 아버지를 만나 결혼하고 언니가 태어나고 두 살 되던 해 조국이 광복되어서 우리 가족은 귀국했지만, 외삼촌과 오빠는 일본에 남았다.

내가 초등학교 때 오빠가 우리 집에 왔다. 까만 승용차에서 내리는 모습이 영화의 한 장면 같았다. 훤칠한 키에 시원한 이목구비의 호남형이었다. 커다란 슈트케이스에서 엄마와 우리에게 줄 선물을 산타할아버지처럼 풀어 놓았다. 엄마가 애지중지 꺼내 보던 오빠의 결혼 사진첩엔 인형 같은 올케언니가 있다. 그녀는 재일 교포 2세다. 처음 시집와서 한글을 익히기 위해 부엌 캐비닛, 냉장고, 방, 발걸음 닿는 곳마다 이름을 한글로 써 붙여두고 외운다고 해서 엄마가 대견해했다. 오빠도 다시 만날 고국의 어머니와 형제들과의 소통을 위해 한국말을 잊지 않으려 노력했단다. "아내는 시골 교토 출신이라 내가 눈을 두 번 깜빡일 동안 한 번 깜빡였어."라고 해서 순수했던 그 시절을 얘기하며 웃었다. 올케가 시골 출신이라 그만큼 여유가 있고 정적이라는 말이다.

오빠 부부는 아들 내외와 손자들과 같이 살고 있었다. 며느리는 일본 여인이다. 오빠가 우리 아버지랑 언니를 앉히고 자녀들에게 절을 하게 해 마음이 뭉클했다. 섬나라여서인지 식사는 매끼 마다 생선이 빠지지 않고 올라왔다. 살짝 말려 찐 생선은 쫄깃하고 담백했다. 집 옆의 천정이 높은 큰 정비공장은 오빠의 삶의 터전이란다.

오빠는 1남 2녀의 자녀를 키웠다. 아이들이 어릴 때 일본인들의 극심한 차별과 이지메로 온 가족이 극단적인 생각도 했다고 한다. 올케언니는 한인이 차별당하는 것에 항의와 계몽을 위해 한인이 많이 거주하는 신주쿠에 재일동포 문화회관을 세우고 일인 시위 연극을 하고 있다. 팜플렛 속 언니가 소복을 입고 추는 춤사위는 애절하다. 김대중 영부인 이희호 여사가 재외교포 중 조국을 위해 일하는 유력한 여성 5명을 선정하여 청와대로 초청해 찍은 사진 속에 언니도 있었다.

외삼촌은 이미 돌아가셨지만, 생전에 거하셨던 1층 방에 아버지랑 언니랑 함께 나란히 누웠다. 호탕하던 그분의 목소리가 들리는듯했다. 우린 천장의 거의 반을 차지한 하얀 포스트 지에 붓글씨로 쓰인 글이 의아했다. 올케언니는 각처에 초청이 되면 이 방에서 연설문을 직접 이렇게 써서 외운단다. 오빠의 설명을 들으니 대단한 열정을 가진 올케언니를 직접 만나지 못하고 돌아오게 되어 아쉬웠다. 마침 한국에 있는 어느 교회에서 초청이 있어 그곳에 갔단다. 책자 속에 살아 있는 듯한 그녀의 동작을 바라보면 한국인의 혼이 느껴진다.

"오빠! 오빠 처음 봤을 때 영화배우같이 멋있었어요." 내가 옛날을 떠올리며 얘기했다. 오빠는 조금 어색한 발음으로 "홍주. 내 손 좀 봐." 그가 내민 손은 군은살이 박여 힘든 세파를 헤치고 열심히 살아온 장한 아버지의 손이다. 가깝고도 먼 타국 땅에서 디아스포라로 감내해야 했던 삶의 무게가 고스란히 담겨있다.

샐비어의 꽃말은 정열이다. 외숙모가 사랑하던 꽃 샐비어. 그녀는 가난을 벗어나고자 떠난 남편과 아들을 생각하며 그리움과 열정을 속으로 삭였나 보다. 그녀의 다소곳하던 모습이 붉은 꽃 속에 피어난다.

신주쿠역은 한인 유학생 이수현이 열차를 기다리던 중 철로에 떨어진 술에 취한 사람을 구하려다 달려오는 열차를 미처 피하지 못하고 의로운 희생을 한 곳이기도 하다.

버드나무

딸네 식구들이랑 여행을 떠났다. 최종 목적지는 Grand Teton과 yellow stone이다. 딸과 사위가 번갈아 운전하며 라스베이거스에서 하룻밤 보내고 다음 날 또다시 여섯 시간을 운전하여 유타로 갔다. 가는 길은 TV에서만 보던 붉은색 기이한 절벽과 아치들이 예술 작품 전시장을 방불케 했다.

유타에서 아이들 친구 집에서 이틀을 머물게 되었다. 딸이 결혼하여 스페인으로 신혼여행을 하고는 바로 의료 선교지 곰으로 떠났다. 그때 이 친구 부부와 선교지에서 만났단다. 미국인 금발의 아름다운 부인 미셸과 타일랜드 남편 사이에 아들 둘 딸 하나를 둔 다복한 가족이다. 그 아이들이 나에게 "선주 그랜마"라고 부르는 호칭이 정감이 있었다. 남편은 안과전문의인데 유타 어느 대학에서 교수이다.

집은 지하 일 층하여 삼층집인데 우리가 가는 날 에어컨이 고장이 났단다. 우린 그나마 시원한 지하에서 묵었다. 지하 창 너머 솔방울 사이로 다람쥐가 눈인사한다.

안주인이 잠을 설치며 새벽부터 우릴 위해 준비한 밥이 죽도 밥도 아니라 민망해하며 한바탕 웃었다. 그곳에 새로 생긴 대형 H 마트에서 콩나물을 구입하여 만든 샐러드도 아삭하니 먹을 만했다. 뒷마당에 가득 열린 노란 살구로 만든 그녀의 달큼한 파이 맛이 입안에 감 돈다.

동네 어귀에 버드나무가 하늘에 닿을 듯 줄지어 있었다. 나무이파리가 한 잎 한 잎이 실바람에 바람개비처럼 팔랑인다. 까마득히 잊고 있던, 하늘 높은 줄 모르게 쭉쭉 뻗어 있는 모습이 얼마나 반가웠는지. 어린 시절 동네에 와 있는 듯했다. 플라타너스에 부엉이가 집을 짓고 밤의 활동을 위하여 낮에 잠을 자고 있었다.

어린 시절 소풍을 가던 곳, 강가에 미루나무가 촘촘히 우거져 선생님들이 숨겨둔 보물찾기를 하기도 했지. 엄마가 정성껏 싸 준 김밥과 삶은 계란을 먹고 사이다도 마셨어. 어김없이 아이스께끼 장사가 나타나 빨강 파랑 물들인 얼음과자로 동심을 흔들기도 했지. 어느 해는 돌아올 무렵에 가져간 물을 다 마셔 웅덩이에 물을 마셔 소동이 일어났지. 그 속에 개구리알이 있어 집에 와서 회충약을 먹고 난리가 아니었어.

지금은 고국을 방문해도 버드나무를 볼 수가 없다. 가로수도 유행이 있는지 버드나무가 사라지고 한동안은 거리가 은행잎으로 황금 융단을 깐듯했다. 언젠가부터 연분홍 벚나무가 산천을 채색하고 이팝나무가 몽실몽실 탐스럽게 만발했다. 다양한 가로수로 자연과 도시가 조화롭게 공존하는 변화가 새롭다.

미국 북부에서 자라는 아스펜 트리도 버드나무 종류다. 우리가 어릴 때 보던 버드나무는 잎이 약간 두껍고 반질거렸지만, 이곳 나무는 이파리에 엷은 지문까지 드러나 있다. 사막 지대가 많은 캘리포니아와 달리 전나무와 아스펜 트리가 즐비하여 달리는 내내 풍경에 도취했다. 가을이면 아스펜 트리의 노란 단풍이 장관이다.

레이크 타호는 2002년 동계 올림픽 개최지다. 지대가 높아 여름에도 시원하다. 멀리 작고 큰 호수들이 눈 아래 있었다. 여름 방학 동안 단체로 수영을 배우는 청소년들, 올림픽출전을 위해 스키를 연습하는 모습에서 열정이 내게도 전해지는 듯했다. 스키를 탄 젊은이가 높은 곳에서 쏜살같이 내려와 한 마리 새가 물속으로 날아드는 듯 점프하는 모습이 역동적이고 인상적이었다. 친구 집에서 20분 거리에 있는 레이크 타호의 방문은 손녀들에게 스키에 대한 강렬한 인상을 준 것 같다.

주가 바뀌면서 한 시간 더 여유가 있는 유타를 지나 그랜드 티톤을 가기까지 수시로 날씨가 바뀌었다. 운전하는 동안 검은 구름이 금세 비를 뿌리고 천둥과 번개가 번쩍이니 시원해서 좋았지만, 라스베이거스 가는 길에 회오리바람으로 긴 트레일러가 두 대나 쓰러져있어 긴장도 됐다.

아이들이 테슬라 사이버 트럭을 새로 구입해 타고 갔다. 세 시간마다 전기 충전소를 찾아다녔고 충전하는 동안 긴 여행에서 쉬엄쉬엄 스트레칭도 하고 쇼핑도 했다. 손녀 둘은 뒷자리에서 할머니랑 앉아 손놀이 '보리밥 쌀밥' '이거리 저거리 각거리' 등 깔깔 웃으며 이야기도 하고 지루하면 PC에 열중했다. 케이블카로 내려다본 만 피터 이상 높은 산에 하얀 눈, 잔디밭에 방목한 말들은 가까이 다가와 눈을 맞춘다. 평화롭고 아름다운 Jackson Hole에서 삼박사일은 영원히 남을 추억이다. 칠박팔일, 무려 이천여 마일을 달렸다. 햇살에 윤슬처럼 반짝이던 버드나무와 함께 "겨울에 또 오세요. 눈이 오면 별천지예요." 하던 그랜드 티톤에서 만난 친절한 여인이 그리워질 것이다. 우리는 살면서 수많은 인연을 만나기도 헤어지기도 한다. 좋은 사람들과 인연은 행운이다. 아름다운 인연을 만들려면 서로 신뢰하며 아껴야지 않을까.

온도 차이

　시월 중순이건만 한낮의 햇살은 따끈하다. 남편은 덥다고 에어컨 온도를 낮춘다. 나는 추워 다시 온도를 몰래 올린다. 저녁 무렵, 남편이 느닷없이 "안 맞아 못 살겠네" 하며 소리를 버럭 지른다. 나도 질세라 "밖에 나가 봐요. 시원해." 그러자 남편 왈 "내가 홈리스냐?" 하며 밖을 나간다. 살그머니 뒤따라 나갔더니 집 앞 공원 벤치에 앉아 전화기를 열심히 들여다보고 있다. 남편이 앉은 의자 옆자리에 가을 햇살 한 자락이 벗하고 있다. 드높은 청잣빛 하늘에 무게 구름이 두둥실 떠 있다. 나무 그늘이 시원한 공원에 이웃 사람들이 나와 테니스와 농구를 한다. 놀이터에는 미끄럼을 타는 아이, 그네 위에 앉아 흔들리는 아이, 자전거 페달을 열심히 밟으며 달리는 아이들의 모습으로 공원이 떠들썩하다.

　우리 부부는 공통점을 찾기가 힘들다. 보는 TV 프로그램도 다르다. 남편은 하루 종일 뉴스에 열중이다. 음식도 남편은 짜고 매운 것을 좋아하고 나는 순한 음식을 좋아한다. 아~ 같은 게 있긴 하다. 두 사람 다 운동을 좋아한다는 것이다. 그렇지만 각자 따로 걷고 시간대도 다르다. 빠른 걸음을 따라갈 수가 없기도 하지만 나는 이것저것 꽃도 보고 하늘을 보며 걷기를 즐기기 때문이다. 사십여 년을 서로 맞지 않아도 이 일 저 일 때문에 함께 살아야 했기에 여기까지 왔다. 이제 와서 새삼 남편이 서로 안 맞아 못 살겠다고 하니 적반하장도 유분수다. 에고 늙은 남자여.

아버지의 품

이봉희*

....

따듯하다. 아버지를 떠올리면 마음이 따듯해진다. 부유하지는 않았
지만 어릴 때 기억은 부족함이 없었다. 아버지가 퇴근해서 올 시간이
되면 할머니는 집안을 치우며 바빴다고 했다. 까다로웠던 걸까? 부모
가 된 아버지는 우리를 사랑으로 키웠다. 우리는 칠 남매다. 참 많다.
나는 두 아이를 키우며 힘이 들었는데 부모님은 어떻게 칠 남매를 낳아
키우셨을까. 상상만 해도 숨이 막힌다.

내가 태어났을 때의 일이다. 친척 아줌마가 나를 보자마자 딸을 이
렇게 못 생기게 낳으면 어떻게 하느냐고 농담했는데 곁에 있던 아버지
가 화를 내시며 집에서 쫓아냈단다. "내 딸 내가 키우니 다시는 우리
집에 올 생각 하지 말아요." 했단다. 훗날 아줌마는 집에 오시면 자주
그 얘기를 하며 나를 별로 예뻐하지 않았다. 생각할수록 너무 무안했
다나. 나는 가끔 생각하곤 했다. "내가 그렇게도 못생겼나?" 아버지는
그렇게 내 곁을 든든히 지켜 주셨다.

---

* 〈그린에세로〉로 등단. 엘에이 가든수필문학회 회원. 작품집 ≪내가 그린 에세이≫(공저)

나는 학교에서 제일 존경하는 사람을 말하라면 언제나 부모님이라고 얘기했다. 어린 나이인데도 칠 남매를 먹이고 입히고 공부시키시는 두 분의 삶이 존경스러웠다. 생활이 넉넉한 것도 아니었다. 내가 중학교 다닐 때 아버지는 부하 직원이 잘못한 일을 대신 짊어지고 다니던 시청을 그만두셨다. 형편이 어려워진 우리는 청와대 옆에서 돈암동으로 이사를 해야 했다.

집 근처에 '신흥사'라는 절이 있었다. 아버지는 주말이면 새벽에 언니와 나를 깨워 아침 공기를 가르며 뛰셨다. 졸린 눈을 비비며 뛰던 추억이 떠오르면 어린 시절의 나를 만난다. 이사한 몇 년 후 가사를 돕는 연순이 언니가 고향으로 돌아갔다. 엄마가 일찍 장사 하러 나가면 아버지는 새벽에 일어나 밥을 하고 상을 차린 뒤 우리를 깨워 먹이셨다. 엄마의 일을 다 맡아 하셨다. 그런 아버지가 나는 참 좋았다. 밥상을 마주한 아이들이 맛있는 반찬이 없으면 잘 먹지 않는다. 그때마다 찌개가 맛있다며 먼저 드시던 아버지는 잔잔하게 아이들을 사랑으로 이끌어주셨다.

얼마 후 지방에 직장을 구한 아버지는 주말에만 집에 오셨다. 엄마도 장사하러 나가면 우리끼리 잠들다가 연탄가스를 맡아 사경을 헤매곤 했다. 그때마다 옆집 할머니는 동치미를 가져와 국물을 마시게 했다. 지금 생각하니 참 힘든 시절인데 살면서 조금도 불평을 안 했다. 칠 남매가 똘똘 뭉쳐 서로 의지하며 살았던 것 같다.

세월이 흘러 아버지는 다시 서울로 직장을 옮기셨다. 나는 유난히 아버지를 챙겼다. 아버지가 출근할 때면 구두를 닦아 놓고 기다렸다가 신겨드렸다. 윗옷을 입을 때에도 도왔고 현관을 나설 때는 옷도 털어

드리곤 했다. 그 모습을 보며 엄마는 그런 건 기생이나 하는 거라며 나를 못 마땅해하셨다. 나는 엄마가 할 일이라며 엄마 등을 밀었지만 한 번도 안 하셨다. 엄마는 무뚝뚝한 성격이었다. 나는 아버지가 퇴근하면 저녁상에 계란 한 알이라도 아버지만을 위한 반찬을 해놓고 동생들에겐 먹지 말라고 눈치를 주었다. 너는 아버지밖에 모른다고 엄마는 섭섭해하셨다.

부모님은 미국으로, 나와 내 가족은 스페인으로 떠나 살면서도 아버지는 항상 곁에 있는 듯 느꼈다. 내가 스페인을 떠나 미국으로 온 뒤에는 부모 가까이에 살았다. 우리는 위로 셋이 딸이다. 그래서일까? 아들을 유난히 챙기셨다. 나는 그런 부모님이 살면서 서운할 때도 많았다. 운전을 못 하시는 아버지의 미국 생활이 얼마나 답답하셨을까. 나는 아이들을 키우며 미국 생활에 적응하느라 무심했다. 세월이 흘러 아버지가 병원을 드나들고 양로병원에 머무르실 때다. 자주 들렸지만 돌아보면 부족함 뿐이었다. 엄마가 한국에 나가셨을 때다. 가끔 아버지와 데이트했다. 휠체어에 몸을 맡긴 아버지를 모시고 바닷가에도 갔다. 차를 타고 나가면 그렇게 좋아하셨는데. 데니스에서 아침을 들면 제일 행복해하셨다. 용돈을 드리면 더 좋아하셨다.

삶의 무게를 이기지 못하고 저세상으로 마지막 이사하실 때다. 아버지가 계신 병원으로 우리 형제는 돌아가며 아버지 곁을 지켰다. 그날은 내가 언니를 보내고 혼자 아버지와 밤을 보냈다. 눈조차 뜨지 못하고 힘들어하시는 아버지에게 나는 해서는 안 되는 말을 했다. "아버지, 우리가 엄마 잘 모실게요. 이제 걱정 마시고 가셔도 돼요. 너무 힘들잖아요. 아버지, 사랑해요. 고마웠어요. 편히 주무세요." 숨만 겨우 쉬고 있는 아버지를 꼬옥 안고 귀에 속삭이며 말했다. 아버지는 미동도 없었다. 새벽에 물과 과일즙을 수저로 입에 떠 넣어드리고 병원을 나섰다. "아버지, 금방 다녀올게요." 그 인사가 마지막이 되었다.

집에 도착하자마자 전화가 울렸다. 아버지가 떠나셨단다. 나는 운전하며 가슴을 쳤다. 가시지 말라 해도 가시는데…. 내 말에 아버지가 얼마나 서운하셨을까. 편히 잠드신 아버지를 뵈며 용서를 구했다. 그렇게 아버지와 이별하고 한참을 아파했다. 과연 아버지를 위한 것이었을까? 누가 뭐래도 난 아버지의 고통을 느끼며 사랑하기에 한 말이었다. 하지만 두고두고 나는 가슴을 치며 아파했다.

한 달이 흐른 어느 날 나는 아버지를 꿈에서 만났다. 지금도 생생하다. 내가 직장에 있는데 저만치 정문에서 아버지가 서서 나를 부르셨다. "아버지" 나는 큰소리로 외치며 달려가 어린아이처럼 훌쩍 뛰어가 한참을 매달려 있다가 깨었다. 그런 나를 아버지는 꼬옥 안아주셨다. 어쩌면 아버지에게 한 마지막 말 때문에 아파하는 딸을 용서해 주시러 찾아오신 것 같았다. 사랑으로 키워주신 아버지를 떠올리면 내 마음은 부족했던 것만 생각이 나서 아프다.

살아가며 힘든 시간이 오면 가만히 아버지를 불러본다. 잔잔한 미소로 괜찮다며 안아주시는 아버지를 느끼곤 한다. 부유하지는 않았지만 나는 아버지 딸이라서 좋다. 천국에서 기다리실 아버지. 그 품에 안겨 다시 속삭여 드릴 말이 있다.

"아버지, 사랑해요."

피아노의 사랑

거실 한편에 덩그러니 피아노가 놓여 있다. 아무도 돌아보지 않아 벙어리가 된 피아노는 나를 보는 것 같아 애잔하다. 삶 속에서 가끔은 내 의지와는 다르게 혼자만의 어둠 속에 갇힐 때가 있다. 누군가 뚜껑을 열고 눌러 주기를 바라는 피아노와 나는 왠지 닮았다.

스페인에서의 삶 속에서 가끔은 먼 곳을 바라보며 고독을 즐겼다. 그런 날, 그윽한 커피 향에 눈을 돌려보면, 딸은 어느새 피아노 앞에 앉아 연주를 시작한다. 가곡에서 가요로, 찬송가에서 쇼팽으로. 아름다운 곡들이 나를 감싸면 외로움이 저 멀리 사라진다. 한 시간 정도 여러 장르를 넘나들다 마지막 곡은 '즉흥 환상곡'으로 연주하며 나를 돌아본다. "엄마, 사랑해! 힘내." 하며 나를 안아주는 딸은 그렇게 내게 힘이 되어 주었다.

딸이 학교에 들어갈 나이가 되었을 때였다. "수진아! 엄마랑 네 이름 써보자" 하며 부르면 딸은 언제나 딴짓했다. 성격이 산만 하다는 생각이 들었다. 피아노를 배우면 나아질 것 같았다. 그날 배운 것은 집에서 꼭 한 시간 연습하는 조건으로 시작한 레슨이었다. 5살 어린 나이지만 집에서도 연습을 게을리하지 않았다. 사립 국민학교에 다니며 해마다 있는 대회에서 좋은 성적을 거두었다. 월광곡 등 어려운 곡을 연주했다. 나 역시 아이의 틀린 곳을 지적해 주며 함께 음악 속에서 살았다.

아들에게도 피아노를 가르치고 싶었지만, 여유가 없었다. 아버지와 지하철역에서 만나기로 한 날. 20분이 넘도록 아버지가 안 오셨다. 아들은 지루해 몸을 뒤틀었다. 그때 복권 판매소가 눈에 들어왔다. 주머니에 지폐 한 장이 잡혔다. 왜 그랬을까? 복권 두 장을 처음으로 샀으니. 잊고 있었다. 주말이 지나 월요일. 청소하다 문득 생각이 나서 신문을 펼치고 숫자를 맞춰보는데…. "어! 맞았네? 2등이네? 어머! 이럴 수도 있구나." 또 한 장을 꺼내 살펴보았다. "어머머! 어떻게 이럴 수가, 똑같은 2등이네?" 나는 그때 처음 느꼈다. 내 의지와는 상관없이도 실실 웃음이 나올 수 있다는걸. 그랬다. 바보처럼 나는 웃고 있었다.

그럴 때 제일 생각나는 사람은 남편이었다. 회사에 전화하니 자리에 없단다. 메시지를 남기고 다시 청소하는데 "띵똥" 벨이 울렸다. 대문을 여니 남편이 서 있었다. 출근하고 한 시간도 안 됐는데 왜 왔느냐고 묻지도 않았다. "이리 와 봐"하며 도둑질하듯 남편의 손을 잡아 방으로 끌고 가니 "아침부터 왜 그래" 하며 어리둥절하여 뒷걸음을 친다. 아마도 실실 웃으며 손을 잡아끄는 내 모습이 무언가에 홀린 듯싶었나 보다. 내가 생각해도 낯선 내 모습이었다. 한데 왜 그리 실없이 웃음이 나오는지…. "여보, 복권이 2등에 당첨됐다." 아침부터 웃기지 말라며 믿지 않는 남편에게 복권 한 장을 주며 신문을 보여주었다. "어! 진짜네. 그래서 정신 나간 사람처럼 실실 웃었어?" 나는 또 한 장을 주었다. 장난치지 말라는 남편에게 숫자를 맞춰보라고 했다. "어! 진짜네. 어떻게 이럴 수가 있어"

며칠 후 동생들을 불러 명동 칼국수 집에 가서 한턱을 냈다. 남은 돈으로는 아들에게 피아노 레슨을 시킨다고 말했다. 그 돈으로 몇 달이나 시키냐며 남편은 어이없어했다. 훗날 아들이 결혼해서 아이와 함께 피아노 치는 모습을 상상만 해도 좋다며 레슨 시키고 싶다고 했다. 그렇게 시작한 아들의 피아노 교습은 일 년이 지난 뒤 끊어야 했다. 한창 아이들과 어울려 뛰어노는 데 온 힘을 쏟느라 집에서 연습을 게을리하였다. 10분이 지나면 화장실로, 물 먹으러 간다고 뛰어가며 꾀를 부렸다. 연습을 안 하면 그만둔다고 겁을 주었지만, 오히려 기다렸다는 듯. 아무 미련 없이 아들은 행복한 미소를 지었다. 기초는 배웠으니 됐다며 나도 포기했다.

스페인에는 학교도, 직장도 낮에는 두 시간의 낮잠 시간이 있다. 12시면 모두 집에 가서 쉬었다가 2시에 다시 나간다. 어느 날부터 아들은 집에 오면 피아노 앞으로 달려가 누나의 악보를 펼쳐 피아노를 치곤 했다. 감히 베토벤과 쇼팽의 곡들을 말이다. 일 년을 공부한 아이라고 믿을 수 없이 열심이었다. 그즈음 딸은 왕립 음악학교에 입학하기 위해 레슨을 받고 있었다. 피아노에 미쳐있는 아들에게도 기회를 주고 싶었다. 아들의 자유곡을 딸의 선생님에게 레슨 받으며 한 달가량 연습했다.

딸은 5학년, 아들은 2학년을 기대하며 원서를 냈다. 시험 날. 떨리는 마음으로 아들을 보고 있노라니 심사위원이 함께 들어가도 된다며 내 손을 잡아주었다. 피아노 앞에 앉은 아들은 엄마가 옆에 있음을 알고 웃으며 윙크를 날리고, 나는 눈을 감고 기도하는 마음으로 들었다. 조용히 울리는 피아노 소리는 한 마리의 나비가 춤을 추며 나르듯 아름답게 울려 퍼지고 있었다. 내 아들이 맞아? 쇼팽의 곡을 아름답게 소화하였다. 심사위원들은 모두 만족한 미소를 띠고 있었다. 며칠 후 결과를 들은 우리는 모두 놀랐다. 딸은 6학년에, 아들은 5학년에 들어가게 되었다. 딸은 한 방 맞은 듯 멍하니 말이 없었다. 동생이 5학년에 합격한 것에 자존심이 상한 것이다. 아들에게 음악적 재능이 풍부하다며 심사위원은 말했다.

아들과 둘만 있던 어느 오후. 내가 쓸쓸해 보이는지 커피를 타 주며 아들이 말했다. "엄마! 뭘로 해 줄까?" 무슨 소리인지 몰라 의아해하는 나에게 "가곡을 먼저 칠까? 찬송가를 칠까?" 하며 정색하고 물어왔다. 순간 삶의 무게에 눌려 있던 나는 큰 소리로 한참을 웃었다. 마치 하늘을 나는 새가 높이 올라 자유를 느낀 듯. 아들은 누나가 엄마를 위해 연주하던 마음을 기억하고 나를 위로하고 있었다. 나의 애창곡을 연주하던 아들이 돌아보며 "엄마! 즉흥 환상곡을 누나만큼 못 치는데 괜찮아?" 묻는다. 연주를 마친 후 피아노를 덮으며 나를 꼭 안아주는 아들이 속삭였다 "엄마! 힘내 사랑해"

피아노를 손에서 놓지 않는 아이들과 달리 나는 피아노를 조금밖에 칠 줄 모른다. 나를 가르치는 딸은 연습 안 하면 그만둘 거라며 엄마 흉내를 냈다. 몇 번의 과정에 이제는 멈춘 상태다. 아이들이 집을 떠나고 피아노만 덩그러니 남아 있다. 치매에 좋다며 피아노를 치라는 딸의 권유로 다시 두드려 보았지만 게으름 탓에 손을 놓은 지 오래다. 피아노는 내게 함께 놀자며 손짓하고 있다. 나의 닫힌 마음처럼 피아노도 숨을 쉴 수 없다며 말한다.

물끄러미 바라보고 있노라면 피아노를 쳐 주는 아이들의 모습이 보인다. 아이들이 피아노 음률에 담아 주는 엄마를 향한 사랑도 느껴진다. 삶의 긴 여정 속에 피아노는 가족의 구성원이었다. 스페인에 가서도, 미국에 와서도 제일 먼저 마련한 것은 피아노다. 아이들이 살면서 기쁜 시간이나, 힘든 시간이 오면 피아노를 치며 위로받으면 좋겠다. 은은한 피아노 소리 속에 담긴 엄마의 사랑도 함께 추억하며.

나는 정신이 맑을 때 삶 속에서 함께 희로애락을 나눈 벗들과 미리 이별하고 싶다. 정성껏 준비한 음식을 나누며 기뻤던 시간 속으로 돌아가 보고 싶다. "부족한 나를 사랑해 주고 함께 걸어와 주어 고맙다고, 행여 나로 마음이 아팠다면 미안하다고 살면서 많이 사랑했다고 말하고 싶다. 아이들이 연주하는 쇼팽의 "즉흥 환상곡"을 벗들과 함께 들으며 이 세상 소풍을 끝내고 싶은 마음이다.

거실 구석에 말없이 놓여 있는 피아노를 조심스레 열어본다. 숨조차 쉴 수 없는 사랑이라면 내려놓으라고, 빗장을 열고 나와 함께 날아보자고 피아노는 속삭여준다. 더 늦기 전에 피아노와 벗 삼아 아름다운 음률을 타고 훨훨 날아보리라. 내 안에 있는 나의 행복을 찾아.

끈

  가을이 깊어 가고 있다. 아침이면 뒷마당의 감나무를 바라본다. 20년 전 심은 나무다. 가을볕에 감은 하루가 다르게 주홍빛으로 물들며 자라고 있다. 올해도 어김없이 굵은 끈에 묶인 가지마다 힘겹게 열매를 달고 버티고 있다. 바람이 불면 부러질 듯 휘청이는 가지에 매달려 있는 감은 친구들과 정을 이어주는 끈이다.

  열매가 익기 시작하면 무게를 감당하지 못하는 나무는 비를 흠뻑 먹은 꽃잎처럼 고개를 숙인다. 그 모습이 애처롭다. 힘겨워 늘어진 가지에 열매를 맺고 잘 영근 감으로 지켜내려는 나무는 엄마와도 같다.

  7남매를 품어 키워내신 엄마의 여정이 그리 고단한 삶이었다는 것을 예전엔 몰랐다. 나무에 줄줄이 달려 익어가는 열매가 우리였는데 엄마는 얼마나 힘드셨을까? 양로원에서 마지막을 보내신 엄마, 아침이면 감나무가 엄마같이 보여 나도 모르게 "엄마 미안해요."라고 중얼거린다.

  열매가 맺히면 남편은 나무가 감당할 만큼만 남기고 따 버리라고 했지만 차마 못 했다. 욕심 때문이 아니었다. 열매를 달고 힘겨워 늘어지는 가지가 안쓰러웠어도 혹독한 겨울을 이겨내며 살아나온 생명이기에 차마 없앨 수가 없었다.

어느 해, 튼튼한 끈을 찾아 마주 보이는 굵은 가지에 엮어주기 시작했다. 씨줄과 날줄로 엮어 당겨주니 힘센 바람에도 잘 견뎌낸다. 세월따라 굵어지는 가지에는 지난해 단단히 묶어놓았던 끈이 박혀있다. 뽑으려 애써도 안된다. 나의 무심함에 끈을 품고 자란 나무를 어루만지며 미안하다고 말한다. 내 손톱에 박힌 가시처럼 나무도 아프겠다는 마음이 든다.

사람과 사람 사이에도 눈에 보이지 않는 끈으로 연결되어있는 것 같다. 끈을 너무 세게 당기면 상대를 힘들게 하고 놓아버리면 사람을 잃는다. 내게도 그런 사람이 있다. 내가 놓아버린 사람이었으나 시간이 흐르고 생각하니 그것이 나의 교만임을 알게 되었다.

그녀는 내가 미국에 와서 정착한 아파트 위층에 살고 있었다. 임신 9개월의 새댁인데 무슨 일이 있으면 우리 집으로 달려와 도움을 청하고 했다. 깊은 밤, 잠자리에 든 시간에도 현관문을 요란하게 두드렸다. 놀라서 문을 열면 "남편이 카지노에 갔는데 연락이 안 돼요, 도와주세요."라며 만삭인 배를 감싸 안았다. 함께 영어 공부도 하러 다닌 그녀. 대중교통 수단을 이용할 때 승차비를 빌려달라고 했고 은행에 돈이 있음을 암시하면서도 빌리고 난 후 끝내 갚지 않았다. 음식을 나눠 주면, 그릇을 안 가져오기 일쑤이고 그 그릇을 사용해서 계란찜을 맛있게 해서 먹는다며 어이없는 말을 하기에 이해하려고 애쓰면서도 거리를 두었다.

내가 수술을 앞두고 있던 어느 해 크리스마스 저녁이었다. 인형 조립하는 걸 들고 와 사정했다. 내일 아침까지 300개를 만들어 팔아야 하는 데 도와달라며. 내가 몸이 아파 안된다 해도 살려달라 애원하였다. 그녀는 100불을 주겠다며 놓고 도망치듯 갔다. 가족이 모여 새벽까지 완성하여 주고 난 후, 두 달이 지나도록 그녀는 왠지 나를 피하였다. 집에서 구역예배를 드리는 저녁, 그녀가 딸에게 봉투 하나를 주고 도망치듯 돌아갔다. 예배가 끝난 후 열어본 봉투에는 30불이 들어 있었다. 어이가 없었다. 아무 말 없이 그녀 집으로 가서 초인종을 눌렀다. 문을 열고 나온 그녀는 "생각만큼 이윤이 안 남아 그것밖에 못 드렸어요."라고 말했다. 나는 봉투를 도로 주며 어려운데, 살림에 보태 쓰라고 했다. 살면서 돈보다 중한 건 서로에 대한 신뢰인데 앞으로는 이런 일이 없으면 좋겠다고 말하며 돌아오는 길에 그녀와의 끈을 놓았다. 처음으로 내가 버린 인연이다.

우리 삶에서도 서로 이끌어주고 채워주며 끈이 되어 주는 사람이 있다. 어려운 시간을 함께 견디고 넘긴 사람과는 좋은 인연으로 평생을 동행하고 싶어진다. 사람들과의 인연 속에서 나는 어떤 끈으로 보여질까. 나무속에 박힌 끈처럼 행여 편견으로 상처를 주면서도 모르고 살고 있지는 않을까. 빼어내고 싶어도 뺄 수 없는 가시가 되어 아픔을 주는 건 아닐까. 아니 엄마에게는 어떤 끈이었을까. 엄마가 힘들 때 씨줄과 날줄을 엮어 작은 힘이나마 보태는 딸이 되었을까? 아닐 것 같다. 나는 언제나 기대어 살았고 엄마가 나의 든든한 끈이 되어 붙들어 주셨다.

보이지 않는 끈과 끈으로 엮인 우리의 삶. 엄마와 아기에게 이어진 탯줄 역시 하나의 끈이다. 사람이 사람에게 줄 수 있는 최고의 선물은 변함없는 마음이다. 살아가며 서로 잡아주어 넘어지지 않게 힘이 되는 인연들. 두 팔을 벌려 벗들의 손을 잡아본다. 사랑의 끈으로 마주 잡은 손을 붙잡고 남은 시간 흔들리지 말고 살아야겠다. 열매가 익어가며 늘어지는 가지에 다시 끈을 매어 주며 속삭인다. 회오리바람이 불어와도 서로 잡아주며 조금만 더 버티렴. 네가 품고 있는 감이 익을 때까지.

테마 에세이 | 어머니, 아버지

꿈에서라도 뵈었슴…

독고 윤옥*

   고등학교 다닐 때 만해도 큰아들에게는 김치 깍두기 멸치조림 등은 있어도 없어도 무관한 음식이었다. 대학교 기숙사에서 주는 음식에 입맛을 부치지 못하고 학업량이 많아지면서 스트레스가 있던 때다. 다행스럽게 학교 내 동아리 누이들이 만든 김치찌개를 가끔 먹으면서 매콤하고 칼칼한 대학 생활에 적응하던 시기다. 학기말 시험 후 집에 온다는 전화에, 반가운 나머지 먹고 싶은 음식이 있느냐 물었다. 자기 위해서는 특별히 준비할 것 없이 김치찌개만 있으면 된다고 제 엄마를 배려라도 하는 듯 말한다.
   그때 이미 김치 병이 말갛게 씻겨 선반에 얌전히 얹어있던 때다. 그때는 김치를 집에서 담가 먹을 때여서 스테이크보다 더 귀한 반찬이다. 우리는 김치를 금치로 부르며 귀한 음식으로 상에 올리곤 했다. 아들이 오는 날 김치찌개를 끓여야 한다. 전화 통화 후 다음 날 빠듯한 계획을 세우고 한인타운에 갔다. 동네 시장에 없는 푸성귀와 생선으로

---

* 〈그린에세이〉 등단, 그린에세이작가회 회원, 수향문인회 회원. 작품집 공저 《작은꽃》, 시전 동인지 《나이드의 향유》 《아가무》

장바구니를 채우는데 어머니, 코다리 살까요? 아낙네의 낭랑한 음성이 들렸다. 소리 나는 쪽을 바라보니 진열대 앞에서 열심히 무엇인가를 찾고 있는 어르신이 눈에 들어온다. 세상에, 우리 어머니와 저렇게도 닮으셨을까? 지긋한 연세와 인자한 표정까지도….

명태가 옛날 맛 같지는 않아도 갖은 양념해서 만들면 아범도 잘 먹으니 넉넉히 담으렴. 어머니 음성이 환청으로 들려온다. 어머니의 부재를 느끼는 순간 썰물에 밀리듯이, 다리 힘이 쑥 빠져나갔다. 눈물이 주체할 수 없이 흘러 장을 보다 말고 밖으로 나왔다. 차를 어디 두었는지? 찾을 수가 없었다. 겨우 찾아 운전대 앞에서 시간 가는 줄도 모르고 통곡했다. 아마도 그때 이후로 눈물샘이 마른 것 같다. 전화 받은 날 밤 김치찌개 꿈까지 꾸었다 꿈은 사라지고 집으로 오는 길, 어머니에 대해 죄송함과 그리움이 차오르며 하루가 지났다.

그 이후 오랫동안 한국 시장에 나가지 않았다. 동네에서 으뜸갔던 어머니의 음식 솜씨. 지극 정성으로 해 주시는 음식을 먹고 자란 딸이 이제는 할머니가 되었으나 어머니의 정성은 감히 근접할 수 없는 수준이다. 김장철이 되면 며칠 동안 시장을 보시면서 배추 무 등 재료 준비를 하신다. 우리들의 유년 시절에는 마차와 지게를 멘 짐꾼이 김장거리를 운반했다.

지금처럼 난방 장치가 없던 시절.

무 배추가 얼을 까 염려되어 가마니를 덮고 그것도 안심이 안 되어서 낙타 담요를 그 위에 덮어놓기도 했다. 연탄불을 김장 재료 옆에 피워두기도 하던 때이다. 지금 세대는 호랑이 담배 피던 시절로 여겨질 것이다. 며칠 동안을 두고 김장을 만들어 이웃들과 나누시던 모습이 지금도 눈에 선하다. 김장하는 날 먹던 배춧국과 보쌈은 생각만 해도 군침이 돈다. 중고등 학교 다닐 때 방과 후 친구들이 가끔 우리 집에 와 숙제도 하고 놀기도 했던 때 지금 생각하면 참 좋은 시간이었다.

화덕 앞에 쪼그리고 앉아 고슬고슬 김이 나는 하얀 밥 위에 얹어 먹었던 김치 맛을 잊을 수 없다고 한다. 유럽에서 이름난 쉐프도 그 맛을 낼 수는 없을 것이다. 음식이나 바느질이나 어느 것 하나도 대강 하시는 법이 없는 어머니, 열정과 열심이 그분의 좌우명이다. 그에 반해 무엇을 해도 어머니의 실력에 미치지 못하는 딸의 고백은 언제나 쓸쓸하다.

맏이가 오는 날 김치찌개 대령할 것이라 호언장담했으니 어떻게 할까? 고민하던 중에 식당으로 가서 먹으면 되지 않겠냐는 제의에 서슴없이 그렇게 하기로 했다. 공수표를 남발한 그 날의 미안함이 지금까지 남아 있다. 어머니는 성품이 깔끔하셨던 분, 무엇보다 인정이 많으셨던 분이셨다. 딸을 위한 기도를 지금도 하실 것 같은 착각을 한다.

어머님이 유달리 보고 싶은 오늘이다.

꿈에서라도 뵐 수 있음 얼마나 좋을까!

렌즈에 담을 수 없는 꽃향기

몇 차례 꽃비가 내린 후면 산기슭을 따라 피어나는 야생화를 보게 된다. 캘리포니아의 이른 봄은 이렇게 시작된다. 봄볕 따라 코비드로 미뤄 두었던 여행을 하기로 했다.

샌프란시스코를 기점으로 그 근방을 둘러볼 것이다.

"샌프란시스코에 가면 머리에 꽃을 꽂아라." 히피 시대에 유행했던 노래다. 머리에 꽃은 안 꽂았지만, 태평양 연안을 넘나드는 파도를 보며 백년가약을 맺었던 도시. 아련한 회상이 가끔은 그리움으로 다가오며 세월의 덧없음을 느낀다.

집에서 그곳까지 가려면 세 가지 경로 중에 하나를 택하여 올라가면 된다. 시간 여유가 되면 환상의 해변 도로 퍼시픽 코스트 1번 하이웨이를 따라가며 아름다운 태평양 해변을 만끽하련만, 하루 스물네 시간이 모자라는 남편의 선택은 당연히 5번 도로다. 직선거리로 통행하는 구간이어서 시간은 절감되나 트럭들이 많이 다니는 길이기에 조심해야한다. 남가주에서 북가주로 올라갈 때는 5번 선상에 있는 티혼 패스(Tejon Pass)를 통과하게 된다. 테하차피 산자락에 있는 지대가 높은 곳이어서 겨울철에는 눈 내린 언덕을 가끔 볼 수 있다. 우리는 그곳을 대전(Tejon)이라는 이름을 붙여주고 떠나온 고향의 향수를 달래며 고

갯길을 오르내린다.

그 지역에는 자주 안개가 끼며 때로는 돌풍이 일기도 하여 낮에도 전조등을 켜고 다닐 것을 권한다. 그날은 안개도 바람도 없는 청명한 날씨여서 운전이 편안했다. 고개를 넘어가다 보면 베이커스 필드로 가는 샛길이 시작되며 두 갈래로 갈라진다. 도로변 전경이 밋밋하여 차 안에서 무료해지기 쉬운 지점이다.

그곳에서 30분가량 지났을까, 이게 어인 일인가? 갑자기 차창 밖 풍경이 바뀌며 눈을 의심케 하는 광경이 펼쳐졌다. 해변 도로를 택했으면 놓쳤을 장관이다. 이런 것을 감보다 고욤이라고 하나 보다. 이번 여행의 덤으로 받은 선물이다.

드넓은 대지 위로 펼쳐지는 아몬드꽃들의 축제를 보게 된다. 몇 날 몇 밤을 기다렸던가? 겨우내 봉오리 속에 갇혀 웅크리고 있던 꽃망울들이 자명종 소리를 들은 듯이 일제히 동면에서 깨어나 꽃을 피우며 길손을 반긴다. 패서디나에서 매해 정초에 열리는 "로즈 퍼레이드"와는 격이 다른 꽃들의 행렬이다.

연한 분홍빛으로 수줍게 피어나는 꽃송이마다 고운 자태를 뽐낸다. 수십 마일을 가도록 빽빽이 들어선 아몬드 나무 가지에서 꽃이 피는 광경은 황홀하다는 표현이 지나치지 않다. 꽃들의 아름다운 모양은 렌즈에 담을 수 있어도 은은한 꽃의 향기는 어떠한 기술로도 포착할 수 없어 아쉽다. 꽃의 일대기를 따라가 본다.

열매를 다 떨구어낸 아몬드 나무 숲. 고요하기에 고독하기까지 한 겨울밤을 지내며 봄을 기다린다. 긴 잠에서 깨어나며 앞다투어 꽃단장 하면서 봄의 축제가 시작된다. 절정에 이르는 꽃송이들은 앞으로 다가 올 시간에 대해서는 잠시 무관하리라. 꽃의 영광이 다하기 전까지는 그저 봄볕을 만끽하고 있으면 된다. 나뭇가지 사이로 바람이 스쳐 가면 꽃잎이 살포시 내려앉는다. 꽃이 떨어진 자리마다 씨앗을 남기며 열매가 되는 성숙의 시기를 앞두고 초연해진다. 땅에 꿈을 묻고 다시 돌아갈 순간을 조용히 기다리며 꽃의 순명을 마무리하는 엄숙한 시간이 기다리고 있다.

지상에 잠시 머물며 화사하게 꽃 피운 후 마음만 건드리고 홀연히 떠나는 봄철의 여느 꽃과는 달리 열매를 남기니 고마운 일이다. 아몬드가 한글 성경에는 살구인데 중국에 없는 나무이기에 중국과 한글 성경에 정확하게 번역되지 못했다. 야곱이 애굽에 곡식을 구하러 아들을 보낼 때 선물로 가져가게 한 것은 감복숭아로, 그 외 출애굽기에서는 살구로 표기되었다. 어떤 이는 아몬드의 뜻을 겨울잠에서 흔들어 깨운다는 피상적인 의미를 붙이기도 한다. 꽃이 피기 전까지 어찌 좋은 날만 있었겠는가. 갖은 풍상을 견디어낸 후, 봄의 전령으로 임무를 띠고 와 속살거리며 꽃을 피워내고 꽃잎이 떨어진 자리마다 열매 맺으며 희열을 노래했으리라.

오늘이 있기까지 햇볕을 고루 비춰 주시고 구름을 모아 때에 따라 비를 내려주시는 하늘의 은택을 잊지 않기에 하늘을 향한 꽃들의 송영이 울려 퍼진다. 언제인가 TV에 방영된 "만민 합창제"에서 베토벤 교향곡 9번 "환희의 송가"를 들었을 때의 감동과 비슷한 느낌이다. 생에 단 한 번 부여받은 금쪽같은 시간을 열과 성을 다해 꽃 피우는 순간을 바라본다. 헤아릴 수 없는 꽃송이들이 바람결에 흔들리며 춤사위를 벌이는 아몬드 필드를 지나며 대자연의 파노라마 안에 함께 있음을 재확

인한다.

이곳에서 아몬드꽃이 피는 기간은 약 2주라고 한다. 14일 동안 꽃이 피고 난 결과는 대단하다. 캘리포니아에서 전 세계 아몬드 생산량의 80%를 차지한다는 통계이다. 요즈음 여성들의 평균 수명이 85세를 웃돈다고 한다. 앞으로 남아 있는 시간은 미지수다. 지금까지 어떤 열매를 맺었나 뒤돌아보니 깊은 탄식이 아니 나올 수 없다.

천하의 범사에 기한이 있고 모든 목적이 이룰 때가 있나니… 심을 때가 있고 뽑을 때가 있으며 하나님이 모든 것을 지으시되 때를 따라 아름답게 하셨고… 사람이 사는 동안에 기뻐하며 선을 행하는 것보다 나은 것이 없는 줄을 내가 알았고….(전도서 3장에서)

아몬드 나무 밑에 띄엄띄엄 갖다 놓은 벌통이 눈에 뜨인다. 어떠한 지침서도 없이 꽃과 벌들이 유기적으로 상부상조하여 달콤한 꿀이 만들어지는 것을 보니 생태계에서 이루어지는 것 어느 하나도 우연이 아님을 생각케 한다. 생명 속에 내재 한 그 비밀들, 만물이 생존하도록 만드신 섭리와 그 지혜가 경외롭기만 하다. 아몬드 꽃향기를 렌즈에 담을 수 없으나 마음에 담고서 5번 도로를 따라 북상한다. 오늘 이 순간, 살아 있음에 감사한다.

메모리얼 데이 묵념

쏘아놓은 화살처럼 시간이 날아간다. FM 클래식 방송에서는 스메타나의 몰다우, 시벨리우스의 핀란디아를 들려주며 메모리얼 데이가 가까이 왔음을 알린다. "선구자" 노래를 부르며 '한줄기 해란강은 천년 두고 흐른다….' 그 소절에서는 허공을 응시하며 옷깃을 여미곤 했던 친구, 그의 뒷모습이 왜 그리도 고독해 보였던지?

올해 메모리얼 데이 연휴에 150만의 인파로 LA 공항이 북적댈 것이라고 예고한다. 메모리얼 데이 전후하여 있는 방학과 졸업식, 6월에 많이 있는 결혼식, 부산한 시간이다. 유치원 손자에게 연휴에 무엇하냐고 묻자 생일 파티도 가야 하고 바쁠 것 같다고 한다. 학교에서나 저희 부모가 메모리얼 데이가 무슨 휴일인지 얘기해 주었겠지만 좀 더 설명해 주어야 하지 않았나 생각된다. 얼마 전 메이저 리그 야구 선수들이 메모리얼 데이를 기념하기 위해서 군복 무늬를 넣은 특별 유니폼을 입고 경기하는 것을 보고서 좋은 일이라고 여겼다.

미국에 와서 처음 콜럼버스 데이를 맞고서 생소한 기분이 들었다. 그에 비해 메모리얼 데이는 현충일과 시기도 비슷하며 쉽게 지나갔다. 지금은 현충원이라고 부르지만, 전에는 동작동 국군묘지라고 불렀다. 초등학교 때 현충일에 헌화하기 위해 포장되지 않은 길로 트럭을 타고

가 차멀미까지 했던 기억이 난다. 사이다병을 모아 카네이션 몇 송이를 각 묘소에 꽂아놓고 오는 행사였다. 이곳저곳에서 소복을 입고 묘 앞에서 오열하는 어머니들의 모습을 잊을 수 없다.

워싱턴 D.C.에 가면 알링턴 국립묘지에 간다. 600에이커에 40만 이상의 묘비가 있는 곳이다. 전사자들이 영면하는 곳. 입구에서 가까운 곳에 두 개의 팻말이 보인다. 나란히 있는 포스트 하나는 무명용사 표지판이고, 다른 팻말은 J.F. 케네디 것이다. 그곳은 모두의 평등함과 존엄성을 느끼게 하는 장소다.

초입 오른쪽에 자리 잡고 있는 미 여군 기념관이 있다. 남북 전쟁 이후 걸프 전까지 여군들의 역사를 일목요연하게 볼 수 있는 곳이다. 그곳에서 보여주는 동영상이 감동적이었다. 눌러쓴 군모 밑으로 은발을 휘날리며 의연히 앉아서 열병식을 참관하고 있는 장성급 여군의 모습. 생김새와 피부 색깔도 다르지만, 오직 하나의 목표를 위해서 행진하는 그들을 볼 때 아메리카 합중국의 위세를 감지할 수 있었다.

전장 터로 배치되어 들고 뛰는 응급약 가방을 어느 명품백이 대신할 수 있겠는가? 경각에 달린 생명을 살리는 기구가 그득한 그 가방은 값을 매길 수 없는 것이다.

"애국"하면 형이상학적인 단어 같기도 하지만 애국이란 단어가 명사가 아니고 동사로 설명될 때가 있다. 베트남 전쟁에서 포로로 잡혔던 존 매케인 전 미국 상원의원의 실화다. 해군 4성 장군이었던 아버지와 할아버지와의 관계로 석방 제안을 받았으나 순서대로 될 것을 주장하여 5년 반의 포로 생활을 마쳤다. 군 복무를 회피하기 위해 여러 가지로 머리를 짜내는 풍토와는 너무나 대조되는 일이다.

한국 전쟁 때 3만 6천(다른 집계 숫자로는 5만 4천)의 미군 전사자와 47만여 명의 부상자! 여군 기념관에서 잊을 수 없던 것은 한국 전쟁 다큐멘터리에서 한 일등병 병사가 누워있다가 영어로 말하는 간호사 목소리를 듣고 반가워서 "당신은 정말 미국 간호사죠? 붕대를 풀어주세요. 당신을 보고 싶네요!" 그러나 그는 이미 실명한 상태였다는 것이다.

알링턴 묘지 여기저기 만개해 있는 레드 버드 꽃나무를 보며 피지도 못하고 가버린 많은 젊은이를 생각하니 숙연해진다. 자유는 결코 거저 얻어지는 것이 아니다.

신의 가호를 바라며 이들 모두를 향해 묵념한다.

어머니와 장수의 비밀

박영진*
....

    우리 집 울안에는 커다란 감나무가 네 그루 있다. 그래서 어머니 손에는 사철 내내 빗자루와 쓰레받기가 떠날 날이 없다. 봄에는 감꽃, 여름이면 떨어진 낙감, 가을철엔 낙엽, 겨울이 오면 하늘에서 내리는 눈 때문에 하루에도 몇 차례씩 집주변을 쓸고 다니신다. 그리고 옥상인 하늘정원에는 어머니의 채소밭이 있어 아침저녁으로 올라가 푸성귀들과 대화를 나누신다.

    아침나절에는 "목마르다고 물 좀 주세요"라고 말하네." 하면서 물을 흠뻑 뿌려주시고, 저녁이면 "할머니 저도 데려가 주세요"라네." 하며 찬거리를 아내의 손에 듬뿍 쥐여주신다. 야채를 많이 뜯은 날은 "옆집과도 나눠 먹었으면 좋겠다네." 하시면서 이웃집에도 한 움큼씩 건네신다. 옥상에 심은 작물들은 이렇게 주인과 정을 나누기 때문인지 밭에 심어 놓은 채소보다 더욱 잘 자란다. 더불어 하늘정원 작물들의 사랑을 독차지한 어머니도 노후를 건강하게 보내신다.

* 〈그린에세이〉로 등단. 그린에세이작가회 회장 역임. 대전대신고등학교 교사·교감·교장 정년퇴임, 배재대학교 입학사정관 역임. 산문집 ≪나만의 은신처에서 누리는 행복≫ 외 다수

지난가을 백제유적이 유네스코 세계문화유산으로 등재된 것을 기념하여 지역신문사에서 '백제 역사유적지구 자동차투어' 행사를 마련했다. 평소 어머니가 역사에 관심을 많이 두고 계셔서 아내와 함께 우리 가족도 참가했다. 우리는 1박 2일간 공주 박물관과 부여 능산리고분을 돌면서, 찬란하게 꽃피웠던 백제문화를 더듬어 볼 수 있었다. 그때 어머니 연세가 미수(米壽)로 최고령이어서 우리 가족이 지역신문에 소개되기도 했다. 그리고 겨울에 우리 가족을 취재하여 보도했던 기자한테서 전화가 왔다. EBS 교육 방송의 작가가 어머니의 건강 비결을 취재해서 방영하고 싶어 한다는 것이다.

전화로 연결된 EBS 작가는 자신이 '장수의 비밀' 프로그램 집필을 맡고 있다고 했다. 방송을 통해 건강하게 오래 사는 어른들의 생활을 밀착 취재하여 보여주고, 건강 정보도 제공하고 있단다. 신문 기사를 통해 알게 되었다면서 어머니의 일상생활을 꼭 TV에서 다뤄보고 싶다는 말도 덧붙였다. 우리 가족이 방송에 출연하면 어머니가 돌아가신 뒤에도 살아계셨을 때의 모습을 두고 볼 수 있을 것 같아서 괜찮겠다는 생각이 들었다. 아내와 상의했더니 방송촬영은 쉬운 일이 아니라면서 거절하는 바람에 서운했지만 어렵겠다고 전했다.

며칠 후에 다시 연락이 왔다. 어머니의 살아가는 모습을 꾸밈없이 시청자들에게 보여주고 싶다면서 촬영하는 동안에 어려움을 끼치지 않을 것이니 사모님을 잘 설득해 달란다. 탐탁지 않게 생각하는 아내를 구슬려 반승낙을 얻은 뒤에 작가에게 통보했다. 약속한 날에 작가가 PD와 함께 집으로 찾아왔다. 아내랑 같이 앉아서 어머니의 생활을 이야기하며 장수의 비결을 헤아려보았다.

어머니는 퍽 부지런한 분이다. 평생을 새벽에 일어나셔서 기도회에 다녀오시고, 그 뒤엔 집안일을 시작하셨다. 또 성격이 밝고 긍정적이면서 마음이 무척 따뜻하시다. 어려운 일을 만나도 크게 걱정하시지 않고, 신앙인답게 하나님에게 맡기고 살아오셨다. 항상 남에게 베푸는 것을 즐기셔서 어려운 사람을 도와주면 잘했다고 기뻐하시며, 주는 자가 복된 사람이라고 칭찬을 아끼지 않으셨다. 그리고 아내의 헌신적인 뒷바라지도 한몫했다. 어머니의 몸이 불편하면 아내는 얼른 병원에 모시고 가거나, 준비해 두었던 약을 잡숫도록 했다. 선천적으로 건강한 체질을 타고나셨지만, 이러한 생활 습관이 어머니를 장수하실 수 있게 한 것 같다.

PD의 이야기로는 30분 방영을 위한 프로그램을 제작하는데 보통 3~4일씩 머물면서 촬영한단다. 작가는 아내와 어머니랑 프로그램의 구성과 진행에 관해서 이야기를 나누고 돌아갔다. 무슨 일이든지 승낙하고 나면 일이 끝날 때까지 빚쟁이처럼 쫓기게 마련인가 보다. 마지못해 응낙한 아내도 다음 날부터 마음 졸이기 시작했다. 촬영 전에는 필요한 물품을 준비해야 하는 문제로 걱정했고, 촬영 기간에는 장면을 찍을 때마다 뒷바라지하면서 애를 태웠다. 그리고 프로그램을 다 찍은 뒤에는 TV 화면에 어떻게 방영될까 궁금해하며 전파를 탈 때까지 마음 졸였다. 이런 일을 보면 사람이 산다는 것은 끊임없는 고민의 터널 속을 지나는 것 같다.

어머니는 카메라가 따라다니는 나흘 동안에도 담담한 모습으로 평안하게 촬영을 마치셨다. 어머니의 뒤를 따라다니며 안절부절못하는 우리와는 달리 어머니는 제작자의 요구에 순응하면서 촬영을 즐기시는 것처럼 보였다. 마침내 7월 20일에 EBS 교육 방송 '장수의 비밀' 다큐 프로그램에서 어머니의 살아가는 모습이 전국에 방영됐다. 그래서 우리 가족은 제149회 〈준숙 할머니의 아흔 번째 여름나기〉라는 제목으로 30분간 전파를 타는 영광을 누렸다. 그 덕분에 어머니를 비롯해 우리 식구들은 TV를 시청한 사람들이 부러워하는 호사도 누리게 되었다.

가지치기

남녘으로부터 훈풍을 따라 꽃소식이 올라오고 있다. 양지쪽에 앉으니 따사로운 햇살이 아랫목처럼 포근하다. 주말에 울안 나무들을 손질하기로 마음먹었다. 담장을 따라 늘어선 감나무와 대추나무 그리고 주목 밑으로 화단 주변을 둘러싼 영산홍과 회양목이 뒤엉켜 있다. 감나무가 너무 크고 무성하게 우거져 소독하거나 감을 딸 때마다 힘들어하는 모습을 본 아내가 올해는 꼭 가지치기해야 한다고 당부했다.

가을에 탐스러운 열매가 주렁주렁 열리는 가지를 잘라내면 그만큼 수확량이 적을 것이라는 생각이 들어 그동안 아내의 제안에 손사래를 치곤 했었다. 그러다가 아내의 성화에 못 이겨 조경사에게 부탁했다. 아내는 "저 양반 말을 듣지 말고 잘라 달라."고 당부한다. "원래 본인 것은 아까워서 못 자르는 법이에요. 걱정하지 마세요."라고 말하면서 올해는 감을 많이 따지 못하지만, 후년에는 제법 열릴 것이라면서 내 얼굴을 바라보며 안심시켰다.

차를 마신 뒤에 조경사는 사다리를 나무에 걸쳐 놓더니 날다람쥐처럼 올라가 옆구리에 찬 혁대에서 톱을 꺼내 감나무 가지를 자르기 시작했다. 나는 멀찍이 떨어져서 바라보았다. 바닥으로 떨어지는 나뭇가지를 바라볼수록 안타깝기가 그지없었다. 가지를 쳐내는 것이 아니라 감나무 중등을 마구 자르는 것이다. 처음에는 그러려니 했는데 이리저리 옮겨 다니면서 굵다란 몸통을 마구 쓰러트린다. "너무 많이 자르는 것이 아니냐?"하고 물었더니, 키가 크면 감을 따기가 힘들다면서 감나무는 옆으로 자라도록 길러야 한단다.

나는 말을 못 하고 혼자서 속만 태웠다. 우리 집에서 제일 잘생긴 대접감(반시·盤柿) 나무를 손질하고 내려오는 조경사는 승전보를 안고 돌아오는 의기양양한 장수의 모습처럼 보였다. 감나무를 보기 좋게 다듬는 것이 아니라 볼썽사납게 잘라내고 몸통만 남겨두었다. 마치 시야를 가리는 가지들을 모두 잘라버린 도로 위의 가로수처럼 내 눈에는 흉물스럽게 보였다. 조경사는 나에게 지금은 마음이 아프겠지만 후년이면 자기에게 고마움을 느낄 것이라고 하면서 옆 단감나무로 올라갔다.

우리 집 단감은 씹을수록 입속에서 단물이 솟아 나오며 아삭거리는 식감을 갖고 있다. 그래서 식구들 모두 다 애지중지하는 단감나무다. 그런데 이 나무에 올라가자마자 재빠르게 굵은 중등을 쳐내는 조경사의 손놀림이 피도 눈물도 없이 형장에서 칼춤을 추는 망나니처럼 보였다. 두 그루를 손질하고 나니 아내가 과일을 내왔다. 그는 자랑스럽게 이제 몇 년 동안은 손을 대지 않아도 된다고 큰소리치며 으스댄다. 나는 속이 몹시 아렸다. 이어 월하시(月下柿)와 대봉시(大峯柿)까지 자르고 나무에서 내려와 허리에 찬 벨트를 풀었다. 그동안 서로 손을 마주 잡고 사이좋게 지내던 감나무들이 마치 싸우고 난 뒤에 토라져서 등을 돌린 아이들처럼 사이가 벌어졌다. 여름철이면 나뭇잎이 울창해서 시원했던 우리 집이 올봄부터는 햇살 가득한 정원을 갖게 될 것 같다.

돌이켜 보면 내가 걸어온 길도 감나무를 잘라내듯이 커다란 중동을 자르고, 많은 가지를 쳐내면서 살아왔다. 어린 시절에는 장래에 하고 싶은 일들이 밤하늘의 별처럼 많기도 했다. 운전기사, 선장, 기관사, 군인, 공무원, 은행원, 교사, 선택의 갈림길에 설 때마다 많은 아픔과 갈등과 번민이 있었지만, 결과를 놓고 보면 그래도 가지치기를 잘했다.

대학에 다니는 동안에도 진로를 두고 고심하면서 많은 가지를 쳐내야 했다. 신문기자, PD, 회사원, 공무원, 출판업, 그러다가 교수님의 조언으로 교직을 선택하면서 다른 것을 과감하게 끊어냈다. 학교에서 삼십오 년 동안 학생들과 생활하다가 정년퇴직하고 돌아보니 내가 헤쳐 나온 길이 모두 주변 어른이나 선생님의 조언에 따라 가지치기를 한 결과라는 것을 깨달으면서 감사의 마음을 갖게 되었다.

내리사랑

　출산하면 산모 못지않게 곁에서 고생하는 사람이 바로 해산구완을 맡은 친정어머니나 시어머니이다. 지금은 산후조리원이나 산모 도우미도 많지만, 우리 부부가 아이를 낳아서 기를 때만 해도 어머니의 뒷바라지가 전부였다. 그런 경험 때문인지 우리 집사람도 딸아이가 출산하자마자 해산바라지를 맡겠다고 팔을 걷어붙였다.

　아내는 산후조리원에서 집으로 돌아온 딸아이를 위해 하루에도 너더댓 번씩 미역국을 곁들인 밥상을 차린다. 그리고 모유 수유에 도움을 주는 먹거리를 찾아 재래시장이나 마트를 뒤지고 다녔다. 딸아이가 젖을 물리고 나면, 아내는 갓난아기를 꼭 끌어안고 트림시킨 뒤 자리에 눕히고 따뜻한 목욕물을 준비해서 몸을 씻긴다. 이어서 어미가 눈을 붙일 수 있도록 아기를 품에 안고 잠을 재운다. 어미가 쉬는 동안에도 아기의 곁을 지키며 연신 젖는 기저귀를 갈아 채우고, 수시로 쏟아져 나오는 빨래를 하느라 눈코 뜰 새 없이 바쁘게 생활한다.

　하루가 다르게 자라는 아기와 눈을 맞추며 옹알이를 주술사처럼 해석해 내고, 응대하면서 아기에게 언어를 체득시키려고 애를 쓴다. 저녁이면 파김치가 되어 끙끙 앓는 소리를 내면서 옷을 벗지도 못한 채 이불 위에 쓰러져도 마냥 즐거워하며 웃음을 흘리고 다닌다.

아기가 두 돌이 가까울 때까지 그렇게 하더니, 그 사이에 딸아이의 뱃속에는 동생이 들어앉았다. 앞으로 아내의 한 손은 큰 애에게 매달린 채 지금까지 해오던 일을 반복할 것이다. 그런데도 잘된 일이라고 좋아하면서 딸아이의 불러오는 배를 대견스럽게 생각한다.

할머니가 되면 손주를 기르는 특별한 재주가 생기는가 보다. 아내는 손녀딸이 울음보를 터뜨리면 호랑이도 무서워서 도망간다는 감추어 두었던 곶감을 꺼내서 황소 같은 울음을 뚝 그치게 만든다. 어쩌다가 별식이라도 생기면 숨겨두었다가 아이의 손에 쥐여주며 함박웃음을 터뜨리게 만드는 요술쟁이가 된다. 이따금 꾸중 들어야 할 일을 저지르면 아이의 손을 잡고 먼저 달려가 "다시는 안 그런다고 빌어" "얼른 잘못했다고 말씀드려"라고 호통치면서 위기를 모면하게 만드는 변호사가 된다. 어른들이 묻는 말에 용케 대답하거나, 가지고 놀던 장난감을 제자리에 가져다 놓기만 해도 손뼉을 치며 "잘했어요"를 연발하면서 반복 학습을 시키는 위대한 교육자다. 할머니의 넓은 등은 칭얼거리는 아이를 업어 조용한 꿈나라로 인도하는 요람이고, 따뜻한 무릎은 옛날이야기를 들려주면서 상상의 나라로 빠져들게 만드는 마법의 성이 된다.

자녀들에 대한 어머니의 마음은 장성한 뒤에도 변함이 없다. 어느 날인가 부부 모임에 갔다가 늦게 귀가했다. 방문을 열고 들어서니 구순이 넘은 어머니께서 우리 방에 침구를 깔아놓으셨다. 하루는 어머니께서 아직도 손자가 퇴근하지 않았다며 전화를 걸어보라고 재촉하신다. 더러 늦은 시간에 귀가해도 새벽 한 시를 넘기지 않았으나, 벌써 두 시가 지났으니 걱정이 크신 모양이다. 몇 차례 시도 끝에 겨우 전화

연결이 되었다. 친구들을 만나서 늦었다며 미리 연락을 드리지 못해 죄송하다면서 지금 집으로 오고 있다는 말에 안도의 한숨이 절로 나왔다. 아들의 늦은 귀가 시간에도 우리 내외는 곯아떨어지는데 할머니는 잠을 이루지 못하고 계셨다. 평소에도 잠을 설치면서 손자의 귀가를 기다리시고, 주무시다가도 일어나 손자가 침대에 누운 것을 확인한 뒤에야 눈을 붙이신다.

이런 일을 보면 '인정(人情)은 흐르는 물과 같아 내리사랑은 있어도 치사랑은 없다.'라는 속담이 불변의 진리임이 틀림없다.

테마 에세이 | 어머니, 아버지

목화꽃

안선자*

···

　10월 가을이다. 서늘한 가을 공기가 모처럼 마음의 여유를 안겨준
다. 사람들마다 너무 덥다고 아우성이었으니 어찌 가을이 반갑지 않으
랴 내 마음은 가을이 어서 오기를 애타게 기다린 이유가 있다.
　지난봄 근처에 '농어촌 기술센터'에서 텃밭을 분양하고 있었다.
　난 신청하지 않았지만, 작년에 토종 밀 심어 시험 재배하던 밭을 '친
환경 텃밭'으로 가꾸기 위해 어느 날 지나다 보니 공사를 하는데 여러
명의 인부가 텃밭을 여러 사람이 나누어 농사를 지을 수 있도록 엄청난
양의 밑거름을 흙과 섞어 둑을 높게 쌓아 작업하는 걸 보았다.
　내가 보기에는 유난히 높은 둑이 궁금했다. 그 둑 위에는 볏짚단으
로 높이 덮여 있어 의아했다. 밭고랑은 간격이 듬성듬성하니 무엇을
심으려고 저런 모양을 만드는지 궁금했지만, 저곳에 어떤 작물을 심을
까 새싹이 나올 때까지 기다릴 수밖에….
　어느덧 새싹을 틔운 것도 있지만 다양한 모종으로 심겨 있었다. 내

* 〈그린에세이〉로 등단. 그린에세이작가회 회원. 작품집 《내가 그린 에세이》(공저)

눈에 뚜렷이 알아볼 수 있는 것은 목화꽃 3그루가 제일 먼저 눈에 들어왔다. 어머나 어찌 이 귀한 식물이 이곳에 심어졌을까 채소와 꽃 종류를 섞어서 심어 놓았다.

식용 채소는 양배추, 배추, 무 외 20여 종에 꽃 종류는 봉숭아, 백일홍, 천일홍, 목화꽃, 메밀꽃, 펜넬, 곤드레나물 꽃 등 정말 다양했다. 그중에서 곤드레나물 꽃이 짙은 보라색인데 너무 예쁘게 피어있었다. 메밀꽃은 따로 밭작물로 심겨 있다.

이 많은 채소와 꽃이 한데 어우러진 친환경 텃밭은 그야말로 자연 그대로 농법으로 자라고 있다. 높은 둑은 가뭄을 방지할 수 있고, 많은 양의 퇴비를 준 밑거름으로 인해 튼튼한 새싹을 키우면서 튼실한 잎 사이 통풍이 잘되고 볏짚으로 덮어준 덕분에 풀은 아예 나오지 못한 채 텃밭 주인들은 자연환경에서 자란 채소와 꽃들을 보며 별로 수고도 하지 않은 채 싱싱한 채소를 수확해 가는 모습을 보며 덩달아 행복한 마음이 들기도 했지만 부럽기도 했다.

난 목화꽃과 메밀꽃에 늘 관심을 두었다. 목화 나무 한 그루에서 예쁜 목화꽃이 피었을 때 '수고했다, 더위를 견디며 자라느라고' 칭찬을 아끼지 않았다. 꽃이 지고 열매를 맺었을 때 마음속에서는 벌써 하얀 목화솜 꽃을 상상했다.

어릴 적 부모님은 목화씨를 심어 꽃이 피고 진 후 열매 맺고 가을이 되면 나무를 뽑아 평평한 잔디밭에 펼쳐 널어놓는다. 며칠 후보면 목화송이가 네 갈래로 갈라지면서 새하얀 목화솜 꽃이 몽실몽실 피는데 만져보면 얼마나 부드럽고 따뜻하든지….

목화솜을 따서 모아 솜틀집에 가져가서 씨앗을 빼고 손질하면 그 따뜻한 솜으로 할아버지와 아버지 솜바지, 솜저고리를 만들어 입으시고 이불도 만드는 순간 목화솜 너무 따뜻하고 부드러워 그 위에서 뒹굴고 싶었던 기억이 난다. 지금은 볼 수 없는 목화꽃 갑자기 눈시울이 붉어지며 친정어머니가 그립다. 벌써 수십 년이 흘러 버렸으니…, 그곳을 보기 위해 시간이 날 때마다 가서 바라보며 설렘을 안고 기다렸다.

그 텃밭 속에서 기생하는 얌체족 거미는 멋진 거미줄을 쳐놓고 그곳을 지나가던 곤충이 걸리는 대로 먹어 치운 흔적에 자연의 섭리에 순응하면서 사는 것이 삶이구나. 꽃나무 한줄기에 숨어있는 애벌레도 어쩜 그렇게 나무줄기와 색이 똑같을까 위장술에 놀라며 소름이 돋았다.

보고 있노라니 식물도 혼자보다는 여럿이 모여 어울려 자라는 것이 더 행복해 보인다. '친환경 텃밭'을 보면서 친환경의 소중함을 절실히 느꼈다. 목화꽃 한 송이를 보고 어린 시절 행복했던 그리운 어머니를 만나고 가족의 소중함도 느끼니 내게 목화꽃은 사랑이다.

그 여름날의 씨암탉

몇 년 전 그해 여름은 무덥기도 했지만, 태풍까지 와서 피해가 컸던 걸로 기억된다.

여동생한테서 전화가 왔다. 4박 5일간 서해안으로 휴가를 떠나자는 거였다. 언니 아무것도 준비하지 말고 우리 내외와 함께 다녀와요. 내가 모든 걸 알아서 준비할 테니 염려하지 말고 오라는 당분의 말이다.

"그런데 어디로 가는지?"

목적지는 K 과장의 고향인 태안이라고 했다. 그럼, 숙소를 K 과장네 자택으로 정했어? 숙소는 펜션에서 3일 자고 하루는 다른 곳으로 가야 해. 일단 알았으니까 같이 갈게.

K 과장은 제부 거래처 지인으로 나도 몇 번 본 적이 있어서 괜찮을 듯싶었다. 장마가 지난 후라 가는 내내 너무 덥다. 창밖을 보니 길가에는 마늘이 많이 쌓여있어서 역시 서산은 마늘 고장답구나, 생각하면서 태안에 도착했다.

예약된 숙소는 바닷가에서 약간 거리가 있는 곳이었다. 너무 멀지도 않고 바닷바람이 시원하면서 짭조름한 바다 내음이 좋았지만, 경사가 약간 있고 모래 백사장은 넓지 않아 그런지 사람이 너무 많지 않아 조용하고 오히려 더 좋았다.

안선자 **91**

동생이 모든 걸 준비해 와서 나와 딸은 몸만 왔으니 제부와 동생에게 데리고 와준 것만으로도 "감사하다"라고 너스레를 떨었다. 3일 동안 그곳에서 머무는 동안 바다의 정취에 참 행복했다. 서해에서 낙조를 보는 건 황홀하고 잊을 수 없을 것 같다. 4일째 되던 날 우리는 숙소를 옮겨야 했다. 옮긴 숙소는 바닷가에서 더 멀리 있었다. 방이 없다는데 투정은 사치였다. 그나마도 다행으로 여기며 하루만 자면 되는데, 그날 밤 K 과장은 커다란 보따리 두 개를 들고 나타났다. 토종닭 3마리, 마늘 2접, 상추, 풋고추, 오이, 참외도 들어 있어 뜻밖의 선물에 동생과 나는 어쩔 줄 몰랐다. "어머님께서 갖다 드리라며" 심부름이라고 너털웃음을 웃는데, 마주 보며 한바탕 웃음으로 답해 드릴 수밖에….

　'감사'하다는 말씀을 전해달라고 당부드린 후 당장 한 마리 끓여 먹기로 하고 준비하는데 닭이 얼마나 크던지 놀랐다. 그날의 닭고기 맛은 너무 쫄깃하고 구수하면서 어린 시절 어머니가 끓여준 맛이었다. 먹는 내내 그분의 정성을 생각하니 숙연해지면서도 행복한 시간이었다. 그날 밤 모기는 왜 그리 많은지 단잠은 멀리 달아나 버리고 아침을 맞이해야 했다.

　그곳을 떠나오는 날 동생은 우리 집 식구가 많다고 큰 닭 1마리와 마늘 1접, 야채도 챙겨줘서 들고 와서 보니 마늘은 어쩜 그리도 깔끔하고 정갈하게 다듬으셨는지 그분의 모습을 상상해 보았다. 보따리를 펼쳐보는 순간 나는 숨이 멎을 듯한 느낌이 들었다. 닭의 배 속에는 내일 낳을 듯싶은 계란 껍데기가 형성된 알부터 노란 형체의 알들이 포도알처럼 달려 있었다.

앗! 씨암탉이다! 이 귀한 씨암탉을 잡으면서 얼마나 아쉬워하셨을까…. 마음이 허전하고 슬프기도 했을 생각을 하니 가슴이 먹먹하다.

순간 어린 시절 고향 집에서의 씨암탉 사건이 떠오른다. 닭 몇 마리를 닭장에 가두지 않고, 자유롭게 돌아다니도록 키웠는데, 그날은 잿빛 나는 암탉이 멍석에 펼쳐 널어놓은 곡식을 발로 마구 헤쳐 놓았다. 동생은 그 닭이 밉다고 붙잡아서 "너는 왜 말썽부리느냐"라고 손으로 한 대 때렸는데 그만 그 자리에서 죽고 말았다. 당황한 동생은 마음의 상처를 받고, 아버지께선 동생을 야단치셨던 기억이 떠오른다.

그 당시 시골에서 암탉의 계란은 장날 내다 팔면 가정용품을 살 수 있는 수입원이기도 했다. 흔히들 사위가 오면 씨암탉 잡아준다는 그 말이 소중하게 느껴진다.

얼마나 감사하고 고맙든지 마음은 늘 그분 모친께 보답할 기회를 기다렸다. 찬 바람이 불어오자 어느 날 문득 기억이 떠오른다. 추워지면 겨울에 따뜻하게 입을 수 있는 내의 한 벌 사드리려고 마음속에 다짐해 두었던….

전화기를 들고 "K 과장님 안녕하세요?"

"저 ○○○님 처형입니다. 시골집 주소 좀 알려 주시면 감사하겠습니다. 어머님께 선물을 보내드리려고요."

"어머님 체형은 어떠신지요?"

"보통이십니다."

곧바로 속옷 가게로 가서 내의 한 벌과 수면 양말을 사서 집에 와 포장하기 전, 편지를 정성 들여 1통 썼다. 몇 달 전 여름에 그곳에 놀러 갔을 때 씨암탉과 마늘, 여러 가지 채소를 주셔서 감사히 맛있게 잘 먹었습니다. 오래도록 기억하고 잊지 않을 것이며 고맙습니다. 늘 건강하세요.

택배를 보낸 지 3일 후 K 과장의 전화가 걸려 왔다. 어머님께서 너무 기쁘고, 감사하다며 선물 잘 받았으니 어서 전화하라는 독촉 전화가 와서 "고맙다"라고 호탕한 목소리가 수화기 너머 들려온다. "제가 더 고맙고, 감사하지요" 내 얼굴이 후끈해진다. 그런 친정어머님이 살아 계신다면 얼마나 행복할까.

너무 세상을 일찍 떠나가신 친정어머님께는 양말 한 켤레 선물해 드린 적이 없으니….

맨발 걷기의 행복

23년 달력이 달랑 한 장 남은 12월이니 올해 별일 없이 가정이 무탈하게 지냈음을 감사하며 물끄러미 달력에서 시선을 떼지 못하고 바라봤다. 사람들은 말끝마다 행복, 행복, 노래를 부르다시피 말하지만, 그 행복의 기준은 정할 수 없으니 별일만 없으면 다행이다 생각하며 그것이 나에겐 감사한 일이다.

코로나가 확산하기 전 어느 날 집 근처에 사는 지인이 전화가 왔다. "○○초등학교 앞으로 나오라"라는 급한 목소리였다. 약속 장소에서 만난 지인은 설명도 없이 맨발 걷기를 할 거니 운동화, 양말, 벗으라고 설명은 걸으면서 해 주겠다며 서두르라고 재촉한다. 방학 때였으므로 운동장은 한산했다. 맨발로 걷는 순간 발바닥이 몹시 아프다. "딱딱하게 다져진 땅을 어찌 걷느냐"라는 나에게 맨발 걷기 효능에 관해서 이야기해 준다면서, 제일 좋은 건 깊은 수면을 취할 수 있고 둘째는 혈액이 맑아져 모든 질병에 도움이 된다는 설명이다.

그 설명이 내 뇌리를 스치는 순간 아! 바로 이거다! 생각하며 반가웠다. 사실 나이 먹고 만성질환 한두 가지 없는 사람은 그리 많지 않다. 나 역시 회복하기 힘든 질병을 몇 가지 지니고 살고 있으니, 내심 기대심이 생겨났다. 그런데 문제는 걸을 수 있는 땅이 마땅치 않다. 집 근처에 몇 해 전 텃밭을 분양받아 채소를 심었던 땅이 풀밭으로 남아 있는 기억이 나서 가보니 풀이 무성하여 엄두가 안 났지만, 풀을 뽑기로 작정하고 호미를 들고 가서 풀을 뽑으니, 바로 옆 밭에서 농작물을 돌보던 아주머니께서 한 말씀하신다. "무엇 하려고 쓸데없이 풀을 뽑느냐?" "맨발 걸으려고 뽑아요." 대답했더니 웃으면서 쓸데없는 일이라고 재차 말씀하시기에 옆을 보니 팻말이 꽂혀있다. '이곳은 공사를 할 예정이니 농작물 경작을 금지해 주세요.' 자세히 보니 기간은 적혀 있지 않기에 언제일지 모르니 공사하는 날까지 해 보기로 하고 풀을 뽑아 놓고 보니 참 힘들다. 그 땅이 얼마나 소중한지 새삼 느껴진다. 힘들게 일구어 놓은 땅에서 맨발 걷기가 혼자 시작되었다. 사람들이 낯선 모습으로 보든 말든 시선 따위는 아예 신경 쓰지 않고 며칠을 걸으니 몸도 마음도 편안함이 느껴졌다. 깊은 수면을 취하니 주위에 아는 분들에게 권유해 보았지만 듣는 둥 마는 둥 관심조차 없다면서, 몸이 아프다고 하소연이다. 혼자만 걷던 어느 날 큰 덤프트럭이 흙을 싣고 들어와 땀 흘려 일구어 놓은 흙길 장소가 트럭 출입구 장소로 변해버렸다. 그런데 약 2개월 후 그곳은 토양이 깨끗해지고 작은 운동장 크기의 공터가 멋지게 조성되었다. 원래 흙을 매립된 곳은 큰 웅덩이가 있었는데 모두 매립되고 보니 탁 트여 시원하고 고등학교 옆 담벼락과 나란히 있어 한가로워 정말 좋았다. 걷기 장소로 변한 바라만 봐도 마음이 트이고 몸은 날아갈 것처럼 가볍고 피로도 쌓이지 않고 특히 종아리 근육이 쥐가 나서 잠잘 때마다 시달리던 아픔도 나아갈 즈음 그곳에 씨앗을 뿌린 흔적이 보였다. 나중에 보니 밀씨를 뿌려 새싹이 올라오고 있었다. (밀과 보리는 10월 하순경 씨 뿌림) 참 황당했지만, 다행히 내가 맨발 걸을 만큼 공간은 충분해서 그것만으로도 감사함을 느끼며 열심히 걸었다.

추운 겨울이 지나 봄이 되니 파란 밀 싹은 점점 자라서 알맹이가 여물어 누렇게 익어가자 밀밭은 한 장의 그림 같았다. 어린 시절 고향에서 보던 풍경이 눈앞에 펼쳐져 참 행복함을 느끼게 해 주었다. 누런 밀대가 바람에 나부낄 때는 '아! 너무 멋지다! 너무 멋져' 감동이 밀려오면서 고향 집 가족들 모습도 떠올라 마음이 울컥 한 날도 있었다. 어릴 적 밀 순을 잘라 손으로 비벼서 알맹이가 나오면 입에 넣고 씹으면서 껌이 될 줄 알고 씹었던 기억이나 하나 잘라 그대로 해 보니 껌이 되지 않지만 끈끈함에 어린 시절로 해맑게 되돌아가 본다.

밀은 추수하고 밭은 또다시 갈아엎어 평평한 땅으로 되돌려났다. 그 밭에 무엇이 심어질까 궁금해질 무렵 한 젊은 남자가 맨발 걷기를 하러 왔다. 처음에는 관심이 없었는데 매일 아침 맨발로 걸으며 발성 연습도 하고 운동도 열심히 하는 모습이 대견스러워 보인다.

"실례지만 혹시 뮤지컬 배우세요?" 물어보니 교회 성가대원이라 발성 연습이 필요하다고 자기소개를 했다. "노래를 잘 부르시니 듣는 사람도 덩달아 상쾌해지네요." "너무 멋지십니다." 칭찬을 아끼지 않았다. 그 후 며칠이 지나니 맨발 걷기 식구가 10명으로 늘어났다. 혼자 힘들게 시작한 나로선 한 명씩 늘 때마다 기분이 너무 좋았다. 맨발 걷기로 인연이 되어 모두 기쁘다고 하니 감사한 마음이고 각자 자기 몸이 건강해짐을 느낀다고 하니 얼마나 다행인지…. 그중에서 가장 마음 아픈 사연은 파킨슨병을 앓고 있는 여성이 병명이 가슴을 숙연하게 했다. "생로병사"에서 맨발 걷기를 보고 걷기로 결심했다는 그분이 회복되어 활짝 웃는 날이 오기를….

　찬 바람이 불어오는 가을날 아침, 차 마실 물을 끓여 보온병에 담고 차 몇 가지 종류, 종이컵을 챙겨 나갔더니 열심히도 맨발 걷기에 표정이 밝아 보인다. 따뜻한 차 한 잔을 건네주니 마시면서 너무 감사하다고 인사를 건넨다.

　"난 백수라서 시간도 많고 그러니 추운 날 가끔 한 잔씩 대접해 드리겠노라." "여러분들 덕분에 요즘 엄청 젊어진 거 아시죠?" 너스레를 떨었더니 "그래요. 정말?" 맞장구쳐준다. 투자한 땀방울이 헛되지 않았기에 환하게 웃었다. 하늘이 너무 푸르고 맑아 바라보니 아직 기울지 않은 낮달이 햇살에 하얗게 떠 있다. "어머나! 저 달 좀 봐! 오늘이 음력 며칠이더라…." 소소한 행복을 느낀 아침이었다.

제 2부

해 뜨는 집

보고 싶은 미국 엄마

엄영아*

방송에서 '윤 스테이' 프로그램을 시청하면서 문득 호프 여사가 생각났다. 미국 음식과 영어가 나오니 50년 전 그때가 파노라마처럼 떠올랐다.

지나온 나의 삶에서 가장 큰 선물이 무엇이었느냐고 묻는다면 단연 1970년에 만난 호프 화이팅(Hope C. Whiting) 여사라고 말하겠다. 미국에 처음 온 내게 영어뿐만 아니라 미국에서 삶의 예절을 가르쳐 준 화이팅 여사. 크리스마스 때가 되면 트리에 불이 켜지듯 기억이 난다.

1970년 7월, 미국에 처음 도착한 나는 모든 일에 서툴러 겁이 많았다. 미니스커트에 갈래머리를 땋고 편지를 가지러 우체통 앞으로 나오면 혹여 집배원이 말을 걸까 봐 우편함 뒤에 몸을 숨길 정도였다. 103호에 사는 화이팅 여사는 휠체어를 타고 있었다. 나이도 우리 엄마쯤 되어 보이고 잘생긴 얼굴에 몸도 여느 여자들보다 컸다. 나는 101호에 살면서 103호 앞을 지나다녔다.

---

* 〈그린에세이〉로 등단. 그린에세이작가회 회원. 작품집 《수를 놓듯, 연서를 쓰듯》 《사랑이었다》

어느 날 그 집 앞을 지나가는 나를 화이팅 여사는 불러 세웠다. 이름은 뭐냐, 어느 나라에서 왔느냐 자세히 물었다. 짧은 영어로 진땀을 흘리며 한 대답을 그녀는 다 알아듣기는 했을까.

그녀는 뱅크 오브 아메리카(Bank of America)의 올림픽 지점장이라고 했다. 교통사고로 다리를 다쳐 지금은 병가를 내서 가료 중이라고 했다. 회복하면 다시 은행으로 복귀할 거라고 퇴근하고 돌아온 내가 듣고 이해한 것을 자랑삼아 남편에게 말해주었다.

그분이 다리를 다쳐 집에서 가료 중이던 그 몇 달이 나에게 축복이었다는 걸 나중에 깨달았다. 남편이 출근하면 나는 103호로 갔다. 어느 날은 재봉 얘기를 하고 어떤 날은 음식 얘기를 하면서 단어와 회화를 동시에 배웠다. 실, 가위, 옷감, 바늘 등의 정확한 발음을 배우는 데 시간이 꽤 걸렸다. 쌀(rice)과 이(lice) 발음 때문에 곤욕을 치르기도 했다. 나는 분명 밥을 먹었다고 했는데 그분이 놀라던 모습을 생각하면 지금도 부끄럽고 배꼽을 쥔다. R 발음과 L 발음 때문에 한동안 머리에 쥐가 날 정도로 긴장했다.

어느 날은 헝겊으로 식탁보를 만드는데 이븐(even)하게 박음질하라는 말뜻을 도저히 알 수가 없어 숨이 막힐 것 같았다. 똑바로, 고르게 박음질하라는 뜻인 줄 나중에야 알았다. 음식을 가르칠 때도 생강과 파슬리 발음이 어려웠는데 그녀의 정확한 발음이 큰 도움이 되었다.

어느새 화이팅 여사는 내 영어 가정교사가 되어있었고 우리는 점점 가까워졌다. 집으로 돌아갈 때는 숙제도 내주었다. 앞치마에 주머니 두 개를 만들어 열 개의 단어를 적어 넣고 다 외우면 다른 주머니로 옮기고 또 다른 단어를 외웠다.

어느덧 그해 12월 크리스마스가 다가왔다. 그녀의 집 창가에 세워진 크리스마스트리 밑에는 부모, 형제, 친척, 친구에게 나누어줄 선물이 멋지게 포장되어 놓여 있었다. 잡지나 영화에서 보았지만 실제로는 처음 보는 광경이라 놀랍고 감동스러웠다.

그 풍성한 아름다움이라니. 트리 밑에는 선물이 많았는데 내 이름을 붙인 선물도 있었다. 받고 보니 예쁜 유리그릇이었다. 아니, 그냥 예쁜 게 아니라 정말 예뻤다.

시어머님께 요리를 배우고 나서는 잡채 불고기, 갈비, 만두를 한 가지씩 해가서 음식 만드는 과정을 설명하면 잘못된 발음과 말을 고쳐주었다. 그때 서양 음식 만드는 것도 배웠다 스파게티, 미트로프, 라자니아….

새해가 되었고 화이팅 여사의 다리가 회복되었다. 나는 2월에 첫아이를 임신하고 힘들어했다. 그럴 때도 중단하지 않고 자기 차에 나를 태우고 가면서 간판을 보고 읽으라고 했다. 그때마다 한 단어 한 단어를 정확한 발음으로 고쳐주었다. '랄프 마켓' 하면 '랠프스 마켓'이라고 고쳐주고 '버몬트' 하면 '뷜만트'라고 고쳐주었다. 정말 친절하고 고마운 분이셨다. 아직도 발음이 잘 안 되는 몽고메리(Montgomery)가 여전히 숙제로 남아 있지만.

1971년 11월 첫딸 패티가 태어나고 다음 해 2월에 친정엄마가 한국에서 오시면서 근처의 방 2개짜리 아파트로 이사했다. 1972년 11월 딸 돌잔치에 화이팅 여사도 왔다. 그 후 한 번 더 거리가 좀 떨어진 넓은 집으로 이사했다. 그리고 그분도 이사 갔다. 그 후로는 더 이상 만나지 못했다. 우리 엄마랑 나이가 같아서 미국 엄마라고 생각했는데 그러나 우리의 인연은 1970년 7월에 시작되어 1973년 아들 출산 때 보고 그 후 1974년 2월 오렌지 카운티로 이사 오게 되면서 더 이상 만나지 못하였다.

44개월. 짧다면 짧은 시간이었지만, 지금도 큰딸 돌사진 속에 있는 화이팅 여사(Hope C. Whiting)를 보면 어려운 미국 생활을 지혜롭게 헤쳐나가도록 미국 예절과 삶의 방식과 태도를 보여주며 친구와 영어 선생이 되어 준 보고 싶은 그녀를 잊을 수가 없다.

소낙비

소낙비가 쏟아지면 나는 잠시 생각에 잠긴다. 소낙비 내리는 아주 짧은 순간 나는 그 먼 데를 다녀온다.

우리 작은오빠의 친구 윤석 오빠를 처음 본 것은 내가 고등학교 2학년 때다. 그는 서울로 유학을 와 우리 오빠와 같은 신문방송학과 동급생이 되었다. 고향은 부산이라던가.

그는 대학교 졸업 전까지 우리 집을 자주 들락거렸다. 둘이는 계몽운동도 같이 다니고 합창단도 하면서 절친으로 지냈다. 우리 오빠도 방학이 되면 그 집으로 놀러 가 보름씩 있다가 오곤 했다.

우리 식구는 일곱이지만 그 당시 식솔은 스물한 명이나 됐다. 객식구가 많아 밥상을 네 개나 펴고 식사했다. 한 사람쯤 끼어도 별로 눈에 띄지 않았다. 그도 가끔 우리 식탁에 앉아 식사를 나누기도 했다.

그가 대학 2학년 여름 방학 때, 소나기가 퍼붓던 어느 날이었다. 우리 집 근처 하숙집으로 이사하는 중에 잠깐 들렀다. 비를 맞아 흠뻑 젖었는데도 뭐가 좋은지 입가엔 웃음을 띠고 어깨는 힘이 있어 보였다.

그의 형님이 여름 방학에 가족을 만나러 한국에 나올 때 가져온 선물이라면서 나에게 초콜릿, 지갑을 선물로 주고 갔다. 그 후로 그는 더 자주 우리 집을 찾아왔다. 가끔 나에게는 유안진 시집과 소설을,

우리 큰오빠에겐 〈사상계〉도 사다 주었다.

내가 고등학교를 졸업하던 날, 그는 평상시 복장과는 달리 대학교 교복에 자랑스러운 배지를 달고 오빠들과 함께 내 졸업식을 찾아왔다. 사진을 찍은 후 나에게 금목걸이를 선물로 주었다. 그가 겸연쩍은 표정으로 엄마에게 말했다. 우리 집에서 밥을 자주 얻어먹은 답례라면서. 그날 나는 윤석 오빠로부터 목걸이를 선물로 받았어도 나에게 그는 오빠의 친구 이상도, 이하도, 아니었다. 식구 같은 덤덤한 사이였다. 다만 그가 멀리 서서 웃는 은근한 미소는 보기에 참 좋았다.

세월이 흘러 그는 군 복무를 마치고 복학하여 대학을 졸업하였다. 그는 멋진 신사가 되어있었다. 방송국에 취직한 후에도 그는 예전처럼 우리 집 식탁에 앉아 식구들과 대화를 나누며 한 가족처럼 지냈다.

소나기처럼 빨리 지나가는 세월에 나는 대학 졸업반이 되었다. 운명이었을까. 생각지도 못한 일이 나에게 일어났다. 대학 졸업식을 한 달 앞두고 이모할머니의 중매로 미국에서 온 청년과 맞선을 봤다. 부모님이 결혼을 결정하셨다. 선본 지 삼 일째 되던 날, 약혼식을 했다. 칠 일째 되는 날, 가까운 친척들과 친구를 모시고 우리는 백년가약을 맺었다. 신랑이 미국에 있는 직장으로 돌아갈 날짜가 가까워져서 결혼을 서두르게 된 것이었다.

신혼여행을 마치고 집으로 돌아온 나는 작은오빠를 보고 소스라치게 놀랐다. 어떻게 이런 일이! 오빠의 콧등은 부러졌고 눈 주변엔 멍이 들고 앞니 한 개도 부러져 있었다. 윤석 오빠가 부산 친가로 명절을 보내러 내려갔다가 돌아와 우리 부모님께 세배하러 왔는데 내가 결혼했다는 소식을 듣고 너무 놀라는 것 같았다고 엄마가 말씀하셨다. 그는 자기 하숙집으로 갔다가 얼마 후 다시 돌아와 우리 작은오빠를 불러냈다. "너는 내가 6년간이나 너의 동생을 좋아한 것도 모르고 결혼하게 내버려 뒀어? 이 의리 없고 눈치 없는 놈아." 하며 반쯤 죽게 때렸다는 것이었다. 그렇게 억울하게 두들겨 맞았지만, 작은오빠는 "나는 그놈이 너를 연모하는지 몰랐다. 너를 결혼 상대자로 점찍고 있었다고 하더라." 하며 웃었다. 나는 얼굴이 홍당무가 되어 몸 둘 바를 몰랐다. 한 번도, 아니 꿈에라도 나는 그를 애인으로 생각해 본 적이 없었다. 그런데도 이런 일이 있을 수 있다니!

나는 시집가기 전에는 학교 가는 일 외엔 바깥출입을 하지 않았다. 연애도 해 본 적 없는 숙맥이었다. 이 얘기를 듣던 날은 눈이 많이 와서 비가 온 후처럼 길이 젖어 많이 질척거렸다.

7월이 왔다. 내가 떠나기 3일 전, 목요일, 남편이 있는 미국으로 가려고 분주하게 준비 중일 때였다. 하늘에 먹장구름이 끼더니 갑자기 소낙비가 쏟아졌다. 빗속으로 윤석 오빠가 우리 집을 찾아왔다. 한참서 있던 그의 눈가는 젖어 있었다. 나에게 악수를 건네며 "잘 살아라"고 인사를 했다. 그 모습이 몹시 쓸쓸해 보였다.

그것이 그의 사랑이었을까?

나는 또래에 비해 감성 발달이 훨씬 미숙했었던 것 같다. 지금 어디서 살고 있을까. 어떤 환경에서 살던 건강하고 행복한 삶을 누렸으면 좋겠다.

소낙비가 순연한 본성을 부른다. 문득 빗속을 뚫고 떠오르는 옛 생각은 그때 내가 눈치가 조금만 있었더라면…. 처마 위로 떨어지는 소낙비에 오랜 기억 속 그의 젖은 눈매와 은은한 미소가 어른거린다.

사랑은 오래 참고

남자 가수가 간절하게 노래를 부른다.

"가지 마오, 가지를 마오….

13년 전 5월에 세상을 떠난 나의 친구 지혜를 기억나게 하는 애절한 노래다. 윤우는 대학교 1학년 때 지혜를 보고 첫눈에 반했고 군대를 다녀온 후 곧 결혼했다. 잉꼬부부라 불리며 각자 전문가의 길에서 인정받으며 지냈다. 지혜는 직업을 가지고도 20년 넘게 봉사 기관에서 열심히 봉사하며 아내로 사회인으로 가치 있는 삶을 살고 있었다.

평탄하게 살아가던 어느 날부터인가, 지혜에게 서서히 이상이 나타나기 시작했다. 의사의 진단은 퇴행성 뇌질환 파킨슨병이었다. 처음 병을 발견했을 때는 윤우가 지혜를 소개해 준 친구에게 아내를 바꿔 달라고 농담하면 친구는 너무 많이 사용해서 리턴이 안 된다며 웃을 정도로 심각하게 여기지 않았다. 그러나 그 후 6년이란 시간은 그렇게 쉽지 않았다.

세월이 흐르면서 지혜는 자기 손으로 할 수 있는 것이 없게 되었다. 도우미가 집으로 와서 모든 일을 도왔다. 가끔 그녀를 방문하면 남편의 밥을 자기 손으로 해 주지 못해 무척 미안하다고 말하곤 했다. 남편이 좋아하는 고추장찌개를 끓여주고 싶고 좋아하는 단술(식혜)도 만들어 주고 싶다면서 쓸쓸하게 미소를 지었다.

　요즘 겪은 일이라며 얼마 전 방문 했을 때 나에게 즐거운 마음으로 지혜가 해준 이야기다. 지혜가 무엇이든 간에 먹고 싶다고 하면 윤우는 시간과 장소를 가리지 않고 그녀를 위해 지체하지 않고 사 주었다. 남편 윤우가 늦은 오후, 지혜를 휠체어에 태워 베트남 식당으로 갔다. 그날은 식당 창가에 자리를 잡고 베트남 국수 두 그릇을 주문했다. 남편이 국수를 먹이면서 아내의 입가를 닦아주는 모습을 등 뒤에서 누군가 지켜보고 있다는 사실을 그들은 전혀 몰랐다. 웨이터가 다가와 "뒤쪽에 계신 손님이 두 분께 전해달라고 쪽지를 주셨습니다." 부부가 돌아보니 저만치 창가에 혼자 앉아 있는 50대쯤으로 보이는 남자다. 쪽지엔 "아름다운 부부십니다. 영원히 행복하십시오"라고 적혀 있었다. 짧은 쪽지지만 큰 울림이 들렸다.

　식사가 거의 끝나갈 즈음 웨이터가 부부 쪽으로 다시 왔다. "두 분의 음식값을 뒤쪽에 계신 분께서 지불하셨습니다." 놀란 지혜 남편이 뒤를 돌아보며 그를 향해 "마음이 어떻게 이토록 풍성하신지요! 감사합니다." 하니 그가 벌떡 일어나더니 "아닙니다. 보기가 좋습니다." 오히려 쑥스럽다는 듯 인사를 하고 식당을 떠났다. 삶의 여정에서 보이는 작은 아름다움에 감동하는 그의 속마음이 애드벌룬처럼 떠올랐다.

　아내의 휠체어를 밀고 집으로 돌아오는 길에 석양은 홍시가 터진 듯한 색깔로 건너편 하늘을 장식했다. "스치는 사람에게도 정을 나누는 세상이 아름다워요." 하며 지혜는 남편을 올려다보고 말했다. 샛바람이 두 부부의 미소 띤 얼굴을 어루만질 때 아내는 휠체어를 밀어주는 남편의 손을 살며시 쓰다듬었다.

지혜가 점점 진행된 병으로 침대에서 누워 지내는 시간이 길어지자 윤우는 결단을 내려 집을 리노베이션(Renovation)하기로 결정했다. 침실 오른쪽 벽을 부수고 24시간 해, 달, 별을 볼 수 있게 통유리 문을 만들었다. 파란 하늘에 떠다니는 구름, 목련꽃이 피고 자카란타가 지는 모습, 보슬비 장대비가 내리는 모습, 가을의 단풍, 바람에 휘날리는 낙엽을 침상에 누운 채 볼 수 있게 해 주었다.

지혜는 병문안을 간 내게 "지금 이 순간이 행복해. 남편이 친절하게 도와주니까." 한다. 누구나 가질 수 없는 이런 특권을 지혜가 누린 것은 남편으로서의 의리와 책임을 다한 윤우가 있었기 때문이다. 그것뿐인가. 지혜가 간절히 사모하는 하나님이 계시기 때문이리라.

그렇게 아름다운 사계절을 가슴에 품고 지혜는 우리 곁을 떠났다. 질병으로 인한 우울증을 겪으면서도 미소를 잃지 않았던 사랑했던 내 친구 지혜. 장례를 마치고 집으로 돌아오면서 나는 간절히 기도했다. 지혜는 우리의 곁을 떠났지만, 하나님이 맺어주신 부부의 사랑을 끝까지 아름답게 마무리한 두 사람의 모습은 나에게 아름다운 동화로 남아 있을 것이다.

죽은 사람을 슬퍼하여 지은 글

이지희*

가을에 옷을 잃어버린 나무는 앙상한 가지로 추운 겨울을 이겨내고 봄이 되면 서서히 옷을 만들기 시작한다. 오월이 되어 나무들이 더 큰 옷을 만들면 산이 살을 찌워 가지들을 감싸안는다. 세상은 온통 초록과 파란색으로 물든 하늘만 공존하는 세상이 된다.

만장이 휘날리고 있다. 충주 태생인 시인 한 분이 이승을 등지고 다른 세계로 가신 지 사흘째 되는 날 우리는 그의 고향에서 마지막 가는 길을 함께 하기 위해 모이기로 했다. 다른 지역에 거주하는 작가들도 삼삼오오 모이니 조용하기만 했던 작은 마을이 시끌벅적해졌다. 읍내 식당들은 앞다투어 점심 장사 준비를 하는지 음식 냄새가 마을을 감싸고 있었다. 오랜만에 외지 사람들이 모이게 되어 생기가 도니 어린 시절 동네 잔칫집 같았다.

이때쯤이었을까 금잔디가 어지럽게 많이도 피었던 날이. 병원에 입원해 계셨던 아버지가 돌아가셨다고 연락을 받은 새벽. 겨울도 아닌데

---

* 〈그린에세이〉로 등단. 그린에세이작가회 사무국장 역임. 한국문인협회 충주지회 회원. 수필과 비평 작가회 회원. 충북수필회원. 제13회 동서문학상. 〈까막귀〉로 맥심상 수상. 수필집 《페르소나》

공기가 몹시도 차게 느껴지는 건 기분 탓이었을까 오돌오돌 떨리는 몸을 잠시 이불 속에 뉘어본다. 눈물이 나야 하는데 눈물이 나질 않는다. 다른 방에서 자는 남동생을 깨운다. 평상시와 다름없이 무미건조한 말투로 아버지의 부고를 남동생에게 알린다. 다섯 살 어린 남동생과 버스를 타고 병원으로 향하면서 무슨 생각을 했는지 아버지 나이가 되었는데도 아무런 기억이 나질 않는다.

영구차는 우리와 약속한 시각보다 한 시간이나 늦은 시간이 되어서야 도착했다. 고인은 나를 위해 모인 손님들이 기다리는 곳으로 시간 맞추어 오고 싶었으나 주말이면 밀려드는 차량이 쉽게 보내주지 않았으리라 짐작한다. 어린 손자가 영정사진을 품에 안고 내린다. 활동사진인 영정사진 속 시인은 편안해 보였다.

시인을 따라 우리는 시인이 다녔던 초등학교를 한 바퀴 돈다. 시골 초등학교라 그런지 교실이 많지 않은 작은 학교였다. 유년 시절을 보낸 이곳에 와 있는 시인은 무슨 생각으로 앞에 서 계실까?

그동안 외지에서 사느라 힘들었노라고 고향에 넋두리라도 하고 싶으시겠지. 걸음을 생가 쪽으로 옮기면서 예전과는 너무나도 달라진 풍경에 추억을 꺼내어 사색하며 이제야 내가 고향에 돌아왔노라며 기쁨의 눈물을 흘리고 계실지도.

생가를 돌아 보련산 장지까지는 400m나 걸어야 한다. 작가들이 만장을 하나씩 들고 대기하고 있다. 바람에 깃발이 날린다. 가시는 마지막 걸음이 쓸쓸하지 않게 작가들이 같이 걸어가고 있다. 함께 걸음을 같이하고자 하는 분 중에 키가 작아 왜소한 수필가 한 분이 눈에 들어온다. 팔십이라 들고 가시는 것이 버거워 보였다. 같이 만장을 들며 힘들지 않냐고 물어본다.

며칠 전 꿈에 만장 무리가 있는 장례식을 본 적이 있는데 오늘 모습과 너무도 닮아있었다는 말씀이셨다.

데자뷔였다.

나는 애초에 무리에 낄 생각이 없었으나 그 선생님 덕분에 장지까지 시인과 같은 걸음을 같이 하게 되었다.

병원에서 삼일장을 치르고 집으로 돌아오신 아버지를 위한 꽃상여가 만들어졌다. 선산으로 향하는 깃발을 따라 상여가 움직이자 가족들이 줄지어 간다. 하얀 치맛자락이 깃발과 함께 바람에 날리는 것을 바라본다. 염할 때 울지 않던 언니가 상여에 매달려 울고 있다.

아버지는 꼭 지금 내 나이쯤 돌아가셨다. 일터에서 다친 것이 고질이 되어 병원에서 주로 많은 시간을 보내셨던 아버지였는데 지금 내가 그 나이 되어보니 허망한 생각에 더욱 아버지가 그립다.

상여가 소리를 내며 앞서가고 있다.

흔들리는 만장이 앞서가고 있다.

지금이 마지막이라면

외출준비를 한다. 구월인데 아직도 한여름처럼 숨이 막힌다. 에어컨이 없으면 살아갈 수가 없을 정도이니 우리나라도 아열대기후로 바뀌어 가는 과정이리라.

노모가 고추를 심었다. 더위에 농사짓기가 수월하지 않을 터인데 해마다 고추씨를 틔우고 심는다. 누구를 위한 노동일까 쉬는 것을 별로 본 적이 없다.

밭고랑에서 죽는 것이 소원이라며 유언처럼 말씀하신다.

"무엇을 위해 이렇게 일을 하시나요?"

"누구를 위해 일을 하기는 나 자신을 위해 일을 하지." 누워있는 거 말고는 주로 일을 하신다. 일세기를 가까이 살아오시면서 늘 일이 먼저였다. 그럼 일이 없으면 무엇을 위해 살아오셨을까?

사람들은 나에게 일 중독이라고 한다. 그냥 난 일하는 것이 좋다. 나에게 아이들을 키우는 십 년이라는 시간은 힘듦과 보람이 공존하는 것이었지만 세상이 나를 밀어내는 것 같은 뒤처짐은 어쩔 수가 없었다. 손이 많이 가는 시기가 지나가고 있었다. 다시 일하려고 했을 때 난 경력 단절이라는 벽에 부딪히게 된다. 자격증을 다시 취득하고서야 일을 시작할 수 있었다.

새로운 옷을 사고 새로운 사람들을 만난다는 설렘은 나에게 많은 것을 할 수 있다는 원동력을 만들어 주었다. 그리고 노을을 바라보며 하루가 허무하게 가지 않는 그것도 좋았다.

처음엔 노모가 노동의 대가가 좋아서 그런 줄 알았다. 돈이 쌓이는 것도 하나의 낙이 될 수 있다고 생각했으니까. 해주는 만큼 고스란히 돌려주는 자연이 삶의 벗이었던 노모는 흙에서 인생을 배웠던 것이다.

유난히도 더웠던 그래서 지치기도 했던 여름날 오전이다. 설거지하는 나에게 전화 한 통이 왔다. 가까이 살아도 왕래가 없던 손위 시누이의 전화였다. 받을까 말까 망설이는 순간 부재중으로 찍힌다. 순간 스치는 생각이 노모에게 변고가 생긴 것이 분명하리라는 느낌에 전화해 본다.

나의 기시감은 정확했다. 한 달 전쯤이었을까 옥수수밭에서 머리를 벌에 쏘여 응급실로 실려 오신 적이 있었다. 그날은 토요일이라 응급실에 계신 어머니를 모시고 집으로 왔다. 자고 일어난 다음 날 식사를 하기 위해 식탁에 앉으셨는데 왼쪽 어깨가 기울어지는 것이 이상했다.

우리는 살아오면서 처음 하는 것이 많은 것 같다. 아이를 키울 때도 엄마가 처음이라 허둥대며 실수투성이였는데 이번에는 며느리가 처음이라 노인질환에 대한 지식이 부족했다. 대수롭지 않게 생각해 시골집으로 모셔다드렸는데, 한 달 후 다시 증상이 생겨 병원에 갔더니 뇌경색이란다.

병원에 가는 날 노모는 푸른색 계열의 바지와 검은색 티셔츠를 입고 있었다. 평상시와 별다르지 않은 모습이었다. 삶에 대한 애착이 강하신 분이라 이 상황도 이겨낼 수 있을 거로 생각했다.

일주일 동안 입원을 한 후였다.

시골집에 가고 싶다며 간절한 눈빛으로 말씀하신다. 이제는 갈 수가 없을 것 같다고 말씀드리고 싶었지만, 화장실에 혼자 갈 수 있을 때 집으로 모셔다드리기로 약속하고는 우리 집으로 모시고 온다. 휠체어를 사고 편한 옷을 몇 벌 샀다.

하루가 몹시 바빠졌다. 새벽에 일어나 남편과 아이들을 챙기고 어머니를 목욕시킨 후 아침밥을 챙겨 드리고는 큰애한테 부탁하고 출근한다.

하루에 깨어있는 시간보다 자는 시간이 늘어 갔다. 깨어있는 시간에는 혼자 화장실에 가보려고 애를 많이 쓰신다. 자존심이 강하신 분이라 상처받으실까 조심스러웠다. 이제는 혼자서 대소변을 가리지 못해 기저귀를 해야만 했다.

"저녁이에요."

"아침이에요." 시간을 알려 준다.

다시 병원으로 가신 후 평생을 살아서 그렇게도 가고 싶었던 당신의 집으로 가보시지도 못하고 수의를 입고 다른 세상으로 가셨다.

오늘도 출근한다. 이 옷이 어쩌면 내가 사는 세상에서 마지막 옷이 될 수 있다는 생각에 예전과 다르게 옷을 골라서 차려입는다.

겨울밤, 벚꽃이 만개하다

가을걷이를 끝내고 한가한 겨울에 가야만 다른 사람들에게 폐를 끼치지 않는다고 하시더니만 곡식이 익기 시작하는 초가을에 시어머니께서는 돌아가셨다.

김장철이 되었다. 이십여 년을 어머니가 해 준 김치를 먹다가 김장해야 하는 때가 온 것이다. 오십 넘게 살아오면서 김치 한번 담아보지 않았다니 참으로 한심해지는 순간이다. 레시피를 모아 본다. 가장 빠른 것은 youtube를 보는 것이었다. 잘해 보리라는 결심으로 절임 배추를 40㎏이나 샀다. 어머니가 하시던 것을 어깨너머로 본 서당 개는 용감 했다. 저울도 없이 눈대중으로 양념한다. 양념을 다 하고 나서는 배추에 속을 넣는다. 서툴지 않으며 능숙하게 김치통에 담아낸다. 재미와 희열이 느껴졌다. 난 김치도 못 하는 오십 넘은 팔푼이가 아니었다. 돼지고기를 삶고 김치를 썰었다. 어쩌면 중간중간이 하얗게 보일까 어머니 김치는 색이 골고루였는데 김치를 담는데도 스킬이 필요했다. 가족들이 맛은 있다고 하며 용기를 주었지만, 다시 도전해 보고 싶은 열망이 꿈틀대고 있었다.

입동이 지났는데도 여전히 단풍이 곱다. 딸아이 친구들을 모아 대림산성을 간다. 산성이 늘 그렇듯이 오르막이 많아 힘든 코스다. 아이들이 힘에 부친 지 뒤처지고 있어 앞장서서 걸어가며 기다려주곤 했다.

올해 마지막 단풍이 그곳에서 나를 기다리고 있었다. 참나무는 벌써 나뭇잎을 떨어뜨리고 겨울맞이 준비가 한창인 듯 바닥이 온통 참나무 잎이다.

오르막을 걷는다. 다리가 시큰해져도 참고 걷는다. 한참을 걷고 나면 나오는 평지, 이제 다 왔겠다 싶으면 다시 오르막이다.

삶이 이와 같았다. 한참 오르막을 가다 보면 평지가 나오고 모든 것이 다 해결되었다 싶으면 또 오르막이 나오는 인생 말이다.

이곳은 고려 시대 몽골군과 맞서 싸웠던 전쟁터였다. 그날의 함성이 들리는 것 같다. 비탈진 산 능선에서 전투를 어떻게 했을까 적군도 아군도 녹록지 않은 전투였으리라.

함성을 뒤로하고 정상에 오르니 아파트들이 레고성처럼 늘어져 있다. 거인이 되어 레고를 다시 조립해 본다. 많이도 변했다. 초등학교 때는 교현아파트와 남산아파트가 고작이었는데 그만큼 시간이 많이 흘렀다는 것이겠지.

조선 시대 봉수대를 다시 복원한 정상에 올라 보니 굽이굽이 산봉우리들이 한눈에 들어왔다. 탁 트인 것이 오랜만에 느끼는 상쾌함이다.

먼 산에서부터 일몰이 몰려오고 있다. 노을이 조금씩 경치를 물들이고 있다. 아름다운 낙조인데 그 뒤에서 기다리는 어둠이 있어 우리는 내려가야 했다. 아쉬움을 뒤로 하고 내리막길을 조심조심 내려갔다. 아이들은 나뭇잎 썰매를 타느라고 정신이 없다. 내리막길은 너무나도 쉬웠다.

일주일은 빠르게 지나갔다. 다시 절임 배추 40kg을 샀다. 이번에는 저번보다 더 능숙하게 양념하고 속을 채워 넣었다. 역시 나는 무엇이든 빨리 배우는 유형인데 한 번의 연습으로 김장을 능숙하게 해내는 주부가 된 셈이다. 자신 있게 김치를 썰어본다. 이제는 골고루 양념이 베어져 있다. 간을 좀 달리했더니 맛도 만족스럽다. 이렇게 어머니의 빈자리를 채워가고 있다. 잘하리라는 믿음에서였던가 나에게는 아무런 말씀도 없이 가신 것이 못내 서운했는데 김장을 혼자서도 거뜬히 해내는 며느리였던 거였다.

이제 월동 준비를 다 한 느낌에 긴장이 풀려서일까? 몸살이 났다. 골골골 하루가 지나고 또 다른 하루들이 한꺼번에 몰려와 시간을 금세 갉아먹었다.

눈이 온다. 첫눈이다. 처음 오는 눈치고는 너무나도 많은 적설량이다. 퇴근 무렵이 되니 종일 내린 눈에 나무들이 하얗다. 부지런한 공무원들이 제설 작업을 다 하고 나니 봄밤, 예쁘게 수 놓던 벚꽃처럼 아름다움을 뽐내고 있다.

겨울밤 벚꽃이 만개했다.

5분 안에 무엇을 갖고 나갈까?

김카니*

   딸아이가 뉴욕에서 이사 온 지 한 달째 되는 날이다. 다급한 목소리로 전화했다. 무언가에 매우 놀란 듯싶다. "엄마 창문 밖으로 검은 연기가 온통 하늘을 덮었어요. 산불이 났대요. 무서워요." 급히 TV를 켰다. 미국 유명 배우들이 살고 있는 만리부 근처 퍼시픽 팰리세이드에서 시작한 산불은 주택들을 무자비하게 태우고 있었다. 딸네 집에서 가까운 바로 옆 동네였다.

   바다가 보이는 아름다운 전망의 고급 저택들과 학교며 교회가 온통 화염에 덮였다. 강풍 때문에 성낸 듯 번지고 있는 불길은 빠르게 확산되고 있었다. 딸의 집까지 소방대원과 경찰이 집마다 다니면서 대피 명령을 전달했다. 내 집으로 피신해 온 딸은 얼마나 급했는지 노트북과 애완견만 안고 달려왔다. 집 앞에 나가보니 검은 재가 날아다니고 있었다. 화재 장소에서 10마일이나 떨어진 우리 집까지도 마스크 없이 나갈 수 없었다. 불길은 미친 듯이 번지고 삽시간에 화마가 동네를 잿더미로 만들었다.

---

* 〈재미수필〉 신인상, 〈그린에세이〉 등단. 그린에세이작가회 회원. 재미수필문학가협회 이사장 역임.
  수필집 《구름이 붓이 되어》

이틀 후, 세찬 바람 때문에 불길은 여전히 잡히지 않았다. 오히려 확산돼 세 군데나 더 있었다. 딸은 옷가지며 일할 자료를 가지러 집에 다녀오겠다며 떠났다. 내 품에서 떠난 지 13년 만에 집 가까이로 이사 왔다. IT회사의 팀장으로 애완견과 함께 뉴욕에서 나름대로 삶을 즐기며 살았는데, 외롭게 사는 나를 위해 이곳으로 온 딸이다. 예쁜 콘도미니엄에 고급스러운 새 가구와 장식으로 멋지게 꾸며놓고 행복해한 것도 고작 한 달, 딸한테 미안한 생각이 들었다.

자연재해는 누구나 당할 수 있기에 묵묵히 받아들일 수밖에 없다. 30여 년 전, LA Northridge에 6.5의 큰 지진이 일어났었다. 근원지에서 멀지 않았던 우리 집도 큰 피해를 입었다. 굴뚝이 잘리고 집안에 벽은 군데군데 금이 갔다. 피아노 의자는 부서지고 책장과 장식장이 반쯤 기울어졌다. 부엌 캐비닛 문이 열려 사기그릇과 유리컵들은 모두 깨져서 뒤범벅이 되었다. 그야말로 아비규환이었다. 그리고 20년 후, 새 동네 새집으로 이사해서 평온하게 살았는데, 이번엔 집에서 1마일 떨어진 산속 지하 가스 벙커에서 가스가 새어 나온다는 뉴스가 터졌다. 건강을 해친다는 이유로 사람들은 모두 호텔로 재빨리 옮겼지만, 나는 애완견과 집안에서 버티고 있었다. 이웃집들이 다 나가서 저녁때가 되면 주위가 온통 암흑이었다. 누군가 마치 고스트 타운 같다고 했다. 결국 빨리 대피하라는 경찰의 명령에 나가야만 했다. 이미 LA 근교 호텔은 꽉 차 있어서 난 멀리 친구의 집으로 반려견과 함께 피신했다. 하루아침에 일어나는 천재지변을 어찌하겠냐마는 더 이상 이웃들이 불행을 경험하지 않았으면 하는 간절한 기도가 절로 나왔다.

집으로 돌아온 딸애가 말했다. "엄마, 막상 챙기러 가니 아무것도 가져올 수가 없었어." 빨리 대피하라는 경찰에게, 5분 안에 나올 거라 하고는 집에 들어갔는데, 귀중한 게 하나도 없더라는 것이다. 짐을 싸려 해도 손에 잡히는 것은 아무것도 없고, 그 순간, 중요한 것들이 다 사라져 버리고 눈에 보이질 않았다고 했다. 새로 꾸민 집에 모든 게 애정이 가고 안타까웠지만, 눈에 띄는 것은 고작 애착 인형인 토끼뿐이었단다. 40년이 넘은 봉제 인형 토끼. 원래 그 인형은 언니에게 네 살 때 사준 것으로, 동생이 원하니까 물려준 것이다. 그 애 나이만큼 주물러대 내가 몇 번이고 수선해서 그나마 형태를 보존하고 있다. 하얀 털은 이미 다 빠져 간 곳이 없고 쥐색으로 변해 보기 흉하다. 버리면 더 예쁜 걸로 사준대도 말을 듣지 않았다. 그 애가 어렸을 적 한국에 나갔을 때 외할머니가 낡았다고 아주 예쁘고 고급스러운 토끼 인형을 사줬지만 쳐다보지도 않았다.

오늘 딸애는 자기한테 가장 귀중한 게 비싼 옷과 명품 가방이 아니라 5분 안에 갖고 나갈 것은 가장 아끼는 애착 인형이라고 했다. 딸에게 가장 소중한 애완견 '벤지'와 토끼 인형뿐이라며 우리가 살면서 소중한 게 무엇인지 잊고 살았다고 한다. 중요한 것들이 다 사라져 버리고, 집어 올 건 아무것도 없다는 사실에 자신이 얼마나 작은 존재인지 새삼 느꼈다는 딸애의 말에 공감하며 삶이 허무하고 허탈하다는 것을 다시 한번 느꼈다. 우리가 정말 소중하게 여겨야 할 것들은 사실 그다지 많은 것이 아니란 걸 재난 앞에서 비로소 깨닫게 된다. 사람마다 자신에게 가장 중요하다고 느끼는 게 다를 것이다. 세상에 존재하는 물건들에 미련을 두지 않으려 한다. 이 세상에 내 물건은 결코 아무것도 없다고 다시 한번 자신을 되돌아보았다.

살아있음에 감사

소낙비가 바람과 함께 힘차게 내린다. LA에는 화창한 날씨였는데 샌프란시스코에 가까워지자, 타고 있는 비행기가 상·하 마구 흔들렸다. 기상의 변화로 갑자기 밑으로 뚝 떨어지는 기분이다. 한두 번 겪는 일이 아니어서 그런대로 즐기면서 공항에 도착했다. 비행기로 한 시간 거리임에도 날씨의 변화는 크게 달랐다. 시간이 조금 지나자 비는 점점 세차게 내렸다. 미리 준비해 온 비닐로 노트북이 있는 가방과 캐리어를 씌웠다.

픽업 온 딸과 두런두런 이야기하면서 고속도로를 달리는데 점점 강해지는 비바람에 차가 옆으로 밀렸다. 딸은 연신 '오 마이 갓'을 연발한다. 이미 도로에는 길옆에 큰 나무들이 꺾여 찻길을 방해하고 있었다. 움푹 들어간 도로에 빗물이 고여 찻길을 두 갈래로 가른다. 물은 곧바로 벽이 되어 마치 홍해 바다가 둘로 갈라지는 모세의 기적을 생각나게 했다.

20분쯤 흐른 후, 딸네 집에 거의 다 왔을 때 갑자기 오른쪽에서 대형 나무가 쓰러져 바로 앞차를 덮었다. 순간이었다. 나무는 조각이 나면서 4차선을 완전히 가로막았다. 이미 앞차는 순간 찌그러져 형태를 알 수 없었다. 옆 차선 차들도 서로 비키려다 사고를 냈다. 맨 왼쪽 차선의 차는 급브레이크를 밟았는지 마주 오던 찻길 옆으로 180도 회전해서 서버렸다. 타이어가 미끄러지는 소리, 차가 부서지는 소리, 끔찍한 장면이었다. 나도 모르게 '오 주여! 하나님!'이 절로 나왔다. 앞차에 탄 사람은 괜찮을까? 그 모든 소리가 내 심장 박동처럼 크게 느껴졌다. 정신을 차리고 보니 앞차에서 나온 한 사람이 손을 흔들며 도와달라는 신호를 보냈다. 사람들은 서로 차 밖으로 나와 도와주려고 한다. 곧바로 엠블란스와 소방차들이 소리를 내며 달려왔다.

딸은 내게 말했다. "엄마, 우리가 몇 초만 빨리 만났더라면 우리가 당했을 거 아니야?" 끔찍하다. 생각도 하길 싫다. 그렇다. 나는 죽을 고비를 몇 번이나 경험했다. 미국에 오기 전 해 겨울, 지방으로 친척 식구의 장례식으로 향하던 중 눈이 녹아 얼어붙은 고속도로에서 가족과 함께 타고 있던 차가 낭떠러지로 세 번이나 굴러 논두렁으로 떨어졌다. 차 안에는 큰시누와 작은시누 내외 그리고 나 모두가 안전벨트를 하질 않았다.

나는 어렴풋이 중학교 때 담임 선생님께서 교통사고 시 얼굴을 앞 의자 밑으로 숙이면 목숨은 구한다고 했던 게 생각이 나서 얼굴을 최대한 숙였다. 그리고 두 손을 앞 의자에 있는 힘을 다해 꼭 잡았다. 차가 구르는 순간 '난 죽었다.'를 생각했다. 차가 멈춘 후 정신을 차리고 보니 나와 운전자인 시누 남편은 멀쩡했다. 곧바로 도로 위로 올라와 두 손을 흔들며 구해달라는 신호를 보냈다. 차들은 냉정하게 우리를 보며 그냥 스쳐 지나갔다. 도와달라고 소리치며 애쓰다 보니 고급 검정 세단이 우리 앞에 멈추었다. 차 안에 타고 있던 남자분이 도와주려고 차 문을 열고 나왔다. 그제야 시누들을 보니 작은시누와 큰시누의 얼굴은 이미 피범벅이 되어 볼 수가 없었다. 아마 좌석벨트의 쇠붙이가 얼굴을 마구 친 것 같다. 멀쩡한 줄 알았던 나의 목덜미도 움직이기 불편했고 오른쪽 발목은 보라색으로 변해 퉁퉁 부어 있었다.

근처 병원에 도착해서 응급치료와 X-ray 촬영을 마친 후 모두 생명에는 지장이 없다고 하는 의사의 말과 함께 시댁이 운영하는 병원으로 옮겼다. 그 와중에도 영화를 많이 본 큰시누는 사고 난 차가 불이 날까 봐 제일 먼저 차 문을 열고 나왔다고 했다. 다행히 수북이 쌓인 눈 덕분에 우린 모두 살았다. 그때도 엄마를 따라오겠다며 울던 세 살짜리 큰딸을 뿌리쳐서 아이 목숨을 지킨 셈이다. 끔찍해서 생각하기도 싫었던 차 사고를 눈앞에서 다시 보게 된 것이다.

인명은 재천이라고 하지 않았나. 사람 목숨의 길고 짧음은 하늘에 달렸다는 뜻이지만, 오늘은 정말 살아있음에 감사를 실감하는 날이다. 때로는 이런 날들이 우리에게 찾아오지만, 그 또한 나의 일부임을 받아드리려 한다.

해 뜨는 집

어둠이 가시지 않은 새벽이었다. 왼쪽 어깨 통증을 견딜 수 없어서 가까이 사는 작은 딸을 불렀다. 더 일찍 알리고 싶었지만 잠자는 시간이라 방해하고 싶지 않았다. 지난해 1월 초에도 똑같은 무릎 통증으로 응급실에 다녀왔다.

웬일이람! 마치 각본에 짜여 있는 것처럼 연초마다 같은 시간에 반복되는 병원행은. 혼잣말이 저절로 나왔다. 통증은 숨 쉴 수 없을 정도로 손가락 끝마디까지 저리면서 고통스러웠다. 진통제 역할을 하는 패치를 어깨 주변에 덕지덕지 붙였건만 효과는 느낄 수 없었다. 날카롭게 찌르는 듯한 통증은 마치 내 자존심을 지워가듯, 머릿속을 캄캄하게 물들였다. 쓸데없는 나쁜 생각이 꼬리를 물어 나중에는 반신불수가 되는 상상이 저세상 끝까지 나를 몰고 갔다. 생전 처음 느껴보는 두려움이라는 감정이 어깨를 짓눌렀다. 심한 통증을 잠시 분산시켜 보려고 음악을 크게 틀었다. 한밤중에 빠른 템포의 음악이 흘러나왔다. 신경을 흩어지게 해보려 했지만 소용없었다.

혈압검사, 체온 검사 등 기본적인 것 말고도 심전도와 피검사, 시티 X-Ray, MRI 테스트 등 병원의 의료진은 신속하게 진행되었다. 잘 보이지 않는 팔뚝 혈관 때문에 손등이며 팔은 이미 만신창이가 되었다. 혈관이 안 보이는 내가 문제인지 실력이 안 되는 간호사가 문제인지,

피멍은 크게 퍼져 손등을 덮어 버렸다.

검사 결과, 문제는 척추였다. 이 주일 동안 허리를 제대로 펴질 못했고, 굽힌 채로 걸어 다닌 것이, 척추와 연결된 목뼈와 어깨 통증이 원인이었다. 혹시 넘어진 적은 없냐고 묻는 닥터의 질문에 "NO"만 했을 뿐 왜 진즉에 허리 아픈 것을 기억해 내지 못했는지. 점점 둔해져 가는 뇌신경이 안타깝기만 하다.

닥터는 곧 아이비를 통해 스테로이드를 주사한다고 했다. RN(수간호사)이 들어와 먼저 진통제 한 알을 입에 넣어주었다. 곧이어 한 번에 찾은 팔뚝 혈관에 바늘을 꽂았다. 약물이 몸 안에 들어오는가 보다. 몽롱하면서 입안에는 묘한 약 냄새를 느낀다. 숨쉬기도 힘들었던 통증이 점점 사라져 간다. 이른 새벽에 들어와 저녁 시간까지 차가운 병실 침대에 누운 채로 많은 생각을 했다. 건강하지 못하면 정신적 아픔과 괴로움의 시간일 뿐 살아도 무의미하다는 것이다.

집으로 돌아오는 차 안에서 라디오를 켰다. 마침 귀에 익은 음악이 흘러나왔다. 제목이 생각날 듯 말 듯했다. 음악이 끝나갈 무렵 제목이 생각났다. 70년대 찻집에서 즐겨 들었던 5인조 그룹 애니멀스의 〈해 뜨는 집(The House of the Rising Sun)〉이었다. 낯설지 않은 멜로디, 오늘은 다르게 들렸다. 낮게 깔리는 기타 소리와 허전하고 쓸쓸한 보컬이, 마치 나를 조용히 붙잡고 지금, 이 고통도 언젠간 지나간다고 말해주는 듯했다. 서글픔인지 억울함인지 모를 것이 음악에 나의 감정이 오버랩 되어 가슴속에서 둥글게 맴돌았다. 음악이 차 안을 가득 채우며 통증보다 더 깊은 곳을 건드렸다. 사실 어렸을 적에는 내용은 관심 없고 멜로디에 취해 들었다. 오래된 곡이건만 기타 연주에 혼신을 다해 부르는 남자 가수의 노래에 가슴이 아려온다. 자신의 깨달음을 하나님께 말하는 어느 죄수의 울부짖음은 세월이 흘러도 감동을 주는 곡이다.

몇 시간 전만 해도 마음이 무거웠다. 노래의 가사와 전혀 다른 의미였지만, 멜로디가 전하는 느낌은 괴로움과 고통의 시간이 마치 '해 뜨는 집'을 연상케 했다. 오늘은 평범하지 않은 하루였다. 병원에서 느낀 감정은 쉽게 잊히지 않았다. 이 시간도 내 몫이고 내가 감당해야 할 부분이다. 올 한 해 동안 겪을 아픔을 이 고통으로 마무리하고 싶다. 거리는 어느새 먹구름으로 가득 차 사위를 어둑하게 했다. 자동차는 천천히 밤길을 지나가고, 나는 음률에 기대어 스스로를 위로하고 있었다. 하루가 또 지나가고 있다.

해바라기의 일탈

정영득*

그것은 말 그대로 일탈이었다. 해를 벗어나다니 과감한 탈출 아니,
이해가 안 되는 무리수였다. 일탈(逸脫)은 국어사전에서, "정해진 영역
또는 본디의 목적이나 길, 사상, 규범, 조직 따위로부터 빠져 벗어남"
으로 정의하고 있다. 하지만 내가 본 어느 날 해바라기의 일탈은 해(日)
벗어남(脫)의 의미로 먼저 다가왔다. 사진을 찍을 때만 해도 전혀 눈치
채지 못했다. 그저 황홀한 꽃에 취해 태양의 존재는 잠시 잊었다. 집에
와서 하나하나 사진을 들여다보면서 내 눈이 휘둥그레졌다. 세상에,
해바라기가 해를 등지고 있다니!

해바라기를 그동안 수없이 많이 봐왔고 사진에 담기 위해 동네 거리
를 일부러 돌아서 오가기도 했건만, 등진 태양을 배경 삼은 해바라기
모습은 아이러니 그 자체였다. 오죽하면 해바라기라는 이름이 붙었을
까. 한글만이 아니다. 금방 생각나는 영어도 그렇다. 중국어, 일본어,
스페인어, 독일어 등에서도 태양이라는 뜻을 지닌 형태소가 포함된 복

---

* 〈그린에세이〉로 등단(2018). 그린에세이작가회 회원. 캐나다한인문인협회 회원. 캐나다 한국일보
신춘문예 입상(2013). 작품집(공저) 《수요일에 만나요》 《내가 그린 에세이》 외 다수

합어로 나타난다고 한다. 다만 튀르키예어에서는 '달꽃'이라고 한다니 해가 아닌 달에 비유되는 점이 특이하다. 마치 우리나라의 '달맞이꽃'이 연상되는 대목이다. 그러니까 반드시 태양과 연관되어 이름 지어진 식물은 아니겠다고 생각은 했었지만, 그래도 해바라기는 해를 바라보리라는 믿음이 강했다.

다음날 다시, 해바라기를 찾아갔다. 혹시 사진이 잘못 찍힌 건 아닐까. 그랬기를 바라면서 그 장소에 갔다. 나의 실망에는 아랑곳하지 않는다는 듯이 해바라기는 해를 뒤에 두고, 방긋방긋 웃고 있었다. 태양을 향해 있어야만 한다는 고정관념이 흔들리며 한동안 자리를 뜰 수가 없었다. 나는 그렇다손 치더라도 사회적 통념은 어떻게 할 것인가. 지구상에 퍼져있는 오해를 사람들은 알고도 모른 척하는 걸까. 아니면, 요즈음 들어 심각해지고 있는 기후 변화나 환경 오염 탓일까?

해를 등진 모습은 꼿꼿한 오만함의 표출이었다. 젊은 날의 내가 보였다. 자라면서 그렇게도 부모의 은혜를 많이 받았지만, 다 커서는 제 혼자 이룬 듯이 의기양양했다. 자신감 넘쳐나는 강건함보다는 불손한 내면이 부끄러웠다. 산을 넘고 바다 멀리 부모를 떠나와서 제대로 모시지도 못하며 살고 있다. 자식들이 부모의 해바라기이거늘, 나는 그 역할을 일체 못하고 있다. 어머니 돌아가시고 아버지 홀로 계시니 미어지는 가슴은 늘 그리움으로 아리다. 해바라기를 바라보며 어머니와 아버지, 그리고 나의 삼중 영상이 파노라마처럼 스쳐 갔다. 내 가족의 모습이 겹치며 사중 화면이 되는 데는 시간이 오래 걸리지 않았다. 모두 해바라기다. 햇빛은 성숙의 밑거름이다.

해바라기뿐만 아니라 일반 식물 모두가 광합성 기능을 갖추고 있다.

자라면서 해를 바라보며 자양분을 취한다. 캘리포니아 대학 연구진에 따르면 태양을 향하는 것은 해바라기꽃이 아니라, 꽃이 피기 전의 줄기 윗부분이다. 해바라기는 24시간 태양 시계의 리듬에 맞춰, 체내에 함유된 성장 호르몬인 옥신의 농도를 조절함으로써 줄기의 방향을 바꾼다고 한다. 밤에는 줄기를 동쪽으로, 낮에는 점차 서쪽으로 향하게 한다. 그러니까 성장할 때만 해를 향하고 꽃이 피면 동쪽을 바라보는 격이 된다. 자라는 동안 온종일 태양을 따라 고개를 움직이던 해바라기가, 성장이 끝나면 마침내 스스로 태양과 같은 모습으로 꽃을 피워 그 자리를 비춘다. 해바라기가 해로 변한 것이다. 찬란한 태양의 꽃, 그대 이름은 해바라기! 아낌없이 주는 태양은 이제 꽃 뒤로 물러나 있다. 꽃의 영광을 위하여 지금 그 자리에서 최선을 다하라는 메시지를 해가 해바라기에게 온몸으로 전한다. 자식 바라기가 된 입장에서 우리 아이들에게 내가 바라는 꿈도 마찬가지다. 각자가 소망스럽게 피어나길 축원한다. 해바라기는 '해'와 '바라' 그리고 '-기'에서 왔다고 한다. 옛말 '바라'는 '바라다'와 '바라보다'의 뜻을 다 지녔다고 하니, '바라다'의 의미로 보면 해가 뒤에 있는 이유로도 작용할 것이다. 호기심으로 시작된 궁금증은 풀렸으나 어떻게 된 영문이지 개운하지 않다. 해바라기는 언제나 해를 향해 움직인다는 애초의 잘못된 상식이 차라리 진실이면 좋겠다는 생각마저 든다. 변함없는 일편단심의 의지를 그렇게라도 긍정 삼고 싶은 마음일까.

지난 팬데믹 3년간 일탈은 언감생심 사치였다. 세기적 감염병 유행 자체가 이미 총체적 일탈이었기 때문이다. 일상생활을 잃어버리고 나서야 새삼 그 소중함을 체득하고 너나 할 것 없이 일상을 동경했었다.

이제라도 일상으로 점차 복귀하는 게 얼마나 다행스러운 일인가. 그런 즈음에 해바라기 일탈과 마주친 것이다. 어쩌면 처음부터 일상과 일탈은 이처럼 유기적 연동제였는지 모르겠다. 그러고 보니 해바라기의 일탈은 그들로서의 일탈이라기보다는 나 자신의 고정관념 일탈을 위한 발로가 아니었나 싶다. 때로 지난한 삶과 맞부딪힌다고 할지라도 용기를 잃지 말라는 위로 소리가 들린다. 나란히 도열하여 나를 맞이하는 해바라기 물결 속에서.

자유여행

　휴가가 다가오자, 아내는 파티마에 가보고 싶다고 했다. 나도 은연중에 유럽 대륙의 서쪽 끝이라 불리는 호카곶이란 데가 궁금했기에, 이번 여행지를 포르투갈 리스본으로 정했다. 온라인상에는 수도 없이 많은 여행 정보가 올라와 있었다. 범람하는 정보 중에 실용적이면서도 구체적인 내용을 간추리는 것도 일이었다. 자다가도 벌떡 일어나, 여행 준비를 하는 게 일상이 되었다. 회사 동료에게 물어보기도 하고 동네 도서관에서 몇 권의 책을 빌리기도 했다. 포르투갈어 사전도 마련했다. 자유여행은 말 그대로 자유롭긴 하겠지만, 일정 추진 계획에 여간 신경을 쓰지 않을 수 없는 게 흠이었다. 여행 떠나는 날이 다가올수록 그 준비 자체가 스트레스로 작용하기까지 했다. 5박 6일의 짧은 기간이기에 하루라도 허투루 쓸 수가 없었다.

　첫째 날, 우리는 리스본 근교 벨렝 지역에서 수도원과 유적지를 방문했다. 포르투갈의 대항해 시대를 기념하는 발견기념비와 제로니모 수도원의 위용은 첫날부터 리스본을 매력 있는 도시로 각인시켰다. 여행은 아는 만큼 보인다고 했던가. 부지런히 공부한 덕에 여유 있게 하루를 소화했다. 다음 날 파티마도 그랬다. 웅장한 대성당의 강렬한 기운도 좋았지만, 야외의 작은 예배당에서 미사 참여했던 것도 좋았다.

파티마 외곽 발리노스(Valinhos)는 양치기 아이들의 마을이며, 고통받는 이들을 위해 기도해 달라고 요청하기 위해 성모 마리아가 발현한 곳으로 알려져 있다. 아내는 버킷리스트 중의 하나인 파티마 방문에 매우 고무된 듯하였다.

셋째 날은 일정이 빡빡했다. 아침 일찍 신트라라고 하는 곳을 향해 출발했다. 신트라는 리스본에서 북서쪽으로 28km 떨어진 곳으로, 굽이굽이 산길을 따라 마치 동화 속에서 나 나올법한 성과 궁전으로 이루어진 마을이다. 내 어릴 적 외할머니댁 마을 이름이 신트리였기에 신트라는 우선 친근감이 있었다. 그런 동화 마을에서 무어인의 성(Castle of the Moors)을 만난 건 뜻밖이었다. 시간이 촉박할 것 같아, 애초에는 방문 계획에 없던 곳이었다. 현지인의 관광 영업용 자동차에 동승하게 되는 바람에 급조된 일정이었다. 자유여행이었기에 가능한 일이었다. 햇빛에 따라서 안개의 농담이 달라지는데 그 운무 사이로 만리장성 같은 담이 끝없이 이어졌다. 해발 450m 산 중턱에 자리한 이 성은 7세기 무렵 이슬람 세력 무어인들이 지은 방어용 성벽이라고 한다. 자연과 인공이 연출하는 기묘한 장관에 탄성이 절로 나왔다. 안 와봤으면 후회할 뻔한 장소였다. 헤갈레이라 궁전(Regaleira Palace)은 이번 여행의 정점이 되었다. 궁전도 궁전이지만 정원 곳곳에 숨겨진 동굴과 폭포가 인상적이었다. 어디까지가 신의 영역이고 얼마만큼이 인간의 작품인지 구분이 애매할 지경이었다. 어느 입구를 따라 들어가다 보면 그 유명한 우물과 만난다. 가파른 나선형 계단을 돌아 깊숙한 우물의 바닥까지 내려간다. 27m 깊이의 지하를 6개 층으로 해서 빙빙 돌아 내려간다. 우물 아래에서 위를 쳐다보면 동그란 하늘이 보인다.

이 구멍을 통해 지상의 빛과 공기가 우물 바닥까지 내려온다. 이 동그랗게 뚫린 중앙 공간 하나가 희망으로 연결되는 탈출구 같다는 생각이 머리를 스친다. 호흡을 가다듬는다.

호카곶(Cabo Da Roca)은 헤갈레이라 궁전을 나오면서 바로 직행버스로 갈 수 있다. 사진 속에서만 보던 그 십자가 탑이 멀리서 보였다. 언덕 아래로 보이는 그 탑이 저만치서부터 벌써 나를 부르는 듯하였다. 탑 밑에 적혀 있는 글이 시선을 끈다. 포르투갈어를 영어로 번역했다.

Here,
Where the earth itself ends
And the sea begins

벼랑 끝 낭떠러지 절벽 밑에는 대서양의 푸른 파도가 넘실거리고 저 멀리 수평선이 지평선처럼 아득하다. 바다가 시작되는 기점에서 아찔한 현기증이 너울댄다. 끝나고 시작한다는 말이 동시에 파도처럼 밀려온다. 시작과 끝의 분기점은 무엇일까.

마지막 날은 리스본 시내를 가볍게 둘러볼 것이니, 이번 여행은 주요 일정이 모두 끝났다. 새로운 시작이 기다리겠지. 날씨가 좋아서인지 10월인데도 사람들이 해안가에서 수영을 즐겼다. 포르투갈은 11월까지도 덥다고 한다. 천혜의 관광지를 지녔으나 관광 안내 서비스가 다소 미흡했다. 웬만하면 스마트폰으로 다 해결하는 젊은이들 위주의 서비스가 주종을 이루었다. 예약하지 않으면 입장이 아예 안 되는 곳이 많았다. 아날로그 방식이 그런대로 편한 시니어층을 위한 제도 마련이 시급해 보였다. 떠나오는 날, 비행기 안이다. 승객들이 모두 자리에 앉고 이륙 채비를 마쳤다. 기장의 안내방송이 나온다. 항공기 점검 보고서 승인에 다소 시간이 걸린단다. 그러기를 한 시간가량 대기, 급기야 비행이 취소되었으니 모두 내리란다. "Unfortunately….".로 시작된 방송 멘트는 그야말로 불운으로 드러났다. 호텔과 저녁, 아침이 제공된다는 말도 그다지 달갑게 들리지 않았다. 아, 이런 일이 실제로 발생하는구나!

뜻밖의 상황에 대처하는 항공사의 책임자와 승무원도 당황스러워 보였다. 승객의 안전을 위해서 불가피한 결정을 내렸다는 기내 방송이 귓등으로도 안 들렸으나 그나마 위로로 삼을 수밖에 없었다. 예정에 없던 1박이 추가되면서 내 여행 계획에도 하루가 더 스며들었다. 사람 일이란 늘 알 수가 없는 것이었다. 여행도 마찬가지다. 인생도 여행이다.

이번 여행을 통해 치유가 많이 되었다는 아내의 말에 나도 손을 얹는다. 지나고 나서 보니 여행을 준비하는 과정부터 이미 행복한 시간이었다. 시작과 끝의 분기점은 자유여행이다. 아니 어쩌면, 아예 처음부터 그 분기점은 없었는지 모른다. 예정에 없던 일도 예정이기에.

하루의 이중주곡

아침저녁으로 날씨가 선선해지면서, 절로 읊어지는 시구가 있다.

계절이 지나가는 하늘에는
가을로 가득 차 있습니다.

나는 아무 걱정도 없이
가을 속의 별 들을 다 헤일 듯합니다.

오늘 아침에 현관문을 나서자마자 위 첫째 연이 그대로 생각났다. 나에게 있어, 첫 연은 아침이요, 둘째 연은 밤이다. 한 연에서 시작된 하루가 다음 연에서 마무리된다. 찰나 같은 하루가 아침에서 밤으로 이어지는 동안, 시간의 길이를 형성한다. 하루가 모이고 모여 계절을 이루고 그 계절의 오늘이 가을이다. 내 인생도 어느덧 가을 무렵에 와 있다. 인생은 결국 하루하루의 연속일진데 그 연장선 위에 삶도 죽음도 함께 있다. 〈별 헤는 밤〉의 작중연대가 일제강점기인 점에 비하면 지금은 얼마나 자유로운 시대인가. 그런데도 이 시의 머리 구절들이 오늘도 여전히 감흥을 주는 이유는 무엇일까. 굳이 그 까닭을 몰라도 좋으리. 이 시 전체에 이미 내가 풍덩 빠져 있으니 그걸로 족하다. 그러다가 며칠 전에 나는 정말 아무 걱정도 없이 공원 길을 산책하며 호숫가 풍광에 매료되었던 적이 있다.

해밀턴을 오갈 때마다 지나치는 곳이 있다. 커다란 호수가 자그마한 섬을 품고 있는 지대다. 언젠가 저곳에 꼭 한번 가보리라 마음먹으며 차창 밖을 응시하곤 했었다. 마침 그날은 반대편에서 오는 차들이 많이 밀리고 있어, 나중에 올 때는 우회로를 따라 돌아오리라고 생각하게 되었다. 그 호숫가 공원으로 차를 돌릴 때 설렘으로 심장이 떨렸다. 길 찾기는 생각보다 어렵지 않았다. 주차하기도 전인데 그곳이 낙원임을 직감할 수 있었다. 산책을 시작하는 순간부터는, 내 발걸음이 마치 호수에 홀리기라도 한 것처럼 빨리 움직였다. 공원 명칭도 아예 Cootes Paradise Sanctuary(야생 조류 낙원/ 보호 구역)이다. 백조와 왜가리가 대조를 이루며 일정 거리를 두고 서 있는 모습은 경이로움을 넘어 숭고한 침묵이었다. 숨죽이지 않으면 이 명장면을 놓친다. 돌 위에 살포시 앉아 있는 해오라기를 발견한 건 순전히 행운이었다. 돌 색깔과 비슷해서 흡사 보호색을 쓰는 듯한 해오라기는 내가 위에서 사진 찍는 걸 알기라도 한 것처럼 몇 가지 포즈를 취해 주었다. 할 수만 있다면 그에게 내 사진을 보여주고 싶었다. 물 위의 청둥오리 한 쌍은 덤이었다. 숲속 길에는 이름 모를 새소리가 호기심을 자극했다. 자연은 오묘하고 위대하다. 나의 분주한 하루를 꾸짖기라도 하는 것처럼 근엄하다. 그러면서도 내 모든 걸 다 이해한다며 나를 품어준다. 이웃마을 던다스에서 자전거 타고 놀러 온 부부를 만나기 전까지는 미처 아내를 생각할 겨를조차 없었다. 전화해야 한다고 하면서도, 파라다이스 절경에 취해 잠시 미루기로 했다. 그 취기에서 깨어나고 싶지 않았기 때문이다. 다행히 아내한테서도 아직 전화가 없다. 산책 코스로 해서 호숫가를 반 바퀴 돌면 다시 돌아 나와야 한다. 돌아 나오는 길은 그 길 나름대로 색다르다.

"내려갈 때 보았네. 올라갈 때 보지 못한 그 꽃"이 그대로 연상되는 그런 길이다.

집에 돌아오고 나니까 핸드폰이 작동했다. 아내가 그동안 네 번이나 전화했다. 급기야 음성 사서함에는 볼멘 목소리로 메시지가 저장돼 있었다. 도대체 어디냐고, 전화는 왜 안 되느냐고, 걱정 반, 원망 반의 녹음 목소리에서 속이 많이 상했음을 알 수 있었다. 볼일을 마치고 곧장 귀가하곤 했던 남편이 무려 2시간 넘게 행방불명이 되었으니 오죽했으랴. 내가 천국을 누비고 있는 동안 아내는 지옥을 헤맨 형국이다. 내가 뭐라고 감히 한 사람을 지옥에 빠뜨릴 수 있단 말인가. 자괴감으로 나도 지옥에 빠진 느낌이었다. 천국과 지옥이 이중주를 협연하는 하루였다. 천국과 지옥은 공간적 개념이 아니라 시간적 개념이다. 삶과 죽음이 그러한 것처럼. 하루하루 살아가는 게 천국과 지옥의 연속 게임인지 모른다.

출근하면서 커피점 드라이브스루에서 내 단골 커피를 주문했다. 미디엄 디카프(decaf)에 설탕 하나, 우유 하나 다. 서빙 직원의, "Have a nice day!" 인사말이 오늘따라 정겹다. 'day'라는 단어가 유독 크게 들렸다. 커피잔으로부터 전해오는 뜨거운 향과 쌉싸름한 커피 맛이 나를 행복하게 한다. 커피를 마셔야 하루가 시작되는 것 같다는 이들도 상당히 많다고 한다. 나이가 들수록 어린아이가 돼가는 것이다. 시시

때때로 변하는 주위 환경에 예민해질 때가 있다. 외줄타기 곡예사처럼 묘기를 부린다. 천둥벌거숭이 시절을 거쳐 질펀한 삶의 여정을 지나는 동안 천국과 지옥은 늘 곁에 있었는지도 모른다. 하루를 잘 살아야 하는 이유다.

내 친한 친구 한 명은 별일이 없는 한, 20년째 하루도 빠짐없이 태극권으로 심신을 단련한다고 한다. 그렇게 아침에 몸을 풀면 하루가 가뿐해지고 건강해진단다. 온라인으로 동영상을 보내왔는데 느린 듯하면서도 절도 있는 태극권 연결 동작이 우아할 정도다. 우리네 전통춤과 태권도 품새가 어우러진 모습이 보는 이로 하여금 동기화를 유발한다. 나는 동네 체육관에라도 부지런히 다녀야겠다. 그것이 하늘로 가는 그날까지 하루의 이중주곡을 관조하면서 제대로 지상에 머무는 방편이 아닐까.

오늘 하루도 수고했다.

엄마 병

고은하[*]

....

아들을 해병대에 보낸 후 가장 힘들었던 1주일 동안, 나는 불면증과 가슴이 눌려 일상생활이 엉망이 되었다. 스스로 지적인 엄마를 지향하며 아들을 대할 때도 잔소리보단 인생 선배로서 조언을 아끼지 않았는데, 언제부터인가 남들이 말하는 여느 아들이 내 아들에게서 느껴지며 서운한 마음도 들었고, 왠지 이제 스스로 한 발 뒤로 물러서야 하나라는 생각도 들어 마음으로 영 서운함이 밀려왔다. 때마침 군대에 가게 되니 어쩌면 시기적으로 잘된 일이라고 생각했는데 막상 보내 놓고 나니 첫 일 주일 사이 생병이 나버린 것이다.

세상이 좋아져 해병대 훈련소 안에 인편(인터넷 편지)이라는 제도가 있다. 입대 전 아들에게 "7주간 쓸 수 있으니 약 30회는 쓸 수 있을 거야. 내가 보낸 인편과 훈련소에서의 너의 일기와 콜라보로 '해병대 훈련소에서'라는 특별한 경험을 담은 책을 만들어 보자."라는 이야기를 했고, 내심 인터넷 편지로 모자간의 소통에 다소 희망이 생길 듯했

---

[*] 〈그린에세이〉로 등단. 그린에세이작가회 회원

다.

　인편이 열리는 첫날 700자를 가득 채우기 위해 미리 초안을 준비하고 프로그램 안으로 들어갔다. 이 편지는 하루에 한 통만 보낼 수 있는 제도이다. 받는 이의 이름과 생년월일 훈번을 누르니 반가운 아들의 이름이 뜬다. 보내는 이의 이름과 주민등록 번호 그리고 관계를 누르니 미리 마련된 키워드로 부모, 가족, 친구, 애인, 기타가 나타났다. 모든 것을 체크하고 편지 전송을 누르니 [금일 편지 쓰기가 완료되었습니다. "애인" 께서 이용하셨습니다.]라는 메시지가 떴다. 갑자기 멘붕이 왔다. "애인? 누구지? 애인이라니." 마치 아들 집 초인종을 누르니 문전박대당한, 아니 입장 거부를 당한 기분이랄까. 혼란스러움이 극에 달했다. 그때 마침 지인인 김 회장님으로부터 전화가 왔다. 업무 이야기를 나눈 후, 여담으로 "이제 엄마 병은 다 나았어요?"라고 물으셨다. 지금의 혼란스러운 상황을 이야기할 수도 없고, 나의 대답은 그저 잘 적응하고 있는 것 같다고 얼버무렸다. 김 회장님은 허허 웃으시며 "그래요, 이제 천하의 고은하 엄마로 돌아왔네요"라고 말씀하셨다. 아닌데, 아직 아닌데, 속도 모르시고. 그러나 곰곰이 생각해 보니 이제 며칠 후면 일명 통신 보약이라는 훈단에서 걸려 오는 아들의 전화가 올 것인데, 그때 물어보면 될 일이다. 엄마가 모르는 너의 애인이 도대체 누구냐고. 자정을 기해 열리는 하루 한 통의 기회를 부모가 손도 대기 전에, 따박따박 따먹는 그 애인이라는 사람(하마터면 빨갱이라고 할 뻔했다.)이 누구인지 물어보면 될 일이다. 그러나 반가운 아들과 첫 통화를 이런 문제를 두고 엄마인 내가 따지듯 물어봐서는 안 될 일이다. 이럴 때 쓰라고 아빠가 있지 하며 남편에게 키를 넘겼다.

스스로 엄마의 병을 인정한 그날부터 치료를 위한 마음가짐으로 기분이 바뀌었고, 뜬금없이 십여 년 전 돌아가신 엄마가 떠올랐다. '엄마 병이라고 치면 내 엄마만큼 중증 환자는 없었을 거야.' 36년 간의 터울로 같은 양띠인 엄마와 나, 그리고 아들. 어쩌면 내가 엄마에게 가슴앓이를 시킨 불효를 내 아들에게서 받기 시작했다고 생각하니 순간 명치끝이 꽉 막혔다. '엄마! 미안해! 내가 엄마에게 너무 잘못한 것이 많아! 엄마 미안해!' 벌써 아득한 추억이 되었지만, 엄마 생전에 그동안의 잘못을 진심으로 참회하며 용서를 구할 기회가 있었다. 그때 엄마가 내 손을 꼭 잡고 하신 말씀이 어제 일처럼 귓가에 맴돈다. "엄마와 자식 간에 용서할 것도, 미안할 것도 뭐가 있겠니? 우리 은하가 누구에게 그런 응석을 부리겠으며, 네가 하는 정말 어처구니없는 생떼를 누가 감히 나에게 하겠니? 설령 한다고 하더라도 내가 누구라고 받아 주겠니? 엄마와 자식이니까 그럴 수 있지, 엄마와 자식은 그래서 특별한 거야. 세상에 너와 나밖에 그럴 수 있는 사이가 또 있을까. 그러니 미안할 것도 용서할 것도 없다."

나는 지금 돌아가신 엄마와 그 시절 나와 같은 자식 사이에 끼어 '엄마 병'에 시달리며 56년의 삶 구석구석을 중구난방으로 헤매고 있다.

코로나 송편

어릴 적 먹고 자란 것이 유복한 추억이 되고, 그때마다 엄마의 음식 솜씨가 새록새록 그 시절로 나를 이끈다. 공교롭게 나의 어머니와 나, 그리고 내 아들이 36년씩 띠동갑이라 아들의 나이를 헤아려 그 시절을 회상하면 나의 어머니가 보이고 내 아들 눈에 비추어질 내가 보인다. 그래서 엄마가 만들어 주신 음식과 별미가 생각날 때면 벌떡 일어나 재료를 모으고 엄마 흉내를 내본다.

어쩌면 나에게 있어서 요리는 엄마가 생각나고, 보고 싶을 때 그 욕구가 더 커지는 것 같다. 요리할 때면 추억 속에 정신이 없이 몰입되며 웃다가 울다가 혼자서 영화 한 편을 보는 것처럼 아득한 촬영장을 헤집고 다니니 말이다. 서울 한복판에 기역 자 한옥집이었던 고향 집. 대청마루에 붙어있던 툇마루와 부엌문 사이로 분주하게 오가는 엄마의 유난히 작은 발이며, 앞치마에 연신 물기를 닦아가며 이 손에서 저 손으로 옮겨 다니던 큰 양재기와 하얀 행주, 키와 나무 채, 대나무 소쿠리, 견 보자기도 눈에 어른거린다. 아마 그것들은 내 기억보다 훨씬 전부터 엄마 손에 있었으리라.

엄마는 늘 그렇게 바빴고 분주했다. 매일 매 끼니를 바쁘게 움직여야 만들어지는 음식을 척척 내어주려고 엄마 손은 언제나 젖어 있었다.

어때? 맛있어? 나는 거의 매일 한 가지 주요리를 만든다. 과묵한 남편은 어릴 적 아버지처럼 고개를 크게 끄덕이며 "음~!"하고 말없이 먹는다. 아이는 "맛있어요. 엄마!" 하며 엄지척을 내준다. 그러나 매번 다 입에 맞지는 않다는 것을 나는 안다.

두 끼를 내놓으면 손이 전혀 가지 않는다는 것은 맛이 없다는 것이다. 먹기 싫을 때 남편이 하는 말이 있다. "당신은 음식을 너무 많이 해. 이렇게 많이 하니 남기게 되지. 제발 좀 조금씩 해." 그러나 맛이 있을 때의 행동은 다르다. 갑자기 말이 많아진다. 묻지도 않은 자기 주변의 친구들 이야기이며, 어릴 적 이야기, 하다못해 오늘 있었던 일도 술술 풀어놓으며 사람을 웃기기도 한다. 더 기분이 좋을 땐 샤워실에서 흥얼거리는 노랫소리가 들린다.

이러한 심리적 양상은 아들도 마찬가지다. 늘 한 손을 식탁 밑에 떨구며 다른 한 손으로만 먹던 아이가 갑자기 적극적인 자세로 식탁에 바짝 앉아 양손을 사용해 식기와 수저를 든다. 이 아이도 누구처럼 수다스러워진다. "엄마! 내가 전전 여자 친구와 왜 헤어졌는지 아세요? 화이트데이라고 쿠키를 만들어 주는데 아! 얼마나 딱딱하던지 이빨이 나갈 뻔했잖아요. 정말 그걸로 머리를 한 대 때리고 싶더라니까요. 그 앤 아마도 돌을 먹고 살았나 봐요." "그런데 엄마! 우리 원장님이 그러시던데요. 저는 엄마가 해 주는 요리 먹고 자라서 어쩔 수 없이 엄마와 비슷한 사람을 좋아할 거래요." 연신 엄마! 엄마! 하는 추임새를 넣어 가며 이야기꽃을 피우는 아이는 평소와 다르게 배부르다며 수저를 내려놓고도 자리에서 일어나지 않는다. 우리 집 두 남자를 20년 넘게 관찰해 온 데이터의 집합이다.

올해 여름은 추석이 되어도 폭염은 식을 줄 몰랐다. 설상가상 우리 부부는 동시에 코로나에 감염되어 추석 명절을 꼬박 집에서 격리 요양하여야 했다. 열은 떨어지지 않고 입맛도 쓰고 냄새도 맡을 수 없는데 추석이라 떠오르는 송편에 불현듯 어릴 적, 송편을 한 입씩 물어가며 소쿠리를 끼고 앉아 있던 대여섯 살의 내가 떠올랐다.

갑자기 침대에서 벌떡 일어나 쌀 1kg을 씻어 놓고 돌아와 남편에게 말했다.

"아프다고 드러누워만 있지 말고, 당신도 좀 일어나. 강 대 강이야. 오늘 난 송편을 만들어야겠어."

"송편? 갑자기 송편은 왜? 나 환자야! 코로나 환자라고!"

외치는 남편의 기침 섞인 신음도 아랑곳없이 눈앞은 벌써 어릴 적 고향 집이 영화 촬영장으로 펼쳐졌다. "어머 낫~ 은하가 송편을 다 깨물어 버렸어! 언니! 이거 어떻게 해!" 하는 이모의 비명과 소쿠리를 낚아채며 깜짝 놀라 쳐다보는 엄마와 얼굴이 마주친 내가 으앙~하고 소리를 지르며 울음을 터트렸던 바로 그곳. 엄마 품에 안겨서야 작은 손에 꼭 쥔 깨송편을 내보였던 나. 그리곤 한바탕 시원한 엄마의 웃음소리가 메아리치던 바로 그곳. 영화의 한 장면을 보고 있는 듯했다. 식은땀인지 구슬땀인지 누가 보면 정상이 아닌 사람처럼 아득한 추억의 편린을 집어 들고 쌀가루에 조금씩 따뜻한 물을 흘려가며 익반죽을 하였다.

생생한 그 기억은 내가 다 자라서도 내 부모에겐, '아 글쎄 우리 은하가'로 시작하여 '은하의 깨송편 찾기', '깨송편 먹으려고 한 소쿠리 다 씹어버린 은하'의 이야기로 회자되었다. 그야말로 옛날 옛적에(once upon a time)의 얘깃거리로 오십 년을 훌쩍 넘어서까지 나를 따라다녔다.

지금도 나는 송편이라면 깨송편이다. 다시 현장으로 돌아와 6시간 불린 쌀의 물기를 빼고 분쇄기에 곱게 가니 제법 방앗간에서 빻아온 쌀가루처럼 고왔다. 냉동실을 뒤져보니 통깨도 있었고, 설탕 대신 당 제로의 스테비아도, 쑥 가루와 꿀도 있었다. 맛도 모양도 그럴싸한 추억 속의 그 깨 송편이 재현되었다. 코로나로 인해 냄새도 아무 맛도 느껴지지 않는다던 남편은 "어때? 맛있어?"하고 묻는 나의 말에 영락없이 크게 고개만 끄덕였다.

"사람은 무얼 먹고, 무얼 보고 자랐느냐가 정말 중요해. 까도녀(까칠한 도시 여자)인 당신이 키트로 만드는 것도 아닌 이런 재래 방법으로 송편을 만들다니, 시골서 자란 사람도 아마 집에서 이렇게 만드는 사람은 이제는 없을 걸?" 하는 남편의 감탄사를 들으며 난 생각했다.

'어쨌거나 우리 두 사람에게 송편에 관한 새로운 에피소드가 생겼으니 앞으로 한 오십 년은 코로나 송편을 추억하겠군.'

슈퍼우먼의 비애

아들이 해병대에 입대한 후, 여느 군인 가족들이 이용하는 군 마트를 이용할 수 있게 되어 신이 났다. 아들 덕분에 이런 곳도 이용하고, 더군다나 아무나 갈 수 없다는 해병대에 입대한 것이 사뭇 든든하고 자랑스럽기까지 했다. 외박 나올 날을 기다렸다가 이왕이면 아들과 팔짱을 끼고 군 마트에 가보고 싶은 것이 엄마로서 작은 희망이었다. "아들! 집에 가는 길에 군 마트 들렀다 갈까?" 하니 흔쾌히 그러자고 한다. 우리 동네에 군인들이 이렇게 많았나 싶을 정도로 군 마트 입구에선 군인 가족들이 줄을 서서 기다리고 있었다. 그도 그럴 것이, 마트가 작고 좁아서 일정 사람들이 나오면 들여보내는 식이었다. 줄을 서서 기다리다 드디어 차례가 왔다. 내 신분증과 아들의 신분증 그리고 휴가증을 보인 후 조그만 마트 안에 들어섰다. 우선 무엇이 있는지 구석구석 살펴보니 가격표가 큰 글씨로 적혀 있었는데 연신 '우와 싸다! 이거 너무 싼 거 아닌가?' 하는 생각이 들었다. 시중 가격과 비교하자면, 냉동식품의 경우 인터넷 가격보다 50% 이상 싼 것이 많았고, 과자나 식료품은 시중 도매가에서 20%~30% 정도 저렴, 소주, 맥주는 50%, 화장품의 경우는 제품에 따라 40% 이상 저렴한 것이 많았다. 큰 카트 안에 이것저것 집어넣으니 아들 눈이 휘둥그레진다. 화장품을 쌓아놓은 칸에 내가 찾던 의외의 것이 있어서 3개를 집어 카트에 넣었다. 무엇인가 싶었는지 아들이 꺼내어 보더니 "엄마! 이게 뭔 줄 알고 3개씩이나 사세요?"라며 묻는다. 나는 눈을 흘기며 "와이 존 세정제!" 하니 엄마가 왜… 하려다가 "아니, 아니에요. 알고 사시면 됐어요"하곤 얼른 내려놓는다. 그때부터 나는 심기가 뒤틀리기 시작하였다. 아니 저놈이 엄마는 뭐 여자도 아닌 줄 아 나. 하는 생각에 당황스럽기도 하고, 한편 서운하기도 했다. 장 본 것을 트렁크에 넣어 놓고, 좀 떨어진 식당으로 걸어가던 중 뒤틀어진 심사 때문일까, 나는 별말 없이 걸었다. 아들은 차도 쪽으로 슬쩍 나를 밀며 안쪽으로 걸으며 말을 건다. "엄마! 지금 가는 식당은 가본 곳이에요? 무슨 음식점이에요?"하고 묻는데 갑자기 성질이 났다. "너는 길을 걸을 땐 남자가 바깥쪽에서 걷고, 여성이나 노약자는 안쪽으로 걷게 하는 것을 모르니?" 하며 투덜거렸다. 생각도 못 한 내 언성에 아들은 당황하면서 기껏 둘러댄다는 말이 "엄마가 노약자는 아니잖아요"라며 말끝을 흐렸다. "엄마는 여성 아니니?"하고 쏘아붙이니 난감한 표정으로 "엄마는 저보다 세잖아요." 한다. 기가 막히고 어이가 없어서 갑자기 가슴이 답답해져 왔다. 식사 중에도 아들은 이해할 수 없다는 듯 고개를 설레설레 흔들며 "엄마! 집에 무슨 일 있어요? 아니면 엄마 개인적으로 무슨 일 있어요? 왜 갑자기 예민해지고 화를 내고 그러세요?"

어디서부터 어떻게 말해야 할까. 자칫하면 저놈에겐 부르르 화를 내는 갱년기 장애 정도로 치부되고 있을지도 모른다. '엄마도 여성이란다. 네가 보기엔 최강 킹콩 3소대, 무적 황소 3중대보다 훨씬 센 성별도 없는 슈퍼맨 같겠지만! 엄마도 남자인 네가 보호해야 할 1순위 여성이라고!' 목까지 차오르는 말을 꿀꺽 삼키며 잠시 고개를 돌렸다.

지난날 동경 중심가에 있던 회사에서 치바 뉴타운 집에까지 전차 시간만 왕복 2시간, 역과 회사, 집까지 걷는 시간을 더하여 족히 3시간을 오가며 워킹 맘으로 육아를 했다. 늘 허겁지겁 방과 후반의 문을 열며 늦게까지 남아 있는 어린 아들을 품에 안았다.

어느 날인가, 아들이 7살 무렵이었다. 돌아오는 길에 아이는 내 손을 꼭 잡으며 물었다. "엄마! 우정은 어떤 거예요? 우정과 사랑은 같은 거예요?" 흠, 우정은 친구와의 사랑을 이야기하는 것이고, 사랑은 그 대상이 엄마나 아빠, 아니면 선생님, 친구, 좋아하는 모든 것이 대상이 될 수 있지! 왜? 유키는 누구를 사랑하는데? 유키는 일본에서 태어난 아들의 이름이다. 내심 난 조그만 손에서 느껴지는 무한한 신뢰감과 처음으로 이야기하는 사랑의 대상이 바로 엄마이구나 생각하니 가슴이 뛰었다. 금방이라도 꼭 껴안을 태세로 걸음을 멈추고 아들을 바라보았다. 아이는 음음 하며 뜸을 들이더니 자신의 가슴에 손을 대고 "가슴을 꾹 누르는 것 같고 여기가 아픈 것도 우정인가요? 칸다 군을 생각하면 그래요. 여기가 '꾸욱' 해요." 하! 그때의 그 실망감이란 이루 말할 수 없었다. 그럼에도 난 아들에게 우정에 대해, 사랑에 대해, 누군가를 사랑하고 좋아하는 것은 참 행복한 것이라고 이야기를 해 주었다. 비록 이 엄마가 대상은 아니었어도.

식사를 마친 후 커피숍에 들렀다. 속에 있는 말을 하고 싶은데 어디서부터 말을 꺼내야 할지 도무지 정리되지 않아 애써 평온한 얼굴로 군 생활을 물었다. 동기와 한방을 쓰는 일상의 모습을 자세히 들려주는 아들을 보며, 머릿속은 온통 '그래 이놈아 넌 어릴 때도 이 엄마는 우정이나 사랑에서 제외하고, 지금까지도 천하무적 슈퍼우먼으로 생각하니 연민도 없지? 이 나쁜 놈아!' 목젖을 차고 올라오는 말을 삼키고자 애꿎은 뜨거운 커피만 꿀꺽꿀꺽 삼켰다.

하현달

김종걸*

....

바람 소리에 눈을 떴다. 강풍이 분다는 예보도 없었는데 바람이 몹시 세차다. 창문이 환하여 머리맡의 핸드폰을 들여다보니 다섯 시다. 동이 트려면 아직 멀었을 시간인데도 사물의 윤곽이 정확하게 드러난다. 창문 앞에 하현달이 보인다.

젊은 시절, 꿈을 포기해야겠다는 결정을 내리기 전까지 방황을 거듭하는 날이 많았다. 지금 하던 일을 그만두고 놀아볼까. 라는 마음이 굴뚝 같았다. 그렇지만 아버지 어머니의 주름 팬 얼굴을 떠올리면 고개를 숙일 수밖에 없었다. 너무 섣부르게 현실과 타협해 버렸다는 후회가 내내 가슴을 쓰리게 했다. 그때마다 하현달은 내 친구처럼 함께했다.

이 시기는 내 청춘에서 가장 패기만만하고 자유스러워야 할 때였다.

---

* 〈그린에세이〉로 등단. 한국문인협회, 한국가톨릭문인협회, 경기한국수필가협회 회원. 수필집 ≪울어도 괜찮아≫(2024). 수상: 언론이 선정한 한국을 빛낸 명수필, 공무원문예대전, 안전행정부 장관상, 경찰문화대전 경찰청장상, 경기한국수필가협회 수필공모 우수상, 대통령 녹조 근정 훈장, 모범공무원으로 국무총리 표창 등 다수. 경정으로 퇴직.

어떻게 살 것이며, 무엇을 할 것인가를 치열하게 고민하고 모색해야할 시기였다. 그뿐만 아니라 무엇이든, 불가능해 보이는 어떤 것을 향해 온몸을 던져 도전해 보아야 할 나이였다. 하지만, 당시 현실은 너무나 일찍 내 삶의 테두리를 그어 놓았다. 거기서 자족하고 안주하는 것은 더 싫었다. 내가 생각한 미래는 고작 이런 일을 위하여 목말라했던 것은 아니었다.

수많은 고비를 넘기며 망망대해로 떠밀려 나가듯 알 수 없는 불안감이 앞섰고, 그 원인을 찾아가기에는 너무 버거운 일이었다. 내면의 심경이 복잡하여 무슨 일을 하더라도 그 어떤 경지에 다다를 수 없었다. 다만 치열한 생존경쟁 속에 살아남기 위한 삶의 몸부림으로 늘 가슴 아픈 사연이 많았다. 그 사연이 밑거름되어 생의 의미가 점점 퇴색되어 갔다. 늘 정해진 테두리에 갇혀 있는 생각뿐이어서 답답하기 이를 데 없었다. 당시 현실은 내 타는 목마름을 채워줄 수 있는 무언가가 없었다. 만약 그것이 있었더라면 삶에 최선을 다했을 것이다. 내가 삶에 마음을 붙이지 못한 데에는, 가지 못한 길에 대한 미련 말고도 여러 이유가 있었다.

당시 사회는 혼란스러웠다. 어지러운 사회현실 속에서 어린 시절부터 가져왔던 세상에 대한 막연한 반감 역시 내 마음을 어지럽혔다. 모든 것을 포기하고 수도원에 들어가 수사신부의 길을 걸어보면 어떨까? 가톨릭 대학교에 입학하여 신부가 될까? 이런저런 생각에 마음의 갈피를 못 잡고 있던 어느 날, 성당에서 새벽 미사를 마치고 나오던 길에 성모상 앞에서 홀연히 기도하고 계신 어르신을 보니, 늘 새벽이면 장독대에 냉수 한 사발 떠 놓고 기도하시던 어머니 모습이 눈 앞을 가려

울컥한 후, 고향 집으로 향했다.

내가 올 줄 알았는지 어머니께서는 문을 열어놓고 계셨다. 도착하자마자 잘 왔다면서 나를 껴안으며 등을 토닥여 주셨다. 그러고는 편안하게 가까운 곳으로 직장을 옮겨 함께 생활했으면 좋겠다고 말씀하셨다. 하지만, 하필이면 그 전날 본당 신부님의 부름을 받고 신축 중인 성당에서 함께 생활하게 되었다고 말씀드리니 부모님께서는 침묵으로 응답하셨다.

새벽이면 하현달을 보면서 새벽 미사를 집전하는 신부님을 돕는 일부터 저녁 미사 후, 성당 신축 작업을 마무리할 때까지 신부님과 한 몸이 되어 성당 신축에 정성을 다했다. 낮이면 벽돌을 쌓고, 밤이면 플래시를 비추며 쌓은 벽돌의 틈새를 점검했으며, 사제관 앞에 온실을 만들었고, 성당으로 향하는 길가에 나무를 심어 주변을 푸르게 가꿨다. 성당 내부에 제대 및 모든 장식물 설치는 물론 고해소까지 완벽하게 내부공사를 끝냈다. 교회의 상징인 종탑을 세우면서 최종적으로 성당 신축을 마무리했다. 그날 신부님께 한 통의 편지를 남기고, 고해소(告解所)에 들어가 한참 동안 울고 난 후, 성당을 나왔다.

짧은 시간이었지만 성당에서의 생활은 지금도 나에게 큰 의미로 남아 있다. 훗날 아내와 그 신축 성당에서 최초로 결혼식을 올렸다. 결혼 후, 아내는 현장 경찰로 근무하는 남편의 격일제 근무로 인하여 한 달 중에 15일은 혼자서 밤을 지새워야만 했다. 나는 야간 근무 중에 새벽이면 하현달을 마주할 때마다 부족한 자신을 돌아보고 겸손한 자세로 살아야겠다고 늘 다짐했다. 그 시절 매사에 성심을 다 바쳤지만, 삶은 내게 여전히 어렵고 두려웠다.

젊은 날, 하현달을 보면서 뜨거운 열정을 불태운 시간이 얼마나 많았던가. 그 시절은 진정 아름다웠다. 이제는 아득한 추억의 한 장면으로 남아 있지만, 살아온 날보다 살아갈 날이 더 짧은 세월 속에서 하현달을 보며 그동안의 잘못을 모두 털어놓고 숙연해진 마음으로 용서를 빌어 본다.

창문을 활짝 열자 고요히 머물러 있던 달빛과 찬바람이 일시에 밀려왔다. 바람이 그치자 사위는 다시 고요하다. 저만치 하현달이 보인다. 여명의 직전, 정갈한 구도의 아름다움을 품고 있는 하현달을 은연중에 마주하면서 가만히 입속으로 간절하게 뇌어본다. 하루하루가 마지막인 것처럼 매사에 어떤 일을 해도 부끄럽지 않은 생을 살아가자고.

어머니의 칭찬

사무실 위치가 산 아래라서 가끔 문을 열고 밖으로 나간다. 연녹색에 취해 꽃 빛으로 물들어 가는 노을을 본다. 해 질 녘, 잠시 노역의 시간을 내려놓은 듯, 산 아래는 고요한 안식과 함께 노을의 잔광이 쓸쓸하면서도 평화롭기 그지없다. 하지만 어둠이 짙어 갈 때쯤엔 멀리 보이는 산꼭대기가 저녁노을에 물들면서 아슴아슴 어린 시절이 다가오기도 한다.

어린 시절을 회상(回想)하다 보면 그때마다 어머니 생각은 더 간절하게 다가온다. 늘 동구 밖에서 학교 갔다 돌아오는 아들을 기다리던 생시의 고운 얼굴이 절절히 그리워진다. 그 시절, 국어 시간에 글짓기 대회가 있었다. 공교롭게도 그 흔한 장려상조차 받을 수 없었다. 하지만 어머니께서는 늘 내 글이 최고로 잘 쓴 글이라며 칭찬을 아끼지 않았다. 그 칭찬이 밑거름되어 지금도 책을 읽고, 글을 쓰는 것을 게을리하지 않는다.

학교에서 공부를 잘하면 선생님들께 귀여움을 받는다. 그런데 나는 이상하게도 그렇지 못했다. 고분고분하거나 순종적이지 않아서 그랬는지 모른다. 몇 번에 걸친 부딪침으로 인하여, 세상은 그 사람의 진심, 그 사람의 노력, 그 사람의 이상(理想)으로 사람을 평가하는 게 아니라는 사실도 알았다. 세상은 나 같은 사람에게 별로 우호적이지 않는다는 느낌, 세상의 주류에 속하지 않았다는 자각은 새로운 의지를 불러일으켰다. 그렇게 늘 현실은 비판적 시각을 내게 심어 주었다.

그런데도 지금까지 잘 성장할 수 있었던 것은 어머니의 남다른 교육관 덕분이었다. 나의 어머니는 자식 중에 누구도 차별하지 않고 동등하게 키우셨다. 그 점에 있어서 정말 신기할 정도로 의식이 앞서간 분이셨다. 나는 어머니에게 자식이기 전에 한 인간으로서 존중받았다. '존중받으며 자란 사람이 남을 존중할 줄도 아는 법이지 않은가.' 육십여 년 넘게 살아왔던 내 생각의 밑천은 모두 어머니께서 마련해 주신 것이었다. 그 밑천을 바탕으로 지연과 학연, 편견과 억압의 답답한 틀속에서 괴로워하는 사람에게 조금이라도 보탬 될 수 있는 행동을 하려고 노력했다.

어머니께서는 내가 경찰관으로 임용되어 인사를 하러 갔던 첫날부터 살아 계실 때까지 늘 두 손을 꼭 잡으면서 말씀하셨다.

"힘없다고, 돈 없다고, 인맥 없다고 이 사회에서 살아가기가 힘들다면야 세상에 공권력이 무슨 소용이 있겠느냐. 항상 약자 편에서 일해야 한다."

어머니의 간절한 당부에 따라 나는 늘 약자의 편에 서서 모든 일을 감당해야만 했다.

경찰관으로 34년 근무를 무사히 마치고 이곳 화성에서 비로소 영혼의 닻을 내리게 되었다. 그동안 살아온 인생을 오롯이 글 속에 담아내려고 정착했다. 특히 문학과 생활이 서로를 아우르며 삶과 예술이란 총체에 더 가깝게 접근할 수 있었으면, 좋겠다는 생각으로 하루하루를 살아내고 있다.

어린 시절의 정서를 회상하며, 산으로 들로 쏘다녔고, 밤이면 책을 찾아 읽었다. 늘 책을 벗 삼고, 땅을 보면서 아래로 향하는 마음을 배웠다. 마음은 외롭고 가난하지만, 책을 보면서 가끔 지나온 시간을 그리워했다. 상추며, 호박이며, 각종 채소로 정갈하게 차려진 밥상을 받으면서 생의 의미와 어머니에 대한 정애(情愛)를 새로이 깨달았다.

세월이 흘렀다. 문단의 새내기가 되어 무엇인가 쓰지 않고는 견딜 수 없는 절실한 갈증을 풀기 위해 삶에 의미와 본질에 대한 사유를 탁본하듯 성심을 다해 몰입했다. 글에 대한 높낮이를 겨루어 보고자 하는 상이나 명예도 탐해보지 않았다. 오로지 쓰는 작업만을 통해 마음을 비워 냈다. 그렇게 하다 보니 정직하게 흘려보낸 눈물 어린 언어들이 모여 가슴 차오르는 글이 되었다. 누가 글을 읽어주면 고마웠고, 읽어주지 않으면 혼자서 지어낸 독백이었거니, 텅 빈 사무실에서 혼자 벌인 지성의 축제이었거니 여겼다. 긴 인생에서 단순한 감각에 따라 일어나는 감정표현일 뿐이라고 생각하면서도 늘 어머니를 그리워했다.

최근 화성문화재단에서 2024 화성예술활동지원 문학분야에 선정되었다는 소식을 받았다. 또 한 번 때를 얻은 셈이다. 옛말에 '때를 얻음에 조용히 하고, 잃음에 있어선 편히 머물라' 했지만, 자꾸만 눈앞이 흐려진다. 오랜 유랑을 끝내고 귀향의 강가에 서 있는 듯한 감회가 일시에 밀려온다. 작가가 되겠다는 희망을 품지도 않은 나에게 글 잘 쓴다는 칭찬을 아끼지 않았던 어머니에 대한 고마움이 가슴속 깊은 곳까지 차오른다. 그 감정을 다독거려볼 요량으로 연녹색으로 출렁이는 앞산을 바라본다.

지금 우리 잘살고 있나

노년의 시간은 더디고 고요하다. 휴일의 한낮은 더더욱 무료하다. 아내와 딸에게 외식하자고 부추겼다. 맛이 괜찮다고 셋이 의견 일치를 본 곳이 화덕피자 집이다.

아내와 딸은 외출준비를 마치고 현관문을 열고 나가서 기다리고 있는데, 나는 동작이 굼떠서 딸에게 핀잔을 듣는다. 길에서도 내 걸음은 느려 뒤처진다. 젊었을 땐 서로 보폭에 맞추어 잘 걷고 늘 손도 잡고 걸었는데 요즘은 아내의 뒷모습을 바라보고 가는 마음이 편안하다.

피자집에 도착하고 자동차에서 내린 아내와 딸이 잠깐 나를 기다리는 동작을 취한 듯하더니 이내 들어가 버린다. 그런 아내가 전혀 고깝지 않다. 피자가 나오기를 기다리면서 문득 '내가 많이 늙어가고 있구나'라는 생각이 들었다. 아내와 나는 이렇듯 편하게 살아가고 있다.

십여 년 전, 아내가 친구들과 유럽 여행 중에 발목이 골절되는 사고를 당했다. 그래서 한동안 계단을 오르내릴 때면 내가 부축해 줘야만 했다. 아마도 그땐 사랑하는 마음이 가득했다. 그런데 지금은 그저 덤덤하다. 그동안 살아오면서 감정의 자잘한 구석까지 들여다보면 내가 한심한 일도 했었고, 부족한 점도 많았기에 아내에게는 나를 미워하는 마음이 생겼을 수도 있다. 그렇게 살다 보니 한때의 사랑은 아스라이 사라져 버렸고 미운 마음은 많아졌을 것이다. 그동안 아내와 사십여 년 세월을 살면서 사랑이었든, 미움이었든 이제 그런 건 상관없다. 내가 아내를 더 사랑했으면 어떻고, 아내의 미움이 더 컸다면 어쩌랴. 그걸 어떻게 따질 필요가 있나. 아내와 내가 여기까지 무탈하게 함께한 세월이 너무 소중하기에 요즘은 아내를 더 많이 기다려주고 잘 살핀다. 그래야만 마음이 편안하다.

화덕피자가 나왔다. 아내와 딸은 맛있다고 무척이나 잘 먹는다. 전에는 피자가 아들의 최애 음식이었지만, 오늘은 아내와 딸이 피자 맛에 감동했는지 표정이 흐뭇하다. 아내는 피자가 맛있다면서 나더러 '맛이 어떠냐?'라고 물었다. 나는 대답하지 않았다. 아내는 내가 대답하지 않아도 그뿐이다. 굳이 내 대답이 필요한 건 아니었다. 매사가 그렇다. 나는 그게 섭섭하지도 않다. 서로 살면서 '매사가 그렇다'란 그저 무덤덤하거나 지나치게 건조하다는 의미는 아니다. 늘 서로 함께하기에 완전하게 신뢰하면서 살아간다는 의미다.

나는 지금의 삶이 좋다. 이제 뭘 더 이루지 않아도 된다. 부자는 아니지만 배고프지도 않다. 평생 꼬박꼬박 나오는 연금과 현재의 지갑 또한 얄팍하지 않다. 하지만 아내와 나는 성인병 두어 가지를 지니고 산다. 때가 되면 병원에 가고, 처방된 약을 핸드폰 알람에 맞춰놓고서 착실하게 챙긴다. 병이 더 생기지 않는다면 좋겠지만, 보이지 않는 병이 나타나도 이젠 어쩔 수 없다. 마음도 몸도 세월 따라 흐르는 것, 그저 받아들일 뿐이다. 내 마음대로 살 수 없는 것이 우리의 삶 아니던

가. 혹 내가 이런 생각으로 산다고 마치 만사에 달관한 것 같이 들릴까? 봐 민망한 느낌도 없지 않다. 하지만 결코 그런 것은 절대 아니다.

결혼 초, 부엌엔 구들장 밑으로 바퀴 달린 연탄을 깊이 밀어 넣어 방을 데우는 단칸방에서 생활했고, 음식을 만들 때는 석유풍로를 사용했다. 신혼 단꿈에 빠졌던 우리에게 단칸방은 지상에서 가장 따뜻한 보금자리였다. 그 따뜻한 보금자리에서 신의 선물인 아들이 태어났고, 늘 선물을 품에 안고 눈을 맞추며 생명의 신비를 뼛속까지 새기면서 간절하게 살았다. 한편으로는, 무언가를 잔뜩 벼르면서 좀 더 이루고자 했던 옛날이 있었기에, 지금의 여유가 생겼고, 이젠 빨리 체념도 할 수 있는 나이가 되고 보니 어느결에 흰머리도 늘어났다. 하지만 미래를 꿈꾸면서 늘 높은 곳에 오르기 위해 몸부림치며 살아온 지난날처럼 살지는 못한다. 지향하던 꿈은 이미 내 몸에서 사라진 지 오래되었다.

또 하루가 저물어 간다. 유리창으로 번지는 저녁노을의 형상이 시시각각으로 변한다. 검붉기도 하며, 주홍으로 번지기도 하고, 핏빛으로 타오르기도 한다. 힘이 빠지는 허망한 빛의 유희, 그 아쉬움의 틈새에서 노년을 살아내고 있다. 살면서 그저 너그러운 어른이 되는 것 또한 간절한 바람이다. 어려운 일이겠지만, 욕심부리지 않고 마음을 비우면서 남아 있는 날들을 평화로이 사는 것이 큰 소망이다. 오늘도 아내를 바라보며 하루를 마무리한다. 아내는 나를 보면서 살며시 웃는다. 이렇게 똑같은 마음으로 우린 서로 잘 살아 있다.

엄마의 봄날

이양자[*]

엊그제만 해도 봉오리 맺혀 있던 탄천의 벚꽃이, 오늘은 내가 걷고 있는 산책로에 활짝 피어있다. 가지마다 흐드러진 하얀 꽃송이들이 팝콘을 뿌려놓은 것처럼 보인다. 꽃터널을 이룬 벚꽃 나무 아래에서 나들이 나온 가족이 음식을 먹으면서 즐겁게 웃고 있다. 행복한 그들의 모습을 보며, 지나가는 사람들도 미소를 짓는다.

그 가족 모습에 잊고 지냈던 나의 젊은 날이 떠오른다. 결혼한 다음 해에 큰딸을 낳았다. 교직에 있던 나는 부산에 계신 엄마에게 딸애를 보살펴달라고 간청하니 마지못해 오셨다. 딸애를 핑계 삼아 혼자 사는 엄마를 그냥 둘 수 없어서 모셔온 거였다.

엄마는 벚꽃이 만발한 봄날을 좋아했다. 일본에 살았던 이모의 중매로 사진만 보고, 히로시마에 가서 아버지와 결혼식을 올리고, 십 년 남짓 행복하게 살았다. 그런데 히로시마에 원자폭탄이 떨어지면서 엄마의 불행이 시작되었다. 방공호에 숨어서 원자폭탄이 떨어지는 광경

---

[*] 〈그린에세이〉로 등단. 그린에세이작가회, 한국문인협회 회원. 수서중학교 교장 정년퇴임. 작품집 ≪별난 아이에서 별난 교장으로≫

을 직접 보았다고 했다. 조용하고 평화롭던 동네가 원자폭탄이 떨어지자 완전히 달라졌다. 곳곳에 시체와 부상자들이 넘쳐나는 아비규환, 생지옥을 방불케 하는 동네로 바뀌어 버렸다고 했다.

엄마는 집 밖에서 벌어지는 그 광경들이 너무 끔찍스럽고 무서워서 자식들을 부둥켜안고 날마다 울고 지냈다. 아버지에게 이곳은 너무 무서우니 제발 한국에 데려다 달라고 애원했다. 날마다 눈물을 흘리며 간절하게 호소하자 아버지는 가지고 있던 집과 선박 몇 척을 헐값에 처분하고, 엄마의 소원대로 한국으로 돌아왔다.

그후 아버지는 타고 온 그 한 척의 배로 부산과 일본을 오가며 무역업을 했는데, 내가 태어나고 얼마 되지 않아서 현해탄을 건너다가, 태풍을 만나 젊은 나이에 비명횡사했다.

엄마가 가지고 있던 낡은 앨범에 아버지가 큰오빠를 안고, 엄마와 나란히 벚꽃이 만개한 벚나무 아래에서 활짝 웃으며 찍은 사진이 있다.

"너거 아버지다. 인물이 훤칠하제? 너거 아버지하고 같이 다니면 하도 인물이 잘생겨서 지나가던 사람들이 한 번씩 다 쳐다봤다."라며 그 사진을 보여줄 때면 꼭 하는 말이다. 입가에 흐뭇한 미소를 띠면서 나에게 사진 속의 아버지 자랑을 늘어놓곤 했다.

그렇게 잘난 아버지가 배에 일본에다 팔 물품들을 싣고 바다로 나갔는데 영영 소식이 끊어져 버렸다. 영문도 모르는 채 어린 자식들과 매일 아버지가 돌아올 날만 애타게 기다리던 엄마와 우리 가족, 사진 속의 남편이 무사하기를 간절하게 빌었을 엄마의 모습을 생각하면 지금도 가슴이 먹먹하다. 젊은 날 아버지와 함께 벚꽃놀이 다녔을 때가 엄마의 화양연화, 가장 행복했던 시절인 것 같다. 그 추억이 엄마의 가슴

속에 깊이 남아 있어서 그럴까, 엄마는 벚꽃이 만발한 봄날을 유난히 좋아했다.

엄마와 함께 살게 되면서 우리 가족은 해마다 봄이 되면 벚꽃놀이를 갔다. 70년대는 창경원 벚꽃이 유명해서 그곳으로 갔고, 80년대는 어린이대공원 벚꽃이 알려지면서 그곳으로 갔다.

벚꽃놀이 갈 때는 엄마가 우리 애들보다 더 들떠 있었다. 김밥을 싸고 나들이 음식 준비가 끝나면, 곱게 차려입고 나서서 매표소 앞에 길게 늘어선 줄을 아무런 불평 없이 입장할 때까지 하염없이 기다리셨다. 기다림 끝에 창경원 입구의 문을 들어서서 벚꽃이 만발한 꽃길을 걷게 되면 감탄사를 연발했다.

"야, 벚꽃이 만발했네! 야, 너무 멋지다!"라며 엄마는 벚꽃을 쳐다보면서 얼굴에 연신 함박 웃음꽃을 피우며 아이들처럼 좋아했다.

나는 엄마가 이렇게 행복해하는 모습이 보고 싶어서 봄이 되면 벚꽃놀이를 거르지 않았다. 벚꽃 나무 아래에 돗자리를 깔고 앉아, 만개한 벚꽃을 쳐다보면서 가져온 도시락을 먹고 있으면, 봄날이 온몸에 녹아들었다.

엄마는 봄이 오면 벚꽃 피는 날을 손꼽아 기다렸다. 벚꽃이 언제쯤 피겠다는 기상대 예보가 TV에 나오면 그때부터 벚꽃놀이를 언제 갈 거냐고 채근하기 시작했다. 벚꽃이 가장 많이 활짝 피는 날을 골라서 봄나들이를 하여야 한다는 거다. 엄마 덕분에 벚꽃놀이는 우리 집의 중요한 연례행사 중 하나가 됐다.

봄날은 잠깐 왔다가 순식간에 지나가 버리는 것 같다. 추위가 미처 가기도 전에 피는 매화를 시작으로 개나리, 진달래가 피고, 목련과 벚꽃까지 피면 봄이 왔다는 것을 느낀다. 그런데 봄의 정취에 취해 있는 날들이 잠깐뿐이다. 봄비가 내리거나 바람이 세차게 불면, 연약한 꽃잎들이 힘없이 사방으로 후드득 떨어진다. 한꺼번에 떨어지는 벚꽃잎은 눈송이가 날리는 것처럼 아름답다. 떨어지는 꽃비를 머리와 온몸에 맞고 있으면 내가 봄의 정령이 된 듯한 착각이 든다.

엄마는 짧은 봄날, 후딱 지나가 버리는 봄날을 무척 아쉬워했다. "연분홍 치마가 봄바람에 휘날리더라. 오늘도 옷고름 씹어가며…." 백설희가 불렀던 〈봄날은 간다〉라는 노래를 구성지게 부르면서 봄날이 가는 것을 못내 아쉬워하던 우리 엄마, 천국에서는 어떻게 봄을 보내고 있을까.

'엄마, 그곳에서도 벚꽃놀이하고 있나요? 천국에서 피는 벚꽃은 여기처럼 후딱 지지 않고 오래 피어있어요? 꿈에 잠깐 와서 얘기 좀 해주고 가세요. 벚꽃이 만발한 걸 보니, 엄마와 벚꽃놀이 갔던 생각이 많이 나요. 엄마, 사랑하는 우리 엄마, 보고 싶어요.'

하늘을 보며 엄마에게 나직이 읊조린다.

행복하게 살아가기

인간은 누구나 행복하게 살고 싶어 한다. 그래서 어떻게 사는 것이 행복하게 사는 삶인지 고민하고, 또 그 방법을 찾으려고 부단히 노력한다. 행복은 세상 모든 사람이 꿈꾸는 삶이다.

법정 스님은 물질적인 풍요 속에 있으면 타락하기 쉽다고 하며, 맑은 가난이 마음의 평안을 가져다준다고 했다. 행복의 비결은 필요한 것을 얼마나 갖고 있느냐가 아니라, 불필요한 것에서 얼마나 자유로워져 있는가에 있다고 했다. 작은 것과 적은 것에 만족할 줄 알아야 행복해지니, 행복을 찾는 방법도 내 안에 있다고 했다. 생각할수록 맞는 말인데 실천하기가 어렵다.

나는 언제 행복했을까?

초등학교 입학 전에는 엄마 젖을 만지작거리며 물고 있을 때였다. 젖이 나오지 않는데도 젖꼭지의 말랑한 촉감이 좋아서, 입에 물고 있으면 아무것도 부럽지 않았다. 그런데 동생이 태어나면서 나의 행복을 가져가 버려 얼마나 울적하고 서러웠는지 모른다. 그런 원망이 무의식 속에 남아 있어서일까, 어렸을 때 유독 동생과 사이가 좋지 않았고 작은 일에도 잘 다투었다.

초등학교 다닐 때는 먹을 게 풍족하면 행복했다. 감자, 고구마를 삶아서 식구들이 둘러앉아 먹거나, 무더운 여름에 얼음 넣은 수박화채를 만들어 먹을 때 행복했다. 명절에 차례상 음식을 만들어 배불리 먹을 때도 행복했다. 또 친구네 집에 갔을 때 밥이나 떡 같은 것을 먹으면서 행복했다. 그래서 초등학교 동창 중에 이름이 생각나는 몇 명의 친구가 그애들이다. 어릴 때 행복했던 순간을 떠올리면, 맛있는 음식을 먹고 있는 내가 보인다. 그때는 먹을 것이 풍족하면 행복했다.

중·고등학교 다닐 때 나의 행복은 성적이었다. 위인전기를 탐독하면서 위인이 되려면 다른 사람보다 더 피나는 노력을 해야 한다는 걸 알게 되었다. 나도 열심히 공부해서 위인이 되어 행복하게 살아보겠다고 결심했다. 그래서 수업 시간에 선생님 강의를 더 열심히 들었고, 시험 기간에는 거의 밤새워서 공부했다. 시험 본 후에 성적이 잘 나오면 행복했지만, 기대한 만큼 성적이 나오지 않으면 나 자신에게 화가 나고 실망했다. 중·고등학교 때는 성적에만 연연해서 지내느라, 다른 일에는 관심 두지 않아서 학창 시절의 추억거리가 별로 없다. 시험공부를 한다고 혼자 끙끙거리면서 도서실 구석 자리에 앉아 공부하던 거 외에, 행복하게 지낸 기억이 거의 없다.

대학 다닐 때는 사랑하는 사람과 함께 있으면 행복했다. 좋아하는 남학생과 사람들이 잘 다니지 않는 호젓한 해변을 손잡고 데이트할 때, 가슴이 두근거리며 행복했다. 파도 소리는 우리를 축복해 주는 음악처럼 들렸고, 멀리서 가물거리는 등댓불은 우리의 미래를 축복해 주는 불빛 같았다. 그렇게 행복에 젖어 달콤하게 지냈는데, 어느 날 사소한 말다툼한 후에 삐쳐서 내가 만나지 말자고 했다. 그러나 본심은 그가 나에게 '미안하다' 하고 먼저 사과하기를 기다렸는데, 한참 동안 연락이 없기에 자존심이 상해서 본의 아니게 헤어지게 되었다.

　시간이 지나 친구의 소개로 새로운 인연을 만나서 교제하다가 결혼하게 되었다. 결혼 후 첫아기가 태어났을 때, 아기를 바라보고 있기만 해도 행복했다. 아기는 하나님이 내게 주신 가장 큰 선물이라는 생각이 지금도 변함없다. 내가 아기를 낳을 수 있는 여자라는 것만으로도 축복받았다는 생각이 든다. 아기가 내 가슴에 안겨서 젖을 빨고 있을 때, 나와 눈이 마주치면 방긋 웃어줄 때, 기쁨이 온몸으로 짜릿하게 번지는 걸 느끼면서 이것이 진정한 행복인 것을 알았다.

　아이가 자라면서 하는 행동 － 걷기, 말하기, 인사하기 등 하나하나가 경이롭고 그런 모습이 보이는 매 순간이 행복했다. 아이들이 학교에 다닐 때는 상장을 받아오거나, 담임 선생님과 상담할 때, 내 아이가 착하고 똑똑하다고 칭찬해 주면 행복했다. 누군가 자식은 자랄 때 이미 부모에게 효도를 다 했다고 말하는 것을 들었다. 아마도 자식에게 처음으로 느끼는 사소한 기쁨이 자녀의 어린 시절에 많았기 때문인 것 같다.

　딸이 커서 결혼하고 손주를 낳았을 때, 손주를 보는 순간 내가 아기 낳았을 때와 또 다른 벅찬 감동이 가슴에 벅차올랐다. 내가 이 세상을 떠나도 내가 살다 간 흔적이 다음 세대까지 이어질 수 있다는 그런 마음이 들었다. 그리고 이 세상에 태어나서 해야 할 임무를 완수했다는 생각도 들어 행복했다.

　지나고 보니 행복은 무지개처럼 손에 잡히지 않거나, 멀리 있지 않고 항상 내 주변에, 내 마음속에 있었다. 길에서, 지하철에서, 도움이 필요한 이들을 만나면 외면하지 않고, 내가 가진 것을 나누어 줄 때 행복했다. 교회에서, TV에서, 불우한 이웃을 돕자고 했을 때, 기꺼이 동참하면 행복했다. 내가 가진 재물을 불우한 이웃과 나누며 살아가는 것이, 따뜻한 인간미를 가지게 해 주고 행복해지는 비결임을 알게 되었다.

살면서 행복했던 순간들을 되새기며, 늘 감사한 마음을 가지고 이웃과 나누며 함께 살아간다면, 앞으로도 행복하게 살아갈 수 있으리라 확신한다.

슬픔, 삶에 필요한 자양분

그때를 생각하면 지금도 나는 슬프다. 수업료를 못 내서 시험 치는 날 교실에서 쫓겨났다. 중학교 입학해서 처음 기말고사를 치는 날, 담임 선생님이 내 이름을 부르더니 "너는 수업료를 안 내서 시험 볼 수 없으니, 집에 가라."고 했다. 중학교 입학시험에서 성적이 우수하면 수업료를 안 내는 줄 알았는데, 반만 면제해 주고 반은 내야 하는 걸 몰랐다. 초등학교 때는 월사금 내지 않으면 선생님이 야단은 쳤지만, 시험 치는 건 허용했다. 그런데 중학교는 수업료 안 냈다고 시험을 못 치르게 한 것이었다.

다른 친구들은 시험 볼 준비를 하는데, 나만 책가방을 싸서 교실 밖으로 나오는 순간부터 눈물이 흐르기 시작했다. 학교 교문을 벗어나자 슬픔이 더 복받쳐 올라, 서럽게 울면서 집으로 달렸다. 큰 소리로 엉엉 울면서도 빨리 집에 가서 수업료를 받아서 시험 봐야겠다는 생각만 했다.

초등학생 때부터 위인전기에 나오는 위인들처럼, 나도 열심히 공부해서 훌륭한 사람이 되어야겠다는 꿈이 있었다. 그런데 학교에서 시험을 보지 못하게 되었으니 얼마나 절망스러웠는지. 숨 가쁘게 달려 집에 도착했다.

"엄마, 선생님이 수업료 안 냈다고 학교에서 쫓아냈어. 나 이제 학교 못 다니게 됐어."

나는 눈물로 범벅이 된 얼굴로 엄마를 붙잡고 엉엉 목 놓아 울었다. 내 말을 듣고 깜짝 놀란 엄마는 돈을 빌리려 급하게 이웃집에 돌아다녔다. 수업료를 못 내서 학교에서 쫓겨났다는 엄마의 말에, 이웃집 아줌마들이 너도나도 쌈짓돈을 꺼내놓았다. 엄마가 빌려 온 돈을 들고 학교로 총알같이 달려갔다.

숨을 헐떡대며 교무실에 들어갔더니 담임 선생님이 계셨다.

"선생님, 수업료 가져왔으니 시험 치르게 해주세요."라고 울먹이며 선생님 책상 위로 손에 꽉 쥐고 온 돈을 다 내놓았다. 책상 아래로 떨어진 동전 두 개를 줍고 있는 나에게 선생님이 빨리 교실에 가서 시험을 치르라고 하셨다. 눈물을 훔치고 교실에 들어갔더니 3교시 시험이 진행 중이었다. 다시 내 책상에 앉아서 시험을 치게 되자 기쁨의 눈물이 나왔다.

나를 또 한 번 큰 슬픔에 빠지게 한 일이 또 생겼다. 슈바이처 박사의 전기에 깊은 감명을 받아서, 나도 산간벽지나 외딴섬에 사는 사람들의 병을 치료해 주는 의사가 되고 싶었다. 고3 때 더욱더 열심히 공부했고 의과대학에 응시지원서를 냈다. 그런데 시험 전날 밤 큰언니가 나를 따뜻하게 자게 해주려고 한밤중에 갈아 넣은 새 연탄 때문에, 다음날 가스 중독된 상태로 시험장에 갔다.

시험을 봐야 한다는 일념으로 자리에 앉았으나, 머릿속에 기계가 돌아가는 듯한 굉음과 극심한 두통으로 정신이 혼미했다. 시험지를 받았는데 글자가 가물가물하게 보이면서 문제를 읽어도 무슨 말인지 알 수가 없고, 머릿속은 텅 빈 것 같았다. 집중해서 보려고 애를 쓰면 두통이 심해지고 속이 메스꺼워 토할 것 같았다. 눈을 감고 엎드리고 있으면 진정이 되었다. 이러고 있는 사이에 시험시간이 끝나 버렸다.

2교시, 3교시 시간에도 같은 증상이 일어나 혼미해서 시험 문제를 제대로 파악할 수 없었고 정답을 찾지 못했다. 4교시 때 비로소 마지막 시험이었는데 필수가 아닌 선택과목 시험이었다. 생물과 화학은 시험 문제를 읽으니 무슨 뜻인지 이해가 되었다. 내가 공부한 것이 기억나기 시작해서 열심히 답안지를 작성했다. 시험시간이 끝나고 시험장을 나와서 집으로 돌아오는데 떨어졌다는 슬픔으로 계속 눈물이 흘렀다.

의사가 되려고 줄기차게 공부했는데 공부한 걸 제대로 풀지 못했으니 분하고 억울했다. 하늘이 무너지는 듯한 절망과 슬픔도 몰아쳐 왔다. 시험 결과는 보나 마나 뻔하니까 이불을 뒤집어쓰고 몇 날 며칠을 울었다. 박복한 나 자신을 원망하면서 지냈다. 어릴 때 내가 잘못을 저질러 엄마에게 야단맞고 있으면, 외할머니가 "애비 잡아먹은 년이 에미까지 잡아먹을라카나!"라며 내게 화를 내시곤 했다.

그때는 그게 무슨 말인지 몰랐는데 철이 들고 나서, 아버지가 배 타고 나갔다가 돌아가신 원망을 나에게 쏟아놓았다는 걸 알았다. 할머니는 아버지가 죽은 것이, 그때 갓 태어난 내가 애비 잡아먹는 팔자를 타고나서 그렇다는 점쟁이의 말을 믿고 있었다. 그래서 집안에 안 좋은 일이 생기면 할머니는 어린 나에게 화풀이했다. 그러다 보니 나의 잠재의식 속에는 잘못 태어난 사람이라는 생각이 박혀있었다.

이번에도 하필이면 시험 치르는 날 연탄가스 중독된 것이 우연이 일어난 사고가 아닌 것 같았다. 내가 저주받은 인간이기 때문에 그럴 거라는 생각이 나를 집요하게 괴롭혔다.

　나 자신을 자학하며 지내다가 어느 날 문득, 이렇게 지내면 내가 폐인이 될 수 있다는 생각이 들었다. 그러면 지금까지 열심히 공부만 하고 살아온 게 너무 억울하니, 다시 도전해 봐야겠다는 마음이 들었다. 그리고 내게 주어진 저주받은 운명을 거스르고 싶은 오기도 생겼다. 평소에 누구보다 나를 아끼고 늘 격려해 주던 담임 선생님이 생각나서 전화했다. 선생님은 내 처지를 이해하고 나아갈 길을 바르게 알려 주실 것 같았다. 다행히 선생님이 나를 따뜻하게 격려해 주시면서 "한 번 실수는 병가의 상사라지 않니? 인간은 누구나 실패라는 시련을 겪으면서 살아간다."라고 했다.

　우리가 사는데 늘 맑은 날만 있는 것이 아니고, 때때로 폭풍우가 몰아치는 날도 있는 것처럼, 이번에 내가 겪는 시련도 내 인생에서 잠깐 지나가는 폭풍우라 했다. 선생님의 진심 어린 충언에 그동안 나를 괴롭혔던 몹쓸 생각들이 눈 녹듯이 사라지고 다시 시작하면 된다는 용기가 솟아올랐다.

　새벽에 도서관에 가서 문 닫을 때까지 점심 먹을 때 외는 자리에서 일어나지 않고 공부했다. 시간은 흘러갔고 나의 의지가 넘치는 필사적인 노력으로 새로운 삶을 맞이할 수 있었다.

　지나고 보니 슬픔도 내 삶의 과정에서 생기는 나와의 싸움이었다. 그 싸움을 이겨내야 비로소 꿈이 이루어진다는 것을 깨닫게 되었다.

　내가 성숙한 인간으로 성장하기 위해 슬픔도 내게 필요한 자양분이었다.

부모님이 사랑한 꽃

권오인*

모처럼 파란 하늘에 흰 구름이 조각난 가을날이다. 햇살이 고와 툇마루에서 한가로운 시간을 즐기다 시선이 멈췄다. 다름 아닌 집 앞 코스모스 길로 느긋하게 걸어가는 노부부에게다. 앞장선 옹께서는 중절모자에 지팡이를 짚고 눌눌해진 논을 연신 쳐보면서 걸었다. 그 뒤로 2~3m쯤 떨어져 허리 굽은 노파는 길바닥만 보며 할아버지를 쫓아 승강장 쪽으로 간다.

왠지 그 모습이 아름답게 보이다 짠한 마음이 강하게 밀려왔다. 이미 세상을 떠나신 부모님이 겹쳐지기 때문이었다. 우리 부모님도 길을 걸을 때, 아버지는 앞서고 어머니는 한참 떨어져 뒤따라갔다. 어른들 세대는 유교적 예법이 부부의 다정함을 인정하지 않았나 보다. 그래서일까. 부모님이 좋아하는 꽃도 집을 사이에 두고 지금껏 앞뒤에 떨어져서 피고 진다. 선친이 좋아하는 유홍초는 집 앞에, 모친이 사랑한 나팔꽃은 집 뒤뜰이 터전이다.

---

* 〈그린에세이〉로 등단. 한국디지털문인협회 회원, 현) 한국서부발전 이사회 의장, 전) 충남 계룡시 부시장, 저서 ≪반월당 이야기≫, 공저 ≪내 인생의 선택≫ 외 4권

선친께서 유난히 새깃유홍초를 좋아하셨고 모친은 나팔꽃을 너무나 사랑하셨다. 두 꽃의 이름은 다르지만 많은 부분이 닮아있다. 꽃은 둘 다 나팔 모양이며 한해살이 줄기 꽃으로 여름부터 초가을까지 핀다. 등 나무와 칡처럼 서로 반대 방향으로 감고 올라가는 갈등의 성질이 아닌 한 방향으로 감아 올라가는 모습도 같다. 여기에 부모님처럼 꽃의 향기마저 있는 듯 없는 듯하다. 이제 생각해 보니 서로 좋아하는 꽃의 형태나 성질까지 같으니 두 분은 천생연분이었나 보다.

우리 집에 유홍초가 처음 뿌리내린 것은 약 50년쯤 되었다. 선친이 멀리에서 세모래 만한 까만 씨앗을 얻어다 뜰 안 화단에 심은 것이 효시다. 첫해 가족들의 관심 속에 바지랑대를 타고 올라간 유홍초는 빨랫줄을 단단히 감고 빨간 별 모양의 앙증맞은 꽃을 피웠다. 사실 그때는 꽃 이름조차 몰랐기에 생긴 모양대로 '별꽃'이라 불렀다. 빗살무늬 같은 초록 잎사귀 사이로 목을 약간 쳐들고 피는 꽃은 농촌 집안의 분위기를 바꾸었다. 으레 선친은 외출했다 오시면 먼저 화단의 별꽃에게 말을 걸며 참 좋아하셨다. 그 꽃의 씨앗은 가을이면 땅에 떨어져 이듬해 봄이 오면 울타리를 붙들고 다시 기어올라 꽃을 피우고는 한다. 그렇게 피고 지며 화단에서 울타리 주변으로 이사하며 지금껏 여러 대에 이르며 산다. 선친이 떠나시고 후손이 대를 이어 살아가는 혈족의 모습과 같다.

몇 년 전까지 우리가 부르던 별꽃의 진짜 이름은 새깃유홍초였다. 하지만 보통 유홍초(留紅草)라 부른다. 원래 아메리카에서 물 건너온 귀화 식물로 덩굴성 한해살이의 줄기는 1∼2m쯤 크며 물체를 왼쪽으로 감으며 올라간다. 꽃의 형태는 별 모양으로 주홍색, 분홍색, 흰색이 있다 하나 아직 다른 색의 꽃은 보지 못하고 오직 주홍색만이 우리 집 가화(家

花)다. 언제 보아도 선친께서 유산으로 남겨주신 유홍초는 꽃말처럼 '영원히 사랑스러워' 보인다.

또한 모친이 사랑했던 나팔꽃은 새색시 적에 의지가 된 인연 때문이다. 어둠이 채 가시지 않은 새벽에 아침밥을 짓기 위해 대문 앞에 있는 녹강 샘으로 물길어 나가면 우물 옆에 있는 화단에서 막 피는 나팔꽃이 너무나 반가웠다. 새벽이슬을 머금고 피어나는 예쁜 꽃에 반갑게 인사하고 때로는 고단한 시집살이를 눈물로 하소연할 때도 있었다. 그때마다 나팔꽃은 말 대신 웃음으로 고단한 일상을 보듬어 주었다. 동틀 무렵, 하늘에 뜬 흐릿한 별빛보다 더 영롱한 나팔꽃에게 받은 위로와 사랑이 시집살이의 어려운 고비를 넘길 수 있었다.

화단은 모친이 시집오기 한참 전부터 우물가에 있었다. 그곳에는 해마다 씨앗이 떨어져 봄이면 새싹이 트는 일년생인 봉선화랑 채송화와 함께 나팔꽃은 잘 어울렸다. 여름꽃이 지고 가을이 오면 붉은 정렬의 샐비어와 칸나도 예쁘게 피었다. 여름에 피는 나팔꽃은 화단의 가장자리에 선 굴거리나무에 기어올라 한 해를 산다. 어머님이 시집와서 본 화단의 꽃들은 새댁의 소박한 꿈처럼 상큼하고 예뻤다. 하지만 종가 만며느리의 하루는 고달팠다. 식구가 자그마치 열세 명이나 되었고 하루가 멀다고 사람 얻어 일하였다. 그 많은 식구와 일하는 사람들의 끼니를 챙기는 일은 엄청난 노동이었다. 하루해가 정말 길고 길었지만, 어머니에 버팀목은 여명에 핀 나팔꽃이었다.

그때부터 어머니는 나팔꽃을 좋아하게 되어 해마다 시골집 뒤뜰에 나팔꽃을 심고 살뜰히 가꿨다. 그 말씀을 들은 다음 해부터 아내가 사는 아파트에 모친의 꽃, 나팔꽃을 심고 어머님이 보고플 때 마음을 달랬다.

올봄에도 어김없이 지난해에 받아둔 견우자(牽牛子)를 베란다 화분에 싹을 틔웠다. 목마르지 않게 물도 주고 가려울까 봐 벌레도 잡아주면서 애지중지 키운 나팔꽃은 7월이 되니 드디어 무녀리 꽃봉오리 하나가 맺혔다. 보랏빛 나팔꽃은 앙증맞고 귀여웠지만, 내심 어머님이 좋아하는 핑크빛이 아닌지라 조금은 아쉬웠다. 이 또한 어미의 DNA를 닮아 해 뜰 무렵에 피었다가 해가 뜨면 바로 꽃잎을 접는다. 나팔꽃의 꽃말이 '덧없는 사랑'이듯이 사랑은 편애인가 보다. 올해도 채취한 씨앗은 냉장고 안에서 내년에 예쁘게 필 꿈을 꾸고 있다.

이 가을에 우연히 집 앞을 지나던 노부부가 소환한 부모님을 그리다 두 분이 생전에 사랑한 꽃을 보았다. 엊그제까지 피었던 유홍초와 나팔꽃. 아니 부모님에 영혼이 깃든 꽃이건만, 이제 그 사랑스런 꽃잎도 무서리에 얼어 차디차다. 부모님이 이 세상을 떠날 때 온기를 거두듯이 그렇게 시들었다. 하지만 내년에도 부모님에 영혼을 품은 꽃은 필 것이다.

순종의 씨앗을 남겼으니 말이다.

둥근 밥상의 꿈

일반적으로 밥상은 그 집안에 손맛이 올려지는 중요한 도구다. 살림에 꼭 필요한 밥상은 주방에 한번 터를 잡으면 한동안 가족과 함께 지낸다. 그 밥상의 생김새에 대한 편견은 오랜 시간 네모난 밥상과 제사상만, 보고 살았던 나는 언제나 상은 네모난 모양뿐인 줄 알았다. 쓰임새 또한 주안상이나 다과상, 두레상 등도 있건만, 우리 집에서는 밥상에다 술을 차리면 술상이 되고 과일과 차를 놓으면 다과상이 되었다.

그 밥상을 가만히 들여다보면 쓰임새에 따라 숱한 고생도 한다 싶다. 물론 나무로 만든 용품이기에 생명이 없어 감정도 온도도 느끼지 못하겠지만, 상이라는 이름으로 우리 삶에 없어서는 안 될 소중한 물품이기에 다가가 본다. 상에 올려놓는 음식은 따뜻한 밥사발부터 아궁이 불에 바글바글 끓여낸 된장 뚝배기며 뜨거운 게국지까지 많은 그릇을 머리에 이고 있는가 하면 술상이 되었을 때는 엎질러진 막걸리에 젖을 뿐 아니라 흥이 돋으면 젓가락 장단에 가장자리가 상처를 입기도 한다.

우리 식구들하고 떼려야 뗄 수 없는 네모난 밥상이 지금은 비닐에 담겨 광에 있는 시렁으로 올라갔다. 이제 용도가 없어진 골동품 수준이지만, 선뜻 버리지 못하는 것은 어느 것은 할머님에 숨결이 또 다른 것은 어머니에 손때가 묻어 있어 버릴 수 없어서 그냥 붙들고 있다. 가끔 광에 들어갈 때면 네모난 밥상에서 어머니를 본다. 지금은 하늘에 계신 어머니가 생전에 수없이 밥상 위에 사랑으로 음식을 차리고 그 무거운 상을 들어 나르느라 허리 한번 제대로 펴지 못한 모습이 선하다. 그 고생스러움을 모르던 철부지는 어머니가 밥상 차리는 것은 당연한 것으로 여겼으며 가끔은 반찬 투정에 돌도 씹어 어머니를 무안하게 하였다. 그러나 그 시절로 돌아가 네모진 밥상에 어머니와 마주 앉아 따뜻한 밥 한술 뜨고 싶다.

밥상머리는 가정교육의 장이요 화목의 시간이어야 한다. 하지만 늘 어른들은 말없이 진지를 드시거나 위압적인 말씀으로 긴장감이 돌았다. 그러다 보니 소중한 말씀조차도 고주알미주알 잔소리나 꼰대 말로 흘려들었다. 그야말로 훗날 피가 되고 살이 되는 줄은 몰랐다. 그러나 그 말씀에 대한 반론은 물론이고 '왜'냐는 이유조차 묻지 못했다. 유교적 집안의 법도가 침잠되어 언제나 집 안팎의 공기는 무거웠기 때문이었다. 서열에 의한 좌석은 불문율로 정해져 있고 하물며 할아버님 혀 차는 소리에 모두 불안할 정도였다. 더욱이 네모난 밥상에 여성은 가까이하기도 어려웠다. 밥 먹을 때는 즐겁고 화기애애하기보다는 늘 엄숙하고 조용한 분위기였다. 그때 나는 코흘리개 꼬맹이에 불과했기에 보고 듣기만 했다. 그러면서도 내가 어른이 되면 밥상에서는 자유롭게 웃으며 이야기도 나누고 서로 칭찬하는 분위기였으면 싶었다.

어느새 나는 두 딸의 아빠가 되었다. 그 아이들이 자라나 초등학교에 입학했다. 큰 녀석은 3학년이 되고 작은 녀석은 1학년에 들어갔을 때였다. 불현듯 어릴 때 늘 마주하던 네모난 밥상이 생각났다. 당시 내가 느꼈던 그 권위적이고 경직된 네모난 밥상에 아직도 음식이 차려지지 않나 싶었다. 엄숙한 분위기는 아니어도 네모난 밥상이 싫었다. 네모난 밥상밖에 모르던 나는 시장에서 둥근 밥상을 마련했다. 그날 저녁, 대보름달 같은 둥근 밥상에서 제비들처럼 둘러앉아 밥 먹으며 이야기꽃도 피우고 아이들의 재롱도 볼 수 있어 너무 좋았다. 밥 먹고 난 뒤 내 어릴 때의 작은 바람에 덧칠했다.

오늘 사 온 둥근 밥상은 단순히 새 상이 아니다. 두 딸이 어른이 되어 사회 활동할 때, 한 여자가 아닌 사회일원의 한 여성으로 당당히 참여하고 역할을 다하라는 의미가 담겨있다. 네모난 밥상을 닮은 오늘의 사회는 권위적이며 여성의 활동에 한계가 있지만, 둥근 밥상은 자유로운 영역과 능력에 의해 인정받는 사회라는 뜻이 담겨있다. 두 딸은 이 둥근 밥상을 통해서 여권신장의 마인드를 쌓는 출발점이 되라는 뜻이 있다. 길게 의미 있는 말을 했지만, 어린 나이여서 잘 알아듣지는 못했을 것 같다.

지금 돌이켜 생각해도 뿌듯하게 여겨지는 것은 때 이른 여권신장의 선구자적인 생각과 그 실행으로 네모진 상을 과감히 버렸다는 것이다. 그리고 그 자리에 두 딸의 꿈이 올려진 둥근 밥상이 독차지했다.

저녁밥을 둥근 밥상에 둘러앉아 새 상의 진한 냄새를 맡으며 상의 의미와 함께 아내가 정성스럽게 마련한 뚝배기 된장찌개 그릇에 숟가락을 함께 담그며 이야기꽃을 피웠다. 모처럼 깔깔거리며 밥알을 튕기면서 말이다.

그날은 내 생에 세상 부러움이 없는 행복한 시간이었다.

농부의 여름나기

여름 문턱을 넘자 빗줄기는 더 강해졌다. 도시던 산촌이던 심지어 바다까지도 많은 먹구름이 몰려다니며 심술을 부린다. 이름하여 정체전선으로 인한 물벼락 장마다. 게다가 폭염과 폭우가 번갈아 가며 변덕을 부리는 바람에 합죽선을 잡았던 손은 다시 삽을 들고 들판으로 나서야 할 판이다.

논에서 자라는 벼는 3차 분얼 시기라서 물을 쫙 빼주어야 할 때인데 논두렁에 넘실대는 물 때문에 과잉 분얼되고 웃자라서 걱정이 이만저만이 아니다. 밭에 심어 놓은 고추, 옥수수, 참깨, 토마토를 비롯한 모든 채소류는 물속에서 호흡 곤란으로 고통을 호소하고 있다. 그래서 고랑에 고인 물이 빠지도록 물길을 내주고 쓰러진 작물들은 일으켜 세워 주는 일이 일과다. 넘어진 사람을 보살피며 손을 잡아 병원으로 모시는 일 못지않은 소중한 작업이다. 자칫하면 가지가 부러지고 열매가 떨어지고 잎이 찢어지는 아픔을 고스란히 가슴으로 안아야 한다.

새벽녘에 천둥과 번개가 제철을 만난 듯 번갈아 가며 요란을 떠는 바람에 단잠이 달아났다. 더욱이 세차게 함석지붕에 쏟아지는 빗방울 소리는 그칠 줄 모른다. 하기야 그 소리는 매미 소리, 풀벌레 노래와 함께 여름에나 들을 수 있는 유한한 소리다. 그래서 여름은 소리의 계절이라

하는가 보다. 어느결에 소리의 성화를 못 이기고 대문을 열고 들판의 어린 초록을 둘러본다. 그리고 먹구름 낀 하늘을 올려다보니 한숨이 저절로 나온다. 아무래도 하늘은 장마 노릇을 단단히 할 모양이다. 우비 입고 삽 한 자루 들고 밭 한가운데로 물길이 나기 시작한 수해 현장으로 갔다. 흐르는 물길을 막고 옆으로 돌리는 작업을 하다 보니 벌써 아침 한나절이다. 배는 몹시 고프고 허리는 끊어질 듯 통증이 온다.

집으로 돌아오며 생각하니 새벽부터 비 맞고 한 일이 고작 허튼 물길을 막았을 뿐이다. 돈이 되는 일도 아니고 건강에 도움이 되는 일도 아니지만, 떠내려가는 흙 한 줌을 지키고 참깨 한 포기를 살렸다는 보람이 입가에 독백처럼 샌다. 아마도 농토를 살피고 농작물 한 포기 품어주는 것이 농부의 속마음인가 싶다.

허기진 배를 빨리 달래려 누룽지를 끓이고 엊저녁 냉장고에 넣어두었던 무장아찌를 꺼내고 계란프라이를 뚝딱 만들어 한 끼 때웠다. 사실 혼자 삼시세끼를 챙겨 먹는 일도 여간 번거로운 일이 아니다. 하지만 '끼니는 건너뛰지 말자.'라는 것이 스스로 정해 놓은 선이다. 대개 아침은 궁상떨지 않고 소찬으로 해결한다. 때로는 폴모리아 연주곡과 함께 우유 한 컵에 토스트로 즐긴다. 점심 밥상의 기본 식단은 빈약하지만, 좀 풍성하게 차리려 노력한다. 그리고 가끔은 지인들과 어울려 식당을 찾는다. 역시 남이 차려준 음식이 맛있다. 집에서 먹는 점심 밥상은 텃밭 수준이다. 채전(菜田)에서 갓 뜯어온 상추와 쑥갓, 풋고추, 가지냉국. 여기에 후식으로 빨간 방울토마토 몇 알 올려놓으면 수라상도 부럽지 않다. 포만감을 이기지 못하고 황토벽에 기대어 합죽선을 위아래로 몇 번 흔들다 꿀 낮잠 든다.

여전히 저녁 밥상도 텃밭 수준을 벗어나지 못한다. 점심 먹다 남은 꼬부라진 풋고추와 숭숭 벌레 먹은 열무김치, 새끼 감자로 만든 장조림. 여기에다 새로 장만한 오이냉국으로 한 상 차렸다. 혼자 먹는 끼니인지라 소박하다. 하지만 반찬마다 제각각 흙냄새도 나고 천둥소리도 들리고 솔바람 향도 난다. 알록달록한 자연의 색깔까지 그득히 차려진 저녁상이다. 정말 '혼자 먹기가 아깝다.'라고 헤아리는 날은 가슴에 남아 있는 그리운 사람들이 밥상머리로 온다.

이윽고 장마가 끝나니 갑자기 땡볕이 작열한다. 장마통에 성장한 잡초는 모든 땅을 덮었다. 밭고랑은 물론이거니와 마당이며 주춧돌까지 들고 일어날 태세다. 그야말로 풀과의 전쟁이 시작됐다. 마당과 뜰 안은 먹거리가 없으니 제초제를 독하게 뿌렸다. 땅속에 사는 곤충이나 미생물도 살아갈 터전을 잃을 건 분명하다. 더하여 통기성을 상실한 흙마저 사토(死土)가 될 것이 뻔했다. 어쩔 수 없다고 구차한 변명을 대며 구시렁거렸다. 하지만 농작물을 심은 밭에는 절대 제초제를 사용하지 않는다는 것이 나의 철칙이다. 밭을 덮은 쇠비름, 토방풀, 달개비 등의 잡초는 모조리 호미를 들고 뽑아낼 참이다. 동이 틀 무렵부터 햇살이 약한 아홉 시까지 약 세 시간 정도 제초 작업을 한다. 하지만 끝이 보이질 않는다. 풀 맨 자리는 사흘이면 새파랗게 새싹이 돋아난다. 여기에 수시로 고추밭에 탄저병과 흰가루병, 역병, 진딧물 방제약을 소독해 주어야 한다. 해 낮에 폭염을 피해 아침저녁으로 일해도 얼굴은 햇살에 검게 타고 땀으로 범벅이 된 옷은 하루에도 몇 번씩 갈아입어야 한다.

그토록 긴긴 여름날에 농부는 논밭을 떠날 수 없다. 궂은일을 할 때는 당장 떠나고 싶지만, 일을 마치고 나면 성취감이 다시 머물게 한다. 바람 한 점 없이 푹푹 찌는 한낮엔 옥수수와 감자를 찌고 잘 익은 개구리 참외로 들마루에서 소확행을 즐긴다. 대지가 풍요로운 여름날이건만, 채우려 않고 비워가니 비로소 농부의 삶이 보인다. 짧은 시간일망정 '하고 싶은 일을 한다'라는 것이 큰 행복이다. 이제 얼마 남지 않은 여름날. 온도가 떨어지면 찬 바람이 불 것이다. 가을이 오기 전에 여러 개 매달린 욕심 주머니는 하나만 남기고 떼어야겠다. 그 작은 호주머니에 땀과 보람을 담아 가을을 맞이해야겠다. 여름을 보내는 초보 농부의 맘이다.

가을을 기다린다

이봉순*

늘 멋지게 옷을 입고 다니는 친구가 있다. 그녀에게 물어보니 대부분 맞춤옷이라 한다. 오래전에 예단으로 받았던 벨벳 옷감이 있는데 나도 이번에 멋지게 맞춤옷을 해볼까 하는 생각이 들었다.

장롱에서 벨벳을 꺼내서 펼쳐보았다. 옷감을 보니 신혼 시절 생각이 났다. 시할머니께서 예단에 넣어주신 것인데 자줏빛에 가까운 모란 색이다. 벨벳처럼 포근한 할머니의 사랑이 가슴에 안긴다. 장롱 속에 보관만 해오다가 이제야 빛을 보게 되나 싶다. 하지만 너무 오래된 이 옷감으로 옷을 지을 수 있다고 해도 얼마나 입을 수 있을지 의문이 생기기도 했다.

반신반의하면서 옷감을 들고 광장시장으로 나갔다. 전통시장에 오랜만에 나가보니 활기가 넘친다. 의상 디자이너가 옷감을 보더니 40여 년이 넘는 긴 시간 동안 보관을 잘했다고 한다. 벨벳은 부드럽고 포근하며 고급스러움이 느껴지는 옷감이다. 늦가을부터 이른 봄까지 입을 수 있

* 〈그린에세이〉로 등단(2022). 그린에세이작가회, 율목독서회 회원. 남태령수필문우회 회장

을 만큼 두께가 있다. 그런데 옷을 지으려면 바느질이 까다로워서인지 공임이 비싸게 느껴졌다.

디자이너는 무릎 아래 길이로 코트를 만들어 입으면 좋겠다고 한다. 내 생각도 그랬다. 연세가 지긋하신 디자이너여서 마음이 편하고 믿음이 갔다. 나는 목이 가늘고 길며 마른 편인데 나의 체형에 어울리는 디자인을 바로 그려냈다. 가을부터 봄까지 입으면 그만한 가치가 있을 것 같아서 용기를 냈고 시할머니 덕분에 호사를 한번 누려 보자는 마음이었다. 귀하게 입으면 시할머니께서도 기뻐하시겠지. 시어머니도 생전에 내게 옷을 맞춰 입으라고 하셨는데 지나쳤다. 남편은 그때 맞춰 입었으면 어머니께서도 좋아하셨을 테지만, 이제라도 예쁘게 지어서 아끼지 말고 입으라며 적극적으로 권했다.

할머니는 16살에 혼인하시고 십여 년 태기가 없어 애를 태우셨다. 여주에 흥왕사라는 절 옆의 암자에서 백일기도를 하시고 시아버님을 낳으셨다. 그 아들을 서울로 유학을 보내려고 아들을 살펴 줄 복동네 아줌마라는 분과 함께 명륜동에 집을 마련했다. 시아버님은 S대 법대를 졸업했지만, 6·25가 발발해 군에서 통역장교로 군 복무 기간이 길어졌다. 전쟁 직후의 상황에서 고시 합격의 기회는 멀어져 공무원으로 재직하시다가 정년퇴직하셨다.

시할머니는 여주에서 작은 아들인 작은 시아버님과 사셨고 시할아버지는 남편이 중학생일 때 돌아가셔서 사진으로만 뵈었다. 내가 결혼하고 할머니를 뵈러 갔을 때 하신 말씀이 아직도 생생하게 기억난다. "네 아버지보다 늘 손자 얼굴이 보고 싶었어. 대문 위에 달을 쳐다볼 때면 달 속에 영기가 보였어." '영기'는 개명 전 어릴 때 남편의 이름이다.

손주를 그리워하는 마음이 얼마나 절절했으면 이런 시적 표현을 하셨을까. 나도 모르게 울컥했고 시할머니께 대한 정감이 한껏 부풀어 오른 날이었다.

요즘엔 기성복들이 다양하고 질감도 좋아 굳이 맞춤옷을 입을 필요를 못 느끼고 지낸다. 마음에 드는 옷을 쉽고 비교적 싼 가격으로 살 수 있어서다. 결혼할 때 웨딩드레스를 맞춤하기도 하지만 빌려 입기도 한다. 요즘에는 한복도 빌려 입는 경우가 많아졌다. 그래서 예전에 비해 유명했던 디자이너와 재봉사들의 설 땅이 좁아졌다. 그래도 한류에 한몫을 제대로 하고 있다고 할만하다.

맞춤옷은 자신의 체형에 맞춘다는 장점에 자기가 원하는 옷감과 디자인으로 자기만의 옷을 만드는 것이다. 바느질도 튼튼해서 오래 입을 수 있다. 하지만 맞춤보다는 가격도 저렴하고 다양해서 유행에 앞서가는 기성복을 더 선호하는 것이 아닌가 한다. 맞춤은 가봉이라는 중간 절차를 거쳐야 하니까 바쁜 현대인들에게는 어려운 일이기도 하다. 한편, 전문적인 디자이너들이 대량으로 만들어 내는 기성복보다는 비싼 편이기도 하다.

남편이 옷은 언제 볼 수 있는 거냐고 묻는다. 나보다 그이의 기대가 더 커 보이는 눈치다. 가을에는 벨벳 코트를 입고 시할머니를 추억하며 1년 전 고인이 되신 시어머니께도 보여드리고 싶다. 혹여 못 알아보시는 것은 아닐까. 오늘 갑자기 손주를 아끼셨던 시할머니와 시어머니가 보고 싶다. 나는 벌써 가을을 기다린다.

꿈은 꿈일 뿐인가

누구에게나 가장 편안히 쉴 수 있는 공간이 집이다. 한집에 사는 가족끼리는 즐거운 시간을 보내며 행복감을 느끼고, 때로는 슬프고 괴롭고 어려운 일들을 함께 겪어내며 때로는 상처를 주고받기도 한다. 위로하고 위로를 받으며 힘을 얻기도 하며 모든 것을 공유하는 곳이다.

요즘 맞벌이 젊은 부부에게는 잠시 머무는 곳으로 생각할 수도 있다. 하지만 자녀가 생기면서 집은 가족의 생활 터전이 된다. 작고 소중한 삶의 조각들로 채워지는 그런 소중한 기억의 창고와 같은 공간이 되는 것 같다. 팬데믹으로 재택근무가 늘면서 집의 분위기를 바꿔 일도 하면서 가족과 일상을 함께하는 공간으로 꾸미는 가정이 늘고 있다고 한다.

TV에서 '집' 프로를 즐겨본다. 좋은 집이란 겉으로 화려하게 꾸민 집이 아니다. 가족을 생각하며 애정을 가지고 고치고 가꾸며 온 가족이 만들어 가는 집들이 소개된다. 눈으로 보는 즐거움에 더해서 가족에 대한 사랑의 감동은 덤이 된다. 지인 중에는 헌 집을 정성을 들여 자기들만의 공간으로 고치고 가꿔가는 그 과정에 사연과 애정이 담긴 집을 만들어 가고 있다.

예전부터 나는 꿈꾸었다. 여건이 허락한다면 2~3층 건물에 자녀들과 살던가, 여의치가 않으면 친구나 형제들과 함께 사는 꿈을. 꿈은 꿈일 뿐인가. 아직 이루지 못했으니 아마도 내 생에 이루지 못할 것 같기도 하다. 10년 뒤 20년 뒤를 상상해 본다. 앞으로 팔십 구십이 될 때의 삶을 어떤 곳에서 누구와 어떤 모습으로 살아가야 할까. 친구나 지인들과 토론도 해 본다. 그냥 살면 된다고 생각하는 것인가. 시큰둥하다. 쉬운 일이 아니어서일까 공염불로 들리는가 보다.

얼마 전 건축 상설 전시회에서 마음에 드는 집 표본을 몇 채를 보았다. 반가웠다. 세 집 정도 함께 또 따로 사는 집이다. 사적 공간은 독립적으로 할애하고 공동의 공간에서 함께 가사 활동을 한다. 차를 마시며 대화나 음악감상, 영화 보기 등을 공유하며 토론도 한다. 작은 텃밭에서 일상을 이야기하고 자연에서 얻을 수 있는 채소를 직접 키우며 조금은 자급자족하는 생활공간이 된다. 서로가 집을 넘나들며 먹고 즐기는 일상을 함께 또는 따로 사는 집이다. 마음을 나누고 일도 하면서 가정에서 자녀나 노인을 돌볼 수도 있는 집이 될 것 같다.

귀촌해서 사는 분들을 보면, 그 생활에 호기심과 부러움이 생긴다. 젊다면 문제가 되지 않을 수도 있겠지만, 건강해야 귀촌도 가능한 일일 게다. 나이가 들어 지병이 있다면 잦은 병원 출입에 제약을 받는다. 아무래도 도시에서 너무 멀리 떨어져서 사는 것은 얼마쯤 불편할 것 같다. 용기도 없다는 게 맞다. 욕심을 내본다면 도심에서 조금만 벗어나 작은 텃밭 정도의 정원이 있는 집이거나 몇 가족이 함께 따로 살면서 텃밭이나 정원을 공유하는 삶이 좋을 것 같다.

남편의 나이를 생각하면 지금 주변 정리가 쉽지 않다. 퇴직할 즈음, 자녀들 독립한 뒤 부부가 뜻을 모은다면 적절한 시기가 아닐까 싶다. 자녀들이 독립해 떠나고 남은 부부나 홀로 사는 노인들이 아파트에서 사는 것이 편리하긴 하다. 하지만 비활동적이고 단순한 일상이 지루함을 주기도 한다. 지역사회와 단절이 되지 않도록 취미활동, 동아리 모임에 적극적으로 참여하는 자세도 필요하다. 하지만 더 나이가 들수록 활동 반경이 줄어들 수밖에 없어 멀리 다니는 것도 제약을 받을 것 같다.

나이가 많아질수록 노인은 지루하고 보잘것없는 시간을 보내야만 하는가. 책을 벗 삼는 여유로움도 눈과 허리가 건강해야 지속할 수 있을 텐데. 별것 아니라고 해도 소일거리가 있는 시간을 살고 싶다. 누군가에게 도움을 주는 봉사활동을 하면서 보람을 느낄 수 있다면 더 바랄 게 없겠다. 자매 부부와 모여서 살던가, 남편이나 내 친구 부부와 한동네나 한 울타리에서 살고 싶은 생각이 있었던 것은 아마도 서로 챙겨 주는 그런 것들이 좋아서였을 게다. 그런 게 사람 사는 재미가 아닌가. 하지만 생각처럼 쉽지 않아 생각에 머물러 있을 뿐이다.

한 아파트에 살면서 가벼운 눈인사만 나누는 경우가 많다. 옆집에 누가 사는지, 어떤 사람이 살며 어려움을 겪고 있을지 모르는 경우가 대부분이지 않은가. 나이 든 사람은 시간을 나누고 젊은이들은 우리가 부족한 것을 도움받으며 산다면 이상적일 텐데. 언젠가 TV에서 스웨덴의 좋은 예를 본 적이 있는데, 한 아파트에 젊은이와 노인들이 함께 살면서 공유 시설을 많이 할애해 식당 카페 독서실 놀이방 등에 돌아가며 봉사도 하며 서로 도움을 주는 공동주택을 보았다.

우리도 이런 시도를 해 보면 좋겠다. 아기 키우기가 어려워 자녀 낳기를 주저하는 젊은이들도 이런 공동주택이 많아진다면 반길 일이리라. 육아로 시간에 쫓기는 젊은이나 외로워하는 노인들의 두 가지 문제를 해결할 수 있지 않을까. 곳곳에 행복 주택이라는 것이 들어서는데 노인들 주택도 함께 지으면 어떨까. 이름만 행복 주택이 아니길 바란다. 한 주택에서 내 자식과 함께 살지는 못하더라도 가까운 지역의 아이들을 돌보며 지내는 삶도 의미가 있음이 아닌가. 서로 도울 수 있는 길을 찾아보는 노력이 시급하다. 우선 복지관이 완공되면 봉사할 일을 찾아 나서야겠다.

마술

속는 줄 알면서 즐거움을 느끼는 게 마술(魔術) 아닌가. 마술이란 도구를 이용하거나 손재주로 사람의 눈을 속이는 빠른 동작으로 표현해야 하는 고난도의 기술이다. 그런 마술을 왜 하게 되었을까. 궁금해진다. 어느 할아버지는 손주를 즐겁게 해 주고 싶은 생각에서 배운다고 한다. 연습을 수없이 반복해야만 사람들의 눈을 속일 수 있을 텐데. 부단히 노력한 결과가 좋으면 보람도 희열도 클 것이다. 분위기를 한층 띄울 필요가 있을 때 간단한 마술이라도 할 수 있다면 무척 매력적일 것 같다. 그래서인지 요즘에는 마술을 배우며 즐기는 사람들이 늘고 있는 모양이다.

어느 날 우연히 마술 오디션 프로를 보았다. 마땅한 볼거리를 찾다가 마침 십여 년 전에 유행했던 마술을 만났다. 마술사의 보이지 않는 노력으로 관중에게 즐거운 눈속임 기술을 보여준다. 찰나의 눈속임이라지만, 이날 내가 본 마술이 예술이라 해도 무방할 수준이라는 생각이 들었다. 예전에 마술을 볼 때는 막연히 눈속임이라고 생각했다, 깊이 생각해 본 적은 없었지만.

이번에 내가 경험한 마술은 그저 단순한 물건을 옮기는 손동작으로 하는 마술이 아니다. 인생 이야기에 상상력, 꿈, 진솔한 경험, 기쁨과 슬픔 등을 표현했다. 현대적 조명인 LED 빛의 화려함과 오묘함을 이용해 몸이나 손동작으로 액션 또는 다양한 재료를 동원해 발전된 기법으로 표현하는 창의성에 놀라웠다.

한 마술사는 아이디어 천재 같았다. 잠을 며칠 새워가며 고심 끝에 '빛 한잔'을'빛으로'라는 작품을 구상한다. 자신이 마술을 오래 하다 보니 갇혀 있다는 그 느낌으로부터 자유롭고 싶었다며 빛을 컵에 담는다. 상상력에 할 말을 잊는다. 자신의 감정을 빛의 변화로 표현하다니…. 화려하게 빛이 나지만 갇혀 있는 그 빛을 자유롭게 해주려고 손끝의 세밀한 동작으로 자유와 해방감을 연기하는 기술이 무척 섬세하고 감동적이었다. 자신도 새처럼 날고 싶은 적이 많아 자유와 해방감을 창의적인 마술로 표현했다고. 한편의 '시각적인 시'라는 생각이 들었다. 그들이 앞으로 발표할 작품에 기대가 커진다.

그날 경험한 몇 가지 작품을 찰나와 같은 순간에 경험했던 마술을 기억하며 느낌을 저장해보고 싶어졌다.

〈사막의 꽃〉 죽은 것처럼 보이지만, 사막이라는 곳에서 생물의 보이지 않는 사투의 몸부림을 빛을 이용해 표현하는데 깊이감에 긴장감 넘치게 구성하고 연출한다. 고난 속에서 슬픔을 기쁨으로 변화되는 과정을 마술로 표현하는 작품을 설명하려는 나의 기억과 표현이 부족함을 절실히 느낀다.

〈실수〉 실수의 트라우마가 있던 21살의 청년이 그 실수를 피하지 않고 대면한다. 손과 빛으로 표현하는 열정적으로 극복해 가는 과정에 생동감이 느껴져 독특한 마술에 매료되지 않을 수 없었다. 마술을 통해 실수를 반복하지 않으려는 마술사의 의지가 내게 감동을 주었다. 그냥 지나칠 수도 있는 한 번의 실수를 진지하게 들여다보는 성실함도 돋보였다.

〈모래마술〉 우울증을 앓고 있는 마술사 청년이 모래와 빛을 이용해 밝고 긍정적인 세상으로 나아가는 과정을 펼쳐 보인다. 현대마술이 인간의 나약함과 상처를 보듬어 주는 역할을 해 주고 있음이 경이롭게 느껴졌다.

작품 이름이 생각나지 않는데 P는 결혼 후 첫아기 임신과 출산을 경험하며 그 심정과 추억을 진솔하게 현대기법으로 표현했다. '메모리 후 라이프' 사진작가인 아내가 찍은 사진을 보며 추억은 평생 남는 것이라 붙잡아 두고 싶어서 저장과 공유를 마술로 표현했다. 추억이 깃든 사진을 마술이란 손기술로 표현하는 그 순간을 글로 표현할 능력이 없음이 안타깝다.

아놀드 쉔 베르그는 '모든 아름다운 것 감정적인 것 열정적인 것 마술적인 것에서도 이성이 중요하다.'라고 했다. 그동안 마술이 예술이라고 생각해 본 적이 없었다. 하지만 이날 내가 경험한 것은 이성적 예술이 아닌가. 제목부터 삶의 다양한 스토리를 철학적으로 표현했다고 느껴졌다. 영상 속 동작이 독창적이고 사유와 함께 상상력도 풍부했으니 예술의 반열에 올려도 되지 않을까. 다양한 경험을 소재로 반복적인 연습을 통해 기쁨과 슬픔을 표현하는 마술이 빛의 세상으로 나아가는 아름다운 한 편의 드라마 같았다. 작품마다 신선했고 훈훈함이 묻어나 인간애가 느껴졌다. 젊은이들이 아픔이나 고통에 매몰되지 않고 마술로 승화시켜 나가는 점도 긍정적으로 평가하지 않을 수 없다. 찰나에 이루어지는 마술에 대한 표현에 나의 부족함이 큰 아쉬움으로 남는다.

진솔한 글 한 줄에서 감동과 위로를 느낄 수 있는 글이 수필 아니던가. 실험적으로 단수필을 마술로 표현할 수도 있지 않을까. 어느 선배는 수필을 연극으로 호평을 받고 있고, 어느 수필가는 낭독으로 수필을 외워서 색다른 방식으로 독자에게 다가가는 게 신선했다. 자신을 구원하기 위해 '예술하라 창작하라 상상하라.'고 하는 교모토의 말을 실천하는 이들 중 하나가 바로 이 마술사들이 아닌가.

마술은 못하더라도 내·외적인 고통이나 삶의 다양한 사유를 수필 속에 녹여 쓸 수 있었으면 좋겠다.

제 3 부

조금 느려도 좋은 삶

노랑 앵무새

온경자*

    딸이 기르던 새, '민트'가 왔다. 천정에 닿을 듯 높은 철제 집과 짐 상자들이 즐비하다. 민트는 작은 상자 속에 고이 안겨 왔다. 3층 복층에 방이 둘, 마당엔 욕조, 모래 그릇, 두 개의 모이통, 물그릇 등 새 한 마리 살기엔 넘치는 호화 빌라다.

    딸은 민트를 맡기고 여행을 떠났다. 쓰다듬고 뽀뽀하고 어르다 손 흔들며, 꼭 제 자식과 헤어지듯 안타까운 이별을 하였다. "꺅, 꺅." 방안이 쩡쩡 울린다. "민트야, 할미 알지?" 딸네 집 갔을 때 놀아주었던 기억을 되살려 주기 바라며 인사를 했다. 방안을 날아다니다 내 손가락과 어깨에 앉곤 했다. 그런 뒤로 나를 알아보는 듯 사납게 울지 않았는데 알아보기는커녕 손가락을 매섭게 문다. 노랑 앵무새라지만 이마 깃털이 미색일 뿐 청록 날개에 몸통은 푸른 계통의 파랑새다. 목덜미는 하얀 털로 색의 조화가 신비롭다. 우리 집에서 키웠던 카나리아가 생각났다. 모이 놓고 방바닥을 톡톡 치면 종종걸음으로 달려오고 걸어가면 졸졸

---

* 〈그린에세이〉로 등단(2022). 그린에세이작가회, 별똘문학회 회원. 서울거원초등학교 교감 퇴직. 제3회 한국노인종합복지관협회 신노년문학상 대상(시 부문)

따라다녔다. 정이 담뿍 들었는데 안쓰럽게 물에 빠져 죽었다.

어지럽히는 것이 싫어서 그렇지 새 기르기는 쉬운 것 같다. 모이 보충해 주고, 물 갈아 주면 된다. 간식으로 엄지만 한 사과 한 쪽이면 그만이다. 그런데 요 녀석이 쌀을 좋아한단다. 한쪽 구석 나무판에 쌀을 놓아주면 콕콕 잘 쪼아 먹는다. 물그릇에 들어가 목욕하고 터는 바람에 물바다가 되었다. 모이와 깃털이 수시로 떨어지고 날려서 마른걸레로 훔쳐내야 하지만 예뻐서 귀찮지 않다. 밤 8시가 되면 홑이불을 씌워주는 것이 특이하다. 귀청 뚫던 소리가 뚝 멈춘다. 손님이 왔을 땐 대화할 수 없을 만큼 시끄러워 얼른 덮어야 한다. 언제나 꼭대기 방 지붕 위에 자리를 잡는다. 똥그란 눈이 초록 초롱 하여 언제 잠들까 싶잖다. 가끔 홑이불이 펄럭이도록 날고 달그락거리기도 한다.

남편이 수술로 입원하였다. 침실보다 민트랑 거실에서 자는 게 낫겠다는 생각이 들었다. 작아도 생명이라고 새의 기척이 온기로 안겼다. 전에 혼자 자던 때와 다르게 적적하지 않았다. 새를 생각하면서 미소를 머금고 곤히 잤다. 애완동물을 키우는 사람의 심정을 알 것 같았다. 개 키우는 사람 이해 못 했던 편견을 반성하게 되었다. 내 잣대로만 보는 버릇을 버리기로 했다.

새는 혼자 살아도 저 가꾸기에 바쁘다. 깃털을 고르고, 날개를 점검하고, 부리 걸어 위아래로 오르내리고, 부리 다듬고, 날아다니고, 목청껏 노래하고, 집에 들어갔다가 기척에 고개 내밀고 갸웃거리다가 튀어나온다. 감옥 같은 집을 안식처로 누리는 것 같다. 멍청하면 새대가리라고 하지만 그런 것 같지도 않다.

세상 훨훨 돌아다녀도 새장 같던 때가 한두 번이던가. 출근하면 꼼짝

없이 갇혀야 했다. 잡무에 쫓기다 보면 젖먹이 둔 어미가 아니었다. 퇴근할 때가 돼서야 아기 생각이 나기 때문이다. 퇴직하고 숲속 평상에 누워 느꼈던 자유는 말할 수 없이 달았다. 새인들 어찌 자유가 그립지 않겠는가. 문을 열고 날아가 변기 물에 빠진 것을 보면 알 수 있다. 이 새는 부리로 문을 열 정도로 영리한 세 살배기 지능을 가졌단다.

민트가 쩌렁쩌렁 울어대면 왜 저러나 싶어진다. 아기가 보채는 소리로 들려 "왜 그래? 심심해?"하며 달래본다. 손가락 하나를 집어넣고 까딱거리니 포르르 내려와 손가락을 껴안고 고개를 숙여 갖다 댄다. 목덜미를 긁어주니 고개를 돌려 가며 대준다. 따뜻한 체온이 살짝 스친다. 손가락을 더 들이밀다 부리에 닿았다. 얼른 빼려 했는데 물지 않는다. 나를 받아들였나 보다. 가운뎃손가락에 올라앉아 검지를 살살 물어 준다. 입속의 까만 혀가 귀엽다. 딱딱한 나뭇가지보다 따뜻한 손가락에서 위안을 얻는 것일까. 모이를 주던 것에 대한 보답일까. 사나움을 거두고 보내는 애무에 내 입은 벙긋해진다. 설렘도 따라 번진다. 위로받는 것은 새가 아니라 나였다. 새를 부를 때마다 절로 웃음이 지어지니 마음도 따라 예뻐지리라.

자세히 보니 손가락을 핥으며 손톱을 계속 쪼아댄다. 짝에게 하던 짓인 듯하다. 딱딱한 손톱이 부리 같아서일까. 부리로 주고받던 한 쌍의 정다움이 그려진다. 홀로 된 지인의 전화가 생각난다. 아파서 죽고 싶다는 말에 온갖 위로의 말을 하면 고마워한다. 결국엔 한 마리의 새처럼 남겨지는 삶, 외로움과 병마에 풀 죽지 않아야겠다. 짝없이 갇혀 사는 민트가 안쓰럽다. 딸에게 짝부터 구해주라고 해야겠다.

일 학년의 봄

먼동이 튼다. 초승달이 별 하나 데리고 떴다. 이런 날엔 어디로든 가고 싶다. 봄 햇살에 이끌려 탄천에 갔다. 잔디밭이 자꾸 노래진다. 새싹들의 숨소리가 들리는 듯하다. 안에 달려드는 나물들, 쑥, 냉이, 꽃다지. 반가운 이름들이다. 부르면 달려와 안기던 일 학년 아이들처럼 여리다. 첫 만남의 설렘이 생생하다.

일 학년 담임이 되면 입학식 전날부터 들뜬다. 옷을 사고, 머리 손질하고, 몸치장이 즐겁다. 모든 준비 속에 아이들이 있다. 우리 선생님이 제일 이쁘다는 소리가 듣고 싶어 다듬고 꾸민다. 운동장의 반 별 팻말 앞에 아이들이 모여들면 반겨 맞으며 줄을 세운다. 가장 곱고 사랑스러운 목소리로 "이름이 뭐예요?" 하면 수줍어하며 대답하던 아이들, 이름표를 찾아 달아주며 티 없는 얼굴에 반하고 만다. 예쁘게 꾸민 옷매무새에 엄마의 손길이 깃들어 꽃향기가 난다. 어미의 눈으로 아이를 본다.

한 줄로 늘어선 내 반 아이들을 눈여겨본다. 내 자식마냥 다른 반 아이들보다 똑똑해 보인다. 같은 색의 이름표가 일 년 간의 인연을 끈끈하게 한다. 둘러선 엄마들의 눈길 속에 몸가짐을 조심한다. 입학식은 짧아도 지루하다. 꽃샘추위는 입학식 날 더욱 시샘을 떤다. 온실에서 나온 꽃처럼 추워 보이는 아이들이 걱정된다. 치마 아래로 멋 낸 종아리가 시리기 시작한다.

식이 끝나면 어미 닭처럼 아이들을 이끌고 양지를 찾는다. 병아리같이 모여 앉은 아이들 둘레로 엄마들이 에워싼다. 기대에 찬 시선이 뜨겁다. 잘 가르치겠다며 인사를 한다. 출석부를 들고 이름을 부르면 일어서며 대답하는 아이들 음성이 힘차다. 집을 나와 세상에 내지르는 첫소리가 또랑또랑하다. 봄볕도 자자하게 박수를 보낸다. 담임의 말을 모이처럼 받아 듣는 아이들의 눈동자가 밤하늘의 별이 된다. 일제히 대답하는 아이들이 참새 같다.

한동안 운동장 수업이 이어진다. 다시 만나는 아이들 얼굴에 반가운 웃음이 번진다. 착실히 달고 온 이름표를 보고 이름을 불러주는 내 목소리에 정이 넘친다. 선생님을 따라 하는 어린이들 무용이 나직한 숲을 이룬다. 아이들 노랫소리가 하늘에 퍼지고 봄바람은 아이들 뺨을 휘익 쓰다듬고 지나간다. 일부러 아이 목소리로 부르는 내 노래가 마이크를 타고 동네를 흔들어도 아이들의 함성에 봄빛만 짙어질 뿐 아무도 항의하지 않는다. 훈련 시킨다고 추운 운동장에서 아이들을 고생시키는 어른들의 잘못이 부끄러워진다.

교실에 들어가면 아이들 이름부터 외워야 한다. 이름과 생김새의 특징을 짜 맞추어 기억해 둔다. 아침에 교실로 들어서는 아이마다 이름을 불러주면 아이 얼굴에 생기가 돈다. 담임과 한층 가까워지는 순간이다. 이름이 불리어 칭찬받고 공부에 재미를 붙였다는 제자가 이웃에 살고 있다. 아이들 모두 귀한 이름값을 하리라. 헷갈려가며 불렀지만, 이 삼일이면 외웠으니 직업이 무섭긴 하다. 지금은 그 머리 어디로 갔는지 이름이 안 떠올라 애를 먹는다.

곰살맞던 아이들이 실내 생활에 익숙해지면 드세어지기 시작한다. 책걸상은 걸리적거리고, 선생님 잔소리는 늘어만 가니 얼마나 짜증 나겠는가. 잡담과 장난으로 풀 수밖에. 방심하면 교실이 벌통 속 같이 된다. 분필 가루와 먼지에 목이 매캐해진다. 애먼 교탁만 두드리며 달아나려는 '사랑'이라는 말을 붙들어 매는 데 안간힘을 쓴다. 마음을 달래 노래와 춤으로 이끈다. 눈 맞추며 따라 하는 천진한 모습에 이내 화가 녹고 만다. 우스갯소리에 깔깔대고 슬픈 동화에 울먹이던 아이들의 모습에 절로 미소가 번진다.

아이들이 하교한 교실에 햇살이 가득 찾아들어 아늑하다. 고운 손에 들려온 프리지어 향기가 진하게 감싼다. 교실 귀퉁이에 비닐 깔아 만든 연못의 금붕어가 한가롭다. 아이들의 지저귀던 소리는 씻은 듯 갑자기 괴괴해져 딴 세상이 된다.

계절의 첫 들머리에서 세상에 첫발을 뗀 일 학년 아이들은 이제 어엿한 나라의 기둥이 되어 제 몫을 하고 있으리라. 순수하기 그지없던 눈빛, 천진스럽던 웃음, 여린 몸짓을 떠올리면 그때로 돌아가고 싶다.

지구의 숨소리

　멀리 보이는 솟구는 물기둥을 향해 걸었다. 하얀 물기둥이 하늘 높이 솟았다가 물웅덩이 속으로 곤두박질친다. 지구의 숨소리가 폭발한 것이다. 뿜어내기를 수백 년간 해왔다는 게이시르, 아이슬란드의 간헐천이다. 유황 냄새 풍기는 100℃의 물이 무섭다. 피어오르는 김이 꿈 속 같다.

　여름이라는데 약간 춥다. 야트막하게 비탈진 넓은 평지를 타고 간헐천 물이 흘러내리며 얼룩무늬를 그려놓았다. 금방 떨어진 간헐천의 김이 확 퍼지며 모락모락 피어오른다. 어느 땐 조금 오르다 주저앉고 만다. 그 너머로 산들이 아스라이 둘러싸여 평온한 풍경이다. 전망대로 가는 산자락엔 보라 꽃이 양탄자처럼 가득 깔렸다.

　간헐천 가까이엔 울타리가 쳐져있다. 멀찍이 자리 잡고 핸드폰으로 물기둥 찍을 준비를 했다. 모두 다 같은 자세로 물구덩이에 시선을 집중하고 있다. 꼿꼿이 서서 한 곳을 주시하는 모습이 엄숙한 의식을 치르고 있는 것 같다. 기다림과 포착의 결과물, 하얀 물기둥 사진을 향한 응시가 온천수만큼 뜨겁다. 순간을 잡아채기가 그렇게 어려운 줄 몰랐다. 솟구치는 찰나를 수없이 놓쳤다. 너무나 짧은 순간이라 손이 낚아채지 못했다. 슬슬 화가 났다. 이것 하나 못 찍다니, 기어이 찍고 말겠다는 오기가 생겼다. 힘껏 터치했다. 화가 났는지 하면이 벌게진다. 찍기를 포기하고 건너편으로 갔다.

물기둥이 솟는 웅덩이 옆으로 작은 웅덩이 두 개가 눈길을 끌었다. 어쩌면 그렇게 옥빛으로 잔잔한지 놀라지 않을 수 없었다. 100도라는 팻말이 어울리지 않게 곱기만 하다. 다른 하나는 물속을 훤히 내보이며 살살 끓어오른다. 큰 웅덩이 물이 꿀렁거리다가 한가운데에서 한숨 소리를 내며 높이 토해냈다. 솟았다가 떨어진 물이 넘쳐흐르고 수증기가 뭉게구름이 되어 한참 퍼지다 잠잠해졌다.

분출의 낌새를 알고 출렁거리는 물 모양을 주시하여 찍었는데 그만 짧게 끝내고 만다. 사람들의 한숨 소리가 간간이 들린다. 기다리는 5분간이 지루하기만 했다. 옐로스톤 간헐천에 비해 작지만 출렁거림을 가까이서 볼 수 있어 좋았다. 물기둥은 40여 미터까지 솟는다고 한다. 물기둥의 높이만큼 탄성과 웃음도 커진다. 어린이도 뒤돌아서서 셀카 찍기에 여념이 없다.

간헐천은, 화산 활동으로 뚫린 구멍에 온천수가 모였다가 지하의 수증기압으로 솟구친단다. 지구의 자연스러운 현상이겠지만 살아있는 거대한 생명체로 보인다. 우리에게 하고 싶은 말이 얼마나 많기에 저리 수없이 씩씩대며 토로할까 싶기도 하다. 높다란 물기둥을 매로 여기고 꿀렁거리며 내지르는 소리는 신음으로 들어 봄 직하다. 지구에 저지르는 몹쓸 짓일랑 그만두어야 한다. 자연의 위대함 앞에서 어찌 겸손해지지 않을 수 있을까. 이 부근만 해도 간헐천이 50여 개나 된다고 한다. 돌아본 빙하들도 방대하고 아름다웠다. 며칠 전에 터진 화산이 멀지 않은 곳에서 활동 중이다. 불과 얼음의 나라로 지구과학의 살아있는 박물관이란 말이 실감 났다.

좀 떨어진 곳에 더 큰 간헐천이 있다. 60미터까지 솟았는데 멈추었다가 지진으로 다시 터져 하루에 세 번 보여준단다. 살살 해살거리는 물살이 두려움을 준다. 주변을 걸었다. 초겨울 날씨에 야생화가 지천이다. 웅덩이에서 뿜는 수증기 덕에 꽃들이 싱그럽다. 낮게 엎드렸거나 딱 붙은 모습으로 척박한 환경에 적응한 자세다. 조롱조롱 매단 방울 끝에 나팔 불듯 피워낸 꽃이 신기하여 한 컷 담았다.

남편과 물기둥 촬영에 몰입했다. 꿀렁거림의 빈도가 잦아지는 낌새를 알아챘지만 딱 맞춰 찍기는 어려웠다. 완전한 물기둥을 찍어야 얽힌 것이 풀릴 것 같았다. "됐다. 됐다. 터지겠다." 하며 찍기를 여러 번 했으나 원대로 되지 않았다. 겨우 한 컷 얻었는데 제일 높은 끝이 잘렸다. 하는 일엔 아쉬움이 남는 것, 이만큼 해낸 것이 어디냐고 달래며 빙긋이 웃었다.

올라올 때와 다르게 한낮의 햇빛이 덥다. 몇 군데 솟는 김 구멍에 통을 씌우고 소인국 오두막집을 연출해 놓았다. 연통에서 김이 연기처럼 풍풍 솟는 것이 앙증맞았다. 지구의 거친 숨소리가 오래 떠나지 않았다, 웅대하고 신비하고 두려운 지구에서 누리며 사는 것은 축복이다. 지구를 아끼는 마음으로 살 일이다.

어머니의 만주 여행

홍성억*

    지난주 일요일에 여주시 점동면 선산에서 시제를 지냈다. 조선 선조 임금 때 강원도 관찰사를 지내셨다는 19대조 할아버지의 자손들이 모시는 시제이다. 주로 충청도와 강원도에 흩어져 사는 후손들이 모이는데, 최근 나이 드신 분들이 잇달아 사망하신 터여서 참례 인원이 부쩍 줄어들었다. 그분들의 자손들이라도 참석하면 좋을 터인데, 대부분 소식이 뜸하니 해가 갈수록 썰렁한 시제가 되고 만다.

    매년 음력 시월 첫 일요일에 지내기로 정해진 까닭에, 윤달이 돌아오는 해에는 시제 날이 11월 중순이어서 때로 추운 날씨에 야외에서 시제를 지내느라 추위에 고생한 적이 있었다. 그날 이후 종중회의에서 시제를 실내에서 지내기로 결정되어, 이제는 날씨가 쌀쌀해도 추위 속에 시제를 지내는 수고는 덜게 되었다.

    올해 시제 날은 포근한 날씨였다. 시제를 지내고 성묫길에 나섰다. 이십여 분 걸어 올라야 하는 산길. 그동안 가을비도 잦았던 터에, 아침

---

* 〈그린에세이〉 등단(2023). 수필집 《돌담길쪽지》(2015) 한국문인협회 충주지부 회원. 노은문학회 회원. 충주시의회 시의원

저녁으로는 쌀쌀한 기운이 돌아서 그런지 단풍이 곱다. 수북하게 쌓인 낙엽을 밟으며, 오랜만에 낙엽의 바스락거리는 소리를 듣는다.

산길을 걸으며 일가친척끼리 서로의 안부를 묻게 된다. 연로하신 어른들의 건강이며, 출가했거나 출가 예정인 자녀들의 이야기, 사업 이야기 등을 나누다 보면 이십여 분 산행길이 지척인 양 가깝게 느껴진다. 그중에 촌수로 아저씨뻘 되는 젊은 일가친척 한 분이 이천시 백사면에 이사 왔다는 소식에 유독 귀가 번쩍 뜨인다. '백사면? 거기는 우리 외갓집 동네인데…' 하는 생각이 들면서, 문득 예닐곱 살 때 어머님 손을 잡고 외갓집에 갔던 기억이 떠올랐다.

백사면 외갓집은 이천 읍내에서 십 리나 떨어진 곳이었다. 하루에 두 번 다니는 시외버스 가운데, 아침 첫차를 타고 어머니를 따라 외갓집 나들이에 나서면 이천 읍내에 내리는 시각은 언제나 정오가 가까운 시각이었다. 한낮 뙤약볕이 따가운 비포장길을 걸을 때면, 어린 나이에 힘들고 지루함도 느꼈을 터이지만 그런 기억은 조금도 없다. 아마도 늘 반갑게 맞이하는 외삼촌 식구들의 사랑 덕분이었을 것이다.

외갓집은 큰 부잣집이었다고 했다. 1949년 토지개혁 이전에는 외할아버지가 십 리나 되는 이천 읍내까지의 외출 길을 남의 땅을 안 밟고 다니셨다고 했다. 다소 과장된 이야기가 아닐까 싶기도 하지만, 하여튼 이천에서 내로라하는 부잣집이었던 것만은 틀림이 없었던 듯하다.

어머니는 그 부잣집의 육 남매 중 셋째딸이었다. 오빠가 둘이었고, 여동생이 하나 있었다. 셋째딸은 얼굴도 안 보고 데려간다는 데, 당신보다 세 살 연하인 나의 아버지한테 그런 행운이 찾아든 것이었다. 열여덟 살, 그야말로 이팔청춘에 시집을 오셨다고 했다. 그런데 시집도 만만찮은 부잣집이었다. 천석지기라고 하여 살림살이가 여간 드센 집이 아니었는데, 신랑은 시동생과 시누이가 셀 수 없이 많은 8대 장손 집안의 맏아들이었다.

하지만 서울에서 학교 다니는 학생 신랑이었기에, 어머님은 신혼생활이 어떠했는지, 신랑을 따라 서울 구경을 해 봤다든지 하는 경험담을 자식들에게 한 번도 말씀하신 적이 없다. 아마도 엄격한 시집 생활에 적응하느라, 그리고 천석지기 살림하느라 눈코 뜰 새 없는 나날을 보내시지 않았을까 짐작이 갈 뿐이다.

어머니가 내게 들려준 당신의 신혼생활 추억은 단 하나, 신랑에게 서운했던 만주 여행 이야기였다. 아마도 어머니 나이 삼십 대 전후였을 성싶다.

일본의 만주 침략과 태평양전쟁이 한창이던 어느 해 여름, 집에서 멀지 않은 강가에서 아버지는 일본 순경과 시비 끝에 그를 개울 바닥에 처박았다고 했다. 당시 유도 5단으로, 전국 유도대회에 출전해서 상을 받기도 했으니 순경 하나쯤 박살 내는 것은 식은 죽 먹기였을 것이다. 그러잖아도 이 땅의 젊은이들을 태평양전쟁의 총알받이로 내보낼 궁리만 하는 일본 제국주의 치하였기에, 순경을 폭행한 조선의 젊은이를 그냥 둘 리가 만무했다. 그런 까닭에 아버지는 만주로 도망을 가셨고, 버글버글한 시댁 식구들 틈바구니에서 홀로 지내는 어머니는 당신의 신랑이 마냥 그리웠을 터였다.

몇 년 후, 남편을 멀리 보내고 홀로 지내는 맏며느리가 딱해 보였는지 할아버지가 당시 화폐로 100원을 주시며 만주에 다녀오라고 하셨단다. 물론 보디가드로 큰삼촌, 그러니까 어머니의 맏시동생을 동행시키시고….

그러나 남편과 반가운 만남은 잠시였고, 꽃 같은 아내와 상봉한 아버님의 이상한 나들이는 평생 어머니의 가슴에 멍울을 남기셨다고 했다. "만주 시내 구경을 시켜준다더니, 나는 집에 있으라 하고 동생만 데리고 나가더라. 세상에 그럴 수가 있냐. 형제 우애가 아무리 좋아도 그렇지, 어찌 나는 집에 두고 둘이서 만 시내 구경 나가는 그런 인심이 있는지 얼마나 서운했는지 모른다."

아들 입장에서 아버님의 평소 성정을 보더라도, 어찌 그런 일이 있었는지 지금도 도저히 이해되질 않는다. 하지만 어머니는 결혼 60주년을 기념하는 회혼례를 지내고 구순을 넘기며 살면서도 당신의 남편에게는 그런 서운함을 내비치지 않으셨다. 홀로 가슴에 삭이며, 당신의 이야기를 잘 들어주는 아들에게만 슬쩍 털어놓는 정도였다. 아마도 아버지가 62·5전쟁 후 중학교를 설립하여 운영하시면서 평생 '교장 선생님 댁 사모님'으로 살아야 했으니, 체면 때문에 더 입이 무거워지셨던 것이 아닐까 여겨진다.

가끔 차를 몰고 백사면을 지나는 도로를 지날 때면, 어린 시절의 외갓집 나들이를 떠올려 보지만 외갓집 언저리를 가늠하기조차 쉽지 않다. 당시의 마을 안길엔 널찍한 아스팔트 도로가 놓였고, 이런저런 공장들이 자리하며 빼곡한 아파트 단지들이 들어섰으니, 상전벽해의 옛길을 더듬는 것은 한갓 부질없는 일이 되고 만다.

이참에 이번 주말에는 아버님과 합장한 어머니 산소에 들러 어머니께 여쭤봐야겠다. 지하에서나마 옛날 만주 여행에서 서운케 하셨던 일을 아버지께서 사과하셨는지….

두 분 산소 뒤로 멀리 붉게 단풍 든 국망산 풍경이 여느 해 보다 아름답게 느껴지는 가을이다.

삶과 죽음의 간극

한밤중에 잠이 깨었다. 어제저녁에 자정이 가까워서야 잠이 들었으니, 동이 틀 무렵까지 잠을 자야 정상일 터인데 몽롱한 상태에서 쉬 잠들지 못한다. 며칠 전 생긴 오른발의 상처 때문인지 모르겠다. 은근히 발의 통증이 전신을 타고 오르내린다. 큰 상처도 아니고, 단지 압정에 찔린 듯한 작은 상처인데 잠을 깨운다.

지난 토요일 저녁, 늦은 식사를 마치고 집에서 멀지 않은 곳에 마련된 맨발 걷기 길에서 아내와 함께 걷기 운동을 하는 중에 갑자기 발바닥을 칼로 째는 듯이 찌르르한 전율과 함께 통증이 느껴졌다. 벌에 쏘인 듯한 느낌이기도 하고, 작은 못에 찔린 느낌이기도 했으나 저녁 어스름이라서 원인을 알아내기가 쉽지 않았다. 통증을 참으며 걷기 운동을 끝내고 집에 돌아와 밝은 불빛에 비춰 보아도 상처 부위를 찾기 쉽지 않았다. 그럼에도 불구하고 통증은 쉽게 가라앉지 않았다.

그렇다고 병원 응급실을 찾을 만큼 아픈 것도 아니어서, 상처 부위를 물로 깨끗이 닦고, 소독약을 뿌렸다. 이삼일 조금 아프다가 말겠지 하고 마음 밖으로 밀어낸 상처였다. 이틀이 지나고 나니, 상처 부위에 찔린 자국이 나타났다. 압정이나 못에 찔린 듯 검붉은 미세한 점이 하나 찍혀 있을 뿐이다. 하지만 그 주위가 불그스름하게 약간 부은 느낌이다. 이런 생각지도 못한 상처로 인해 파상풍이나 생기지 않을까 하는 염려도 되면서, 진즉에 파상풍 예방주사를 한 번 더 맞을 걸 그랬나 하는 생각도 들었다.

전에 티브이나 신문 뉴스를 통해 파상풍으로 세상과 이별한 사람이 있다는 이야기를 들은 적이 있어서 갑자기 그런 생각이 드는 터였다. 하긴 이런 상처 하나 없이 건강하게 살다가 우연히 세상을 떠나는 사람들이 얼마나 많은가. 지난 7월 1일 서울 시청 앞에서 직장동료들과 저녁 식사를 마치고 길가에 나와 있다가 역주행하는 자동차에 치여 비명횡사한 사람들의 황당한 죽음도 아직 기억에 생생하기만 하다. 또한 여드레 전 일요일 오후에 아내와 함께 진천 초평저수지의 미르 숲 황토 걷기 길에 들렀다가 새삼스레 알게 된 '생거진천 사거용인(生居鎭川 死居龍仁)'의 고사는 삶과 죽음의 간극이 얼마나 미세한가 하는 생각이 들게 했다.

그 고사성어의 유래는 저수지 둘레길에 조성한 데크길에 그림과 함께 자세히 설명되어 있었다. 진천에 살던 추천석이라는 사람이 갑자기 죽었다. 저승사자에 끌려 염라대왕 앞에 갔는데, 실은 용인에 사는 동명이인, 그것도 생년월일이 같은 사람을 저승사자가 데려와야 하는 것을 착오로 인해 진천에 있는 그가 저승에 가게 된 것이었다. 염라대왕의 판결로 다시 이승으로 보내졌지만, 그 사이 그의 육신은 땅속에 장사 지낸 뒤여서 육신으로 돌아갈 수 없었다. 할 수 없이 방금 혼령이 염라대왕 앞에 오게 된 용인의 추천석의 육신으로 들어가 부활했지만, 용인의 가족은 생면부지의 남. 자초지종을 설명했지만, 용인의 가족은 죽었다가 깨어난 사람의 헛소리로 여기게 되었다. 극구 만류하는 용인

가족을 밀치고 진천으로 왔건만, 진천 가족은 전혀 외모가 다른 사람이 나타나서 부활했다고 하니 미친 사람 취급을 했다. 결국 고을 원님 앞에 가서 판단을 구하니, 육신은 다르나 진천 가족과 재산 상황, 주변의 일까지 소상히 알고 있는지라, 원님은 '살아서는 진천에 가족과 함께 지내고, 죽으면 용인의 가족에게 돌아가 용인 가족이 장사 지내라'라는 판결 내렸다고 한다.

이 고사는 한편으로 '사람이 살기에는 진천이 적당하고, 죽은 자의 유택은 용인 땅이 좋다'는 의미로 알려지기도 했다. 하지만, 한편으로 우리의 삶과 죽음은 저승사자의 순간 착오로 인해 엇갈릴 수 있다는 이야기이고 보면, 생사가 결국 백지장 하나 차이가 아닐까 하는 생각이 든다.

엊그제 TV에서 잠깐 본 내용도 같은 맥락이다. 어느 여배우가 아마존 밀림 프로그램을 촬영하기 위해 출국하려고 비행장으로 가는 중에 교통사고를 당했다. 다행히 큰 상처가 없어서 예정대로 비행기를 타고 칠레를 경유하게 되었는데, 칠레에 도착하고 나니 사고 후유증으로 곧바로 아마존으로 갈 형편이 못 되었다. 따라서 하루 휴식 후 아마존으로 가려던 계획을 수정하여 하루 더 칠레에 머물기 위해 비행기표를 환불해야 했는데, 예정했던 그 비행기가 추락하여 승객 전원이 사망했다는 이야기였다.

이와 비슷한 사례를 인터넷에서 찾아보면 몇 가지 더 있다. 장 자크 루소는 어느 흐린 날 친구와 함께 들판을 걷고 있었다. 그런데 갑자기 천둥 번개가 치면서 친구만 벼락을 맞아 죽었다고 했다. 미국의 부자 록펠러도 젊은 시절 타려고 했던 기차를 놓친 적이 있었는데, 그 기차가 계곡의 다리에서 추락하여 승객이 모두 죽은 적이 있다고 했다. 1983년 아웅산 테러 당시에도 전두환 대통령은 현장에 늦게 도착하는 바람에 살아날 수 있었고, 2001년 9월 11일 뉴욕의 세계무역센터 테러에서도 3천여 명이 사망했지만, 그 와중에 살아난 사람들의 극적인 수많은 이야기가 전해지기도 한다.

나의 삶 흔적에서도 그런 기적들이 적지 않다. 고등학교 3학년 시절, 골마루를 지나가다가 교실에서 갑자기 튀어나온 키 작은 친구의 머리에 명치를 박치기당하는 바람에 그대로 혼절했다가 깨어나기도 했고, 전방에서 근무하던 군 복무 시절에는 동계 훈련 중에 혼자 벙커에서 불을 피우다가 밤나무 가스에 질식되어 쓰러졌다가 깨어나기도 했다. 또한 지금도 조상님이 나를 살리기 위해서 일이 그렇게 되었을 것이라고 생각하는 것은, 대학 졸업 후 치른 해군 장교 시험이었다. 필기와 체력 검정까지 합격이 되었지만, 3차 관문인 신원조회에서 탈락이 되었다. 나중에 알게 된 사실이지만, 나와는 혈연도 아니고 일면식도 없던 분 때문이었다. 둘째 숙부의 처남이 6·25 당시 공산당에 협조했다고 해서 낙인이 찍혔는데, 그분의 일로 인해 연좌제 피해가 나에게 온 것이라 했다. 당시 육군 준장으로 근무하는 삼촌도 있고, 중앙정보부에 근무하는 삼촌도 있는데, 그런 연좌제가 혈연관계도 없고 일면식도 없는 내게 영향을 미치게 된 것은 다 운명이라고 받아들이게 되었다. 해군 장교가 되어 당할 불길한 일을 예방하기 위해 조상님이 미리 손을 쓰신 것이라 생각되는 것이다.

그래서 그런지 유달리 조상 모시는 일에 더 열심히 임하게 된다. 귀향하면서 자연스럽게 종중의 총무를 맡아보게 되었고, 수시로 사당 정비와 선대 묘소 관리에 신경을 쓰게 된다. 몇 차례 죽음의 순간을 비껴 오고, 지금까지 비교적 건강하게 살아 있음이 모두 조상의 덕이 아닌가 새삼스레 생각되는 새벽이다.

장마의 천둥 번개가 치는 새벽, 발의 통증은 조금 잠잠한데 여명은 아직 멀었나 보다.

장모님의 소천

　어제 오후에 장모님이 하늘나라로 떠나셨다. 1928년생이니, 96년을 사신 셈이다. 처가 친척 중에서도 가장 오래 사셨고, 비교적 장수한다는 우리 집안에 비교해도 최장수 하신 셈이다. 크게 아픈 곳 없이 약간 거동만 불편하셨을 뿐, 돌아가시는 순간까지도 혼자 화장실에 가셨다가 쓰러지셔서 영면하셨으니, 한편으로는 축복받은 일생이 아니었을까 생각된다. 다만 한 가지 아쉬운 것은 집에서 가족과 함께 오손도손 사셨으면 더할 나위 없겠지만, 최근 몇 년 동안 요양원에서 지내시다가 돌아가신 것이 마음 아프다.

　장모님이 요양원에 가시게 된 연유는 당신의 지나친 적극성 때문이 아니었을까 하고 짐작해 본다. 부모를 모시는 데 아들딸 구분이 어디 있으랴. 모시고 싶은 자식이 봉양하고, 능력 있는 자손이 함께 사는 것이 당연하거늘 장모님은 솔직히 당신의 큰 며느리와 살아도 불편하고, 하나뿐인 딸하고 살아도 불만이 크셨다. 환갑 넘은 자식들의 살림에 늘 훈수하려고 하시니, 어느 누가 환영하고 좋아하겠는가. 나이 들면 봐도 못 본 척, 들어도 못 들은 척하고, 오로지 열어 둘 것은 입이 아니라 지갑이어야 늘그막 신세가 편하다는 말이 있다. 그럼에도 불구하고 건강하신 장모님은 지갑을 잘 여시는 것뿐만 아니라, 며느리네 냉장고 문도 잘 여시고 딸네 집에 오시면 딸의 냉장고도 잘 여시어 이리저리 코치하시니, 이래저래 서로 불편할 뿐이었다.

기실 장모님이 아들딸네 부엌 살림살이에 관여하시는 것은 당신이 요리를 잘하시는 탓이기도 하다. 조용히 계시는 성격이 아니다 보니, 늘 자식들에게 줄 요리를 만드셨다. 평소 생선이나 채소를 이용해 밑반찬을 만드시는 것은 물론, 명절이면 당신 손으로 약밥이며 감주 부침개 떡 등을 만드시느라 분주하셨으니, 냉장고 안의 재료와 부식을 거침없이 찾아서 요리를 만드시곤 했다.

어디 그뿐이라. 텃밭이 있는 딸네 집에 오시면, 아침저녁은 물론 햇살이 따가운 한낮에도 텃밭에 앉아서 채마를 가꾸시고, 뒷마당 잔디밭의 잡초를 일망타진해야 직성이 풀리시는 터였다. 이렇게 부지런하시니 아내가 뿌려놓은 꽃씨의 새싹도 잡초로 오인하여 알뜰하게 뽑아버리시니, 딸하고 충돌하는 것도 다반사였다.

이래저래 며느리와 딸하고 부딪히다 보니, 결국에는 자식들과 마찰 없이 거리를 두고 생활할 수 있는 요양원으로 거처를 옮기시게 된 것이다. 요양원은 큰아들이 집 가까운 곳으로 하여, 수시로 면회할 수 있는 곳이었다. 이곳에 계시면서도 일주일에 한 번은 꼭 외출하셨다. 아흔을 넘기셨으니 여기저기 건강이 안 좋아지는 것은 당연지사이건만, 당신이 눈이 아프다고 하시어 매주 안과 진료를 받으러 외출하셨다. 물론 칠순의 큰아들이 모시고 다녀오는 당신의 나들잇길이다. 참으로 착하고 효도하는 아들을 두었기에 망정이지, 요즘 세태에 이렇게 같이 늙어가는 아들을 앞세우는 행복도 그리 흔치 않았을 듯싶다.

딸은 엄마와 불편한 감정을 삭이느라 두어 해를 건너뛰더니, 지난봄에 드디어 엄마 면회를 다녀왔다. 딸이 전화해도 면박을 주던 장모님이 봄눈 녹듯이 마음을 가라앉히고 딸의 손을 잡아주신 그때, '아, 이제 돌아가실 때가 되어서 마음이 변하신 게 아닌가?' 하는 불안한 마음이 살짝 들었다. 그래서 사위도 하루빨리 장모님을 찾아뵈어야지 하는 생각이 들었지만, 공적인 업무와 농사가 바쁘다 보니 차일피일 미뤄졌다. 그러다가 지난주 토요일에 아내에게 엄마 면회를 가자고 했다. 아내도 오케이 했다. 그런데 문제는 면회와 점심 식사라도 같이 해야 할 큰 처남이 하필 일이 바빠서 시간을 내기가 어렵다고 했다. 그래서 다음으로 미룬 장모님과의 만남은 이제 장모님이 갑자기 떠나시니 영원히 만날 수 없는 부도수표가 되어 버렸다.

'있을 때 잘하라'라고 했건만, 그 간단한 진리를 실천하지 못한 못난 사위가 되고 말았다. 부디 하늘나라에서 먼저 가신 장인어른 만나서 더 행복하게 사시길 기원하는 마음뿐이다.

공교롭게도 장모님 상 중에 카톡으로 받은 시 한 편이 더 가슴 뭉클하게 해서 적어본다.

내 무덤에 서서 울지 마세요
나 거기 잠들어 있지 않아요
난 천 개의 바람으로 불고 있어요

눈밭 위에서 다이아몬드처럼 반짝이기도 하고
익은 곡식 위에 햇빛으로 내리기도 하고
부드러운 가을비로 내리기도 해요

아침에 서둘러 당신이 깨어날 때
난 당신 곁에 조용히 재빨리 다가와서
당신 주위를 맴돌 거에요

밤하늘에 부드럽게 빛나는 별이 나에요

내 무덤 앞에 서서 울지 말아요

나 거기 있지 않아요
나 죽지 않았거든요.

-시 <千個의 바람> 전문

앵두 아가씨, 우리 어머니

강현정*

....

친정어머니와 앵두를 따러 갔다. 예전에 사두었던 산으로, 어머니와 단둘이. 앵두와 블루베리를 딴다는 생각에 들뜬 건지, 어머니는 소풍 가는 어린아이 같았다. 산에서 지내는 시간은 아무 생각 없이 흙을 밟고 열매를 따는 자체만으로 위로가 되었다. 어머니의 마음도 그런 것일까. 어머니는 앵두를 좋아하셨다. 하도 좋아하셔서 내가 '앵두 아가씨'라는 별명을 붙여주었다. 또 1956년 히트곡 '앵두나무 처녀'를 찾아 듣기도 했다. 노래는 경쾌했다. 가사의 내용과 달리.

몸이 약했던 어머니는 결혼 후 첫아기를 유산했다. 친정에서 몸조리 했지만, 눈치 보여 남편을 찾아 시댁으로 떠났다. 외할아버지와 외할 머니가 몸조리도 제대로 못 한 어머니가 걱정되어 찾아오셨을 때, 서울 옆 성남의 쓰러져 가는 판자촌에서, 시댁 식구들과 함께 살림을 차리고 살고 있었다. 외할아버지와 할머니는 겨우 어머니의 얼굴만 보고 내려가셨다. 어머니는 하룻밤도 묵지 못하고 되짚어 떠난 친정 부모

* 〈그린에세이〉로 등단. 32회 성남사랑 글짓기 대회 일반부 장원, 별뜰문학회 회원, 성남수정도서관 작가양성독서회, 참교육을위한전국학부모회 성남지회 회원

생각에 펑펑 울었고, 부모 생각하며 이 악물고 돈을 벌었단다. 가난하게 사는 모습 보이지 않겠다며.

이제 어머니는 일흔 살이 넘었다. 평생 해오던 가게를 요즘에 그만두었다. 그곳이 재개발되는 이유가 있었지만, 그보다 남은 노년을 위해서였다. 어머니는 요양보호사 자격증을 땄다. 한평생 취미생활을 모르고 살았는데, 문화센터에 다니고 요양보호사 일을 하며 여유롭게 살거란 기대에 부풀었다. 그러던 중에 아버지가 갑자기 위암 진단을 받았다. 어머니는 아버지를 간호하느라 몸과 마음이 쇠약해졌다.

어머니는 산에 도착하자마자 재빨리 산길로 올랐다. 흙을 밟으니 마음이 가벼워 보였다. 작년에 어머니가 옮겨 심은 노란 금계국이 활짝 피어 우리를 반겼다. 어머니도 금계국처럼 활짝 웃었다. 짐을 풀고 바로 앵두나무가 있는 곳으로 갔다. 주렁주렁 달린 빨간 앵두를 보며 어머니는 감탄사를 연발했다. 유난히 꽃과 나무를 좋아하는 어머니. 앵두가 얼마나 주렁주렁 열렸던지 가지가 축축 늘어졌다.

올해 앵두는 유난히 컸다. 비가 많이 안 오고 햇볕이 강해서인지, 가지가 휘어질 만큼 풍년이었다. 한 알 따서 입에 넣으니 새콤달콤한 맛이 마음을 녹였다. 이게 바로 산에 오는 맛이지. 잊고 지냈다, 산이 주는 사랑을. 어머니는 콧노래를 흥얼거렸다. 하나씩 따는 내게 가지 아래 그릇을 받치고 훅 훑으라고 가르쳐주었다. 따다가 지친 어머니는 먹을 만큼 한 통씩 담아 가자며 블루베리 나무로 옮겨 갔다. 올해 비료도 주지 않았는데 블루베리도 싱그러웠다.

블루베리는 어머니를 닮았다. 자식이 사랑을 주지 않아도 바닥까지 끌어 올려 퍼주는 어머니 마음처럼, 야생에서 해마다 열매를 맺는 블루베리. 뜨거운 햇살 속에서 푸른빛을 띠지만 집에 가면 금세 빛을 잃는 블루베리는 자신보다 가족을 위해 사는 어머니 같았다. 결혼 전 가냘픈 몸매에 긴 생머리를 푼 어머니의 처녀 시절 사진을 본 적이 있다. 믿기지 않을 만큼 매력적이었다. 결혼하고, 자식을 낳고, 대가족 거느느라 얼마나 힘들었을까.

반평생 가게를 운영하며 자존심 버리고 산 어머니에게 꿈이 있었다. 하지만 자식을 위해 손에 물 마른 적이 없는 어머니에게 꿈은 한낱 꿈이었고, 사치였으리. 단지 자식이 잘되기를 바랄 뿐. 꿈을 꿈으로 안고만 있는 어머니를 생각하면 가슴이 저릿저릿 한다. 어느 어머니인들 자식을 위해 살지 않으랴마는, 꿈보다 자식을 위해 희생하는 모습이 못내 안타깝다.

익은 블루베리를 다 땄다. 다음 주에 또 오자며 가자고 하니 '벌써' 하며 아쉬워했다. 정자에 앉아 어머니가 새벽부터 싼 유부초밥과 수박을 먹었다. 산바람이 시원하게 불었다. 눈 앞에 펼쳐진 풍경에 취해 '좋다'는 말을 반복하며 식사했다. 숲에 안긴 듯 편안해 보였다. 아버지만 챙기느라 몸이 약해진 어머니가 더욱 안타까웠다. 며칠 전엔 엄마도 좀 생각하라고 했지만, 성격상 쉽지 않은 일일 것이다. 어머니를 위로하기 위해, 내가 쓴 〈하루만 엄마가 내 딸이 된다면〉이란 글을 낭독해 드렸다. 글을 읽는데 목이 메었다. 숨을 고르며 천천히 읽어 내려갔고 어머니도 눈시울이 붉어졌다. 힘들 때마다 나를 잡아준, 어떻게든 어머니의 꿈을 되찾아 주고 싶었나 보다.

집에 갈 때, 어머니는 앵두가 주렁주렁 달린 앵두나무 가지를 꺾어 갔다. 사랑 고백을 앞둔 처녀처럼 앵두나무 가지를 한 아름 안고 웃었다. 집에 들어서자 아버지가 제일 먼저 앵두나무를 반겼다. 아이처럼 탄성을 외치며. 어머니는 앵두나무 가지를 아버지가 잘 보이는 베란다 가운데 심었다. 아버지를 향한 어머니의 마음은 일편단심이다. 빨갛게 무르익은 앵두가 어머니 마음 같았다. 앵두처럼 어머니의 꿈도 익어갔으면 좋겠다.

여유당에서

아들의 조리기능사 필기시험이 있는 날이다. 남편과 함께 휴가를 냈다. 아들을 태우고 시험장을 향해 일찍 서둘렀다. 아들은 차 안에서 오답 노트를 보며 긴장을 늦추지 않았다. 나도 약간 긴장되긴 했으나 예감이 좋았다. 길이 약간 막혔다. 그래도 여유 있게 도착했다.

고등학교 1학년 2학기부터 아들은 한식 조리기능사 필기시험에 도전했다. 다섯 번째 떨어진 아들은, 이 길이 자기 길 아닌 것 같다며 포기하겠다고 했었다.

"아빠도 한식 조리기능사 시험 볼게."

갑작스러운 남편의 말에 나와 아들은 깜짝 놀랐다. 그즈음 남편은 쉰 살을 앞두고 지금 하는 일을 계속할 수 있을지, 다른 새로운 일을 시작해야 할지, 고민이 많았다. 아들의 좌절이 남편의 도전으로 이어진 것이다. 남편이 남달라 보였다.

그 후 우리 가족의 일상이 바뀌었다. 퇴근 후 아들과 도서관으로 향할 때, 편의점에 들러 캔 커피를 샀다. 그건 공부를 시작하겠다는 신호다. 대단한 각오를 한 듯, 칼을 갈 듯, 캔 커피를 샀다. 나도 물론 함께 도서관에서 공부했다. 우리 가족이 각자의 목표를 두고 노력하는 시간, 가족의 결속력을 다지고 성장을 꿈꾸는 시간이었다. 남편과 아들은 시험 준비를, 나는 독서하고 글을 썼다.

그렇게 공부한 결과, 아들은 자기가 목표한 점수를 기말고사에서 이루어냈다. 내친김에 곧 있을 양식 조리기능사 시험을 보겠다며 계속 매진했다. 남편도 한식 조리기능사 필기시험에 붙었고 이어서 양식과 중식 조리기능사에도 합격했다. 남편의 연이은 합격에 아들은 자극받았던 것일까. 한식과 양식, 중식과 일식 필기시험을 하루에 다 보겠단다. 그리고 방학식 다음 날 볼 수 있는 장소에 원서 접수를 했던 것이다.

아들을 시험장에 데려다준 후, 우리 부부는 미사경정공원으로 향했다. 그런데 길을 잘못 들어 팔당으로 가게 되었다. 처음에는 계획한 대로 되지 않아 난감했지만 다산 정약용 유적지라는 푯말을 보고 가슴이 뛰었다. 정약용 선생을 만나러 간다고 생각하니 설레었다. 집에서 다산 유적지가 있는 남양주, 멀지 않은 거리였다. 남한강과 북한강이 만나는 양수리가 멀리 보였다. 강물은 유유히 흐르고, 아들의 시험 걱정은 슬며시 사라지고 있었다. 산자락과 어우러진 강, 유적지로 향하는 길의 풍광은 평온하고 아름다웠다.

정약용 유적지 입구에는 돌탑이 세워져 있었다. 정약용 선생이 저술한 500여 권의 책을 기리는 탑은 실학사상의 정신이 그대로 실린 듯했다. 문학관과 거중기 사이 길에 어록이 새겨진 푯말의 한 문장 한 문장을 새기며 걸었다. 그렇게 따라간 곳에 여유당이 있었다. 여유당 마당의 무성한 아름드리 느티나무가 우리를 반겼다. 여유당은 정갈하고 아담했다, 나를 살포시 안아주는 듯. 남편과 팔짱을 끼고 뒤뜰로 갔다. 다산 선생이 시원한 물 한 잔을 건넬 것 같은 우물이 거기 있었다.

나는 나의 약점을 얼마나 알고 있을까. 가장 가까운 곳에서 나를 지켜보는 남편은 분명 내 약점을 알고 있을 것이다. 자존심과 부끄러움 때문에 약점을 숨길수록 마음과 달리 말과 행동은 뾰족한 화살이 되어 남편의 가슴에 꽂혔으리라. 〈여유당기〉에 기록된 한 구절씩을 곱씹으며 읽다 보니, 남편의 너그러운 마음이 전해졌다. 남편을 오해하고 불신하던 마음은 오롯이 나만의 잣대로 그려진 것이고, 진실이 아닐 수 있다는 사실을 말이다.

남편은 정약용 선생 묘소에 가자며 산길을 가리켰다. 계단으로 된 약간 오르막길이었다. 선생의 묘소 앞에 펼쳐진 소나무 전경, 시원한 바람, 저만큼 보이는 나루터, 고요한 강물. 마음이 평온해졌다. 나무 그늘에 앉아 잠시 쉬었다. 더할 수 없이 마음이 한가로웠다. 아들이 시험 중이라는 것도 잊을 정도로 살면서 가끔 찾아오는 심신이 비워지는 느낌이랄까. 무념.

그때 아들에게서 전화가 왔다. 첫 시험인 한식 조리기능사 필기에 합격했단다. 가슴이 뜨거워졌다. 하고 싶은 요리를 위해 취득해야 하는 자격증인데, 쉽게 되지 않아 얼마나 마음고생했는지 잘 알기에. 푸른 하늘과 지나가는 바람에도 고마운 마음이 들었다. 정약용 선생을 뵈었기에 그 기운으로 합격한 것 같기도 했다. 뜬금없지만. 그만큼 아들의 합격 소식이 기뻤다. 마음을 비우고 나니 기쁨으로 채워지는 것 같았다.

시원한 계절에 다시 한번 더 와서 미처 보지 못한 곳까지 보기로 하고, 근처 카페에서 차를 마셨다. 마재, 다산이 태어나고 생을 마감한 이 마을. 〈여유당 상량문 속 숨은 이야기〉를 읽다 울컥했다. 선생도 급제하기 전까지 총 네 번의 시험을 보았단다. 이에 정조가 시험을 본 횟수를 물었을 때, 선생은 네 번이나 급제하지 못하였던 것을 민망하게 여겼다는 구절이었다. 그 부분을 읽는데 아들이 떠올랐다.

처음부터 시험에 합격하는 것도 좋지만 그렇지 않다고 해서 실망할 필요는 없다. 더 노력하면 된다. 욕심을 앞세우지 말고 최선을 다하면 무엇이든 할 수 있다. 조선 시대 말기의 천재로 일컬어지는 다산 선생도 네 번이나 시험에 떨어졌는데, 보통 사람인 우리야 말해 무엇 하랴. 중요한 것은 끝까지 도전하느냐, 도중에 그만두느냐, 그게 관건이다. 여유당에서 만난 다산 선생이 내게 준 깨달음이다.

길을 잘못 들어 여유당으로 들어서고 그곳에서 깨달음을 얻듯, 우리가 때론 어긋난 길을 가게 될지라도 실망할 필요 없다. 몇 번이나 과거 시험에 도전했던 다산 선생처럼, 멈추지 않고 목표를 향해 노력하는 자세가 필요할 뿐이다. 그것이 우리를 성장하게 하는 원동력이 될 것이므로. 머지않은 날 아들과 함께 다시 여유당을 찾아 다산의 정신을 되새기고 싶다.

[그린에세이 신인공모 당선작 59호(2023)]

만약 내가 너라면

　식당에 도착했다. 아버지 발걸음이 가벼웠다. 오랜만에 가족과 나들이 나와 들뜬 마음이 멋스러운 베레모와 색깔 맞춘 셔츠에서 전해졌다. 예약이 늦어 원하던 계곡 옆 원두막은 아니었지만, 인원이 많아 한적한 곳으로 안내받았다. 어머니는 백숙보다 음식을 골고루 시켜보자고 했다. 외국인 청년은 메모 없이 주문받았다.

　아침을 거른 탓인지 물 한 모금에 허기가 올라왔다. 음식이 다 나오면 인증 사진을 찍으려 했는데, 먼저 찬이 나오고 코스요리처럼 하나씩 나왔다. 육전이 나오자 어머니는 식기 전에 먹자며 젓가락을 들었다. 갈비찜은 부드럽고 연했지만, 기름기가 많아 약간 느끼했다. 다음 요리를 기다리는데 보리굴비 두 접시가 나왔다. 그제야 주문서를 보았다. 주문이 잘못 들어가 있었다.

　급히 달려온 매니저가 주문서를 확인했다. 남편은 이미 먹었으니 이대로 먹겠단다. 나의 불편한 표정이 드러났는지 매니저는 재빠르게 갈비찜은 먹어서 할 수 없지만, 보리굴비 한 접시는 불고기 이 인분으로 바꿔주겠다며 가져갔다. 불고기가 나왔지만, 배가 부른지 기분이 상한 건지, 손이 가지 않았다. 남편은 동동주를 마시며 느끼한 속을 달랬다.

남편이 동동주 한 잔을 마시더니 아까 벌어진 상황에 대해 말했다. 나중에 아들이 일하며 겪을 수 있는 일이라고. 그 말에 외국인 청년 얼굴이 떠올랐다. 가족 모임 손님을 보고 고향에 있는 부모 생각났는지, 주문을 넣으러 가던 길에 다른 손님의 부름으로 우리 주문을 잠시 잊었을 수도 있는데 말이다. 식사를 마치고 계곡으로 향하는 발걸음이 무거웠다. 더운 날씨에 사람들은 계곡에 모여 삼삼오오 여유를 즐기고 있었다.

신발을 벗고 계곡물에 발 담그니 복잡했던 심경이 씻겨 내려갔다. 남한산성은 우리 가족의 추억이 깃든 곳이다. 계곡물이 찰 거 같아 발은 안 담그고 싶다는 아버지 말에 원두막을 예약 못 한 게 아쉬웠다. 빈 원두막이 있으면 잠시 앉을 수 있을지 두리번거리는데, 외국인 청년 두 명이 상을 치우고 있었다. 그들이 쓴 멋스러운 모자는 자기 일에 대한 자부심으로 보였다.

집으로 돌아온 우리는 거실에 앉거나 누웠다. 그때 텔레비전에서 '주문을 잘못 알아듣는 식당'이란 표제와 함께 신기한 장면이 나왔다. 치매 걸린 노인이 식당 일을 즐겁게 하는 것이 아닌가. 잘못 나온 음식인데 손님의 표정은 밝았다. 심지어 옆 테이블에서 잘못 나온 음식을 자기네가 주문한 것이라며 챙겼다. 누군가 한 실수가 불편한 게 아닌 즐거울 수 있다는 점이 믿기지 않았다. 음식이 제대로 나오면 되레 실망했다. 무슨 일인가 싶어 점점 빠져들었다. 이 식당의 창업주는 치매 판정을 받고 아무것도 할 수 없다며 포기하는 사람들에게 용기를 주고 싶었단다. 일자리 하나로 치매 노인은 소외되지 않고 사회적 관심 속에 웃음을 되찾았다. 이로 인해 치매 속도가 늦춰지고 있다고.

문득 외국인 청년이 떠올랐다. 청년은 왜 타국까지 온 것일까. 어린 나이에 그런 용기는 어디서 나온 것일까. 모든 게 처음이고 낯설지만 꿈을 이루는 과정일 테다. 아들도 자신이 하고픈 요리의 경험을 쌓고 싶다며 아르바이트했다. 일은 힘들지만 재미있단다. 가끔 억지 부리는 손님이 있어 당황스럽지만 받아들였다고 했다. 이런 곤란한 상황에 대응하다 보면 손님을 대하는 내공도 쌓이지 않을까. 작은 일부터 소중하게 배워가는 모습이 대견스럽다. 아들은 사회에 첫발 내딛으려 오늘도 한 걸음씩 나아가고 있다.

산업 실습생으로 출근한 지 일주일 되던 날, 아들은 들뜬 상태였다. 주방에서 국수 삶는 일을 배우고 있는데, 선임이 국수 한 그릇을 만들어 보라고 했단다. 자신이 만든 첫 국수를 선보였는데 점장이 누가 만든 거냐며 칭찬했다고. 그 작은 칭찬에 아들은 세상을 다 얻은 듯 보람차 보였다. 낯선 환경에서 새로운 일을 배우며 긴장되지만, 애정 어린 시선과 말 한마디가 큰 힘이 되나 보다. 자신을 믿어주니 요리 레시피도 수첩에 적어 출퇴근길에 보며 외운단다.

내 마음이 태도와 말로 어떻게 조리되는지 그 결과물을 볼 수 있다면 얼마나 좋을까. 상대의 마음 그릇에 담긴 기분을 소리로 들을 수 있다면 말과 행동을 하기 전, 한 번 더 생각하고 조심하게 될 것이다. 예상치 못한 일과 의도치 않은 상황 앞에서 난 유연하지 못하고 안절부절못했다. 나도 상대의 처지에 놓일 수 있는데 말이다. 작은 실수를 너그럽게 이해하고 배려하는 마음공부를 해야겠다. 일방적으로 단정 짓기 전, 1초만 생각해 보자. 만약 내가 너라면. 조금 실수하고, 느리고, 서툴면, 좀 어떤가.

어머니와의 마지막 약속

박은경*

어머니가 서초동 소재 요양병원에서 하남시에 있는 병원으로 옮기신 뒤로 어머니를 찾아뵙는 것이 더 어려워졌다. 상계동에 살면서 식당에서 일했기 때문에 거리도 멀었고 시간도 좀처럼 나지 않았다. 고단한 일에, 몸이 피곤하다는 이유도 한몫했다. 한 달에 한, 두 번 뵙는 것이 전부였다. 그날도 어머니를 뵈러 전철로 군자역까지 가서 버스를 타고 낯선 길을 하염없이 갔다. 적어도 내 느낌은 그랬다.

어머니를 뵐 때마다 반가우면서도 마음이 아팠다. 두 해를 병원 침대에 누워 계시는 어머니가 안타까웠다. 오랫동안 침대에 누워 계시면서 욕창이 생겨 괴로워하셨고, 들락날락하는 정신이 어머니를 더 힘들게 했을 것이다. 피부병으로 고생하시는 어머니를 위해 내가 할 수 있는 일은 물티슈로 닦아드리고 오일을 발라 드리는 것이 전부였다. 어머니의 피부병을 고치기 위해서는 서울에 있는 큰 병원으로 옮기고 치료하는 것이었지만 언니들과 오빠들은 어머니를 모시고 가는 것은 불

---

* 〈그린에세이〉로 등단(2023), '물의 색' 전시회(2023), '나의 모든 순간' 전시회(2024), '암호화된 사람들' 전시회(2024), 〈Dreams Come True〉 박은경 개인전(2025)

가능하다는 판단이었다.

　어머니와 이야기를 나누다 보니 어느새 저녁때가 되었다. 나는 집에 갈 일이 걱정되었는데 병원이 외진 곳에 있어서 먼 시골 같은 느낌이었기 때문이다. 어머니께 그만 가보겠다고 하니, 그날따라 어머니는 가지 말라고 떼를 쓰셨다. 집에 갈 걱정이 가득했던 나는 곧 다시 오겠다고 몇 번이고 약속하고는 겨우 자리를 뜰 수 있었다. 나를 붙잡는 어머니를 뒤로하고 병원을 나서는 나 자신이 야속하게 느껴졌다.

　그렇게 몇 주가 흘렀다. 피곤하다는 핑계로 어머니께 찾아뵙질 못하고 있었다. 그런데, 갑자기 '코로나19'라는 전염병이 확산하기 시작했다. 병원에서 더는 면회를 허용하지 않았다. 그래도 나는 곧 어머니를 뵐 수 있을 거로 생각했다. 하지만 '코로나19'가 시작되고 얼마 지나지 않아 어머니가 위독하시다는 연락을 받았다. 급히 갔지만 어머니의 임종을 지키지 못했다. 장례식도 없이 이틀 만에 어머니를 화장터로 모셔야 했다.

　며칠 전 어머니의 기일을 맞아 조카 내외와 조카의 손주와 함께 부모님이 계신 이천호국원에 다녀왔다. 2월 말, 날씨는 제법 추웠지만 봄이 오고 있음을 느끼게 해주는 화창한 날씨였다. 한동안 나는 어머니와의 약속을 지키지 못한 것과 병간호를 주도적으로 하지 못했다는 생각에 괴로웠다. 직장을 그만두고 어머니를 돌보았더라면 하는 생각도 들었다. 하지만 시간이 지날수록 그때의 부족한 나를 점차 받아들이게 되었다. 후회와 부끄러움보다 어머니와의 좋은 추억과 감정의 자리가 커짐을 느꼈다. 과거의 나와 화해하고 앞으로는 주어진 시간에 충분한 사랑을 할 것을 다짐해 본다.

소망이 희망이 되는 과정

이번 주 월요일 글쓰기 시간 주제로 '절망과 희망'이 나왔다. 한 시간 동안 내가 요즘 얼마나 바쁜지에 대한 글 몇 줄만 쓸 수 있었다. 피곤하기도 했지만, 그보다 희망을 가져 본 적이 거의 없기 때문이다. 절망했을 때 나는 '소망 목록'을 적는다. 하지만 그것이 곧 희망을 이야기하는 것은 아니다. 이루어질 수 있다고 생각하지만, 희망적이라고 생각하지 않는다.

아무래도 나는 희망이라는 단어에 알레르기가 있는 것 같다. 희망이라는 단어는 발랄한 느낌을 준다. '희망한다' '희망을 품다' '희망을 가지다', 역시 낯간지럽다. 아마도 희망이란 단어를 사용하기에는 내가 너무 회의적인가 보다.

내가 절망했을 때 나는 '소망노트'를 작성한다. 소망을 10가지 정도 쓰고 반드시 이루어질 것을 믿는다. 소망 노트에서 이루어졌던 소망이 많은 것이 그 이유다. 내가 빚이 많았을 때 빚이 없어졌으면, 살이 쪘을 때 살이 빠졌으면, 작업장이 없었을 때 작업장이 있었으면 좋겠다고 소망 노트에 적었다. 작업장에 관해서는 심지어 그림까지 그렸다. 그림에는 작업대가 아주 크고 길게 놓여 있고 나는 진지하게 작업을 하고 있었다. 옆에는 강아지 두 마리가 함께 있었다. 작업 공간에는 충분한 책장 같은 공간이 놓여 있어 작업한 작품을 수납할 수 있었다. 도예와 그림을 모두 하고 있는 그림이었다.

바로 지금 내가 그렇게 작업하고 있다는 것은 '소망 노트'가 유용하다는 사실을 확실히 보여준다. 책상 5개를 작업대로 쓰고 있고 수납공간도 충분하다. 집은 작업장으로 쓰기에 적합한 크기이다. 그 당시는 어떤 작업도 불가능했다. 왜냐하면 불가능하다고 생각했기 때문이다. 지금은 도자기 작업을 하고 있지 않다. 여건도 여건이지만 도자기로 확실히 의미 있거나 제대로 된 작품을 만들어 내지 못할 바에야 천년, 만년 썩지 않는 쓰레기를 만들어 내지 않겠다는 생각 때문이다. 그래서 요즘은 지점토로 작업을 한다. 지점토는 쉽게 폐기할 수 있으므로 영원한 쓰레기는 면할 수 있다. 과거에 내가 지점토로 작업할 생각을 했다면, 나는 바로 행복해졌을 것이다. 그 순간에 절망은 사라졌을 것이다.

오랜 시간이 흐른 후, 나는 할 수 있었다. 성공의 기준점을 바꿨기 때문이다. 작업은 경제적인 뒷받침해야 하는 것이 아니고 마음을 열었을 때 가능한 것이었다. '소망 노트'는 그것을 가능하게 해 주었다. '소망 노트'의 소망이 이루어질수록 나는 더 행복해졌다. 원하던 회화 작업하고 있는 이 시간이 너무나 소중하다. '소망 노트'를 작성한 이래 나는 많은 행복을 맛보았다. 간절히 무엇을 바란다는 것은 소중한 일이며 이루어졌을 때의 그 성취감은 이루 말할 수 없이 기쁜 일이다. 예를 들면 30킬로의 지방들이 사라지고 충분한 미술 재료를 구비 할 수 있고 내 작품이 팔리는 일, 전시회를 많이 하는 일 등이다. '소망 노트'는 내 인생의 구심점이다.

만약 '희망 노트'라고 적으면 어떨까? 좀 덜 절실해 보여서 안 되겠다. 역시 나는 희망이라는 말에 부정적 감정이 있는 것이 분명하다. 겨울에 앙상한 나뭇가지를 보면서 새싹이 돋아나길 바라는 희망을 갖는 것은 그것이 반드시 이루어지리라 인지하고 있기 때문이 아닐까? 어떤 사람이 병에 걸렸을 때 의사가 '희망적입니다.'라고 말한다면 그것을 뒷받침할 만한 데이터가 있을 때 하는 말이다. '소망적입니다.'라고 말하지 않는다. 아무래도 나는 나의 능력을 믿지 못하나 보다. 자존감이 낮은 까닭인지도 모른다.

절망, 소망, 희망. 이들의 상관관계. 그렇지만 나는 희망적이다. 왜냐하면 지금 작가로서의 나의 꿈을 이루고 있고 미술 강사로서의 경력도 쌓아가고 있다. 더불어 수필가, 활동가의 꿈도 이루고 있다. 지금은 소망도 희망도 가질 때이다. 하지만 절망 속에서 희망을 볼 수 있다면 그것은 분명 축복일 것이다. 생각의 전환은 희망을 가질 때 더 적극적으로 이루어질 수 있다.

'생각은 행동을 만들고 행동은 습관을 만들고 습관은 인생을 만든다.'라는 말이 있다. 전적으로 공감하는 바이다. 희망은 용기를 만들고 용기는 도전을 만들고 도전은 기회를 만들며 기회는 성공의 초석이 된다. 앞으로는 희망을 품고 살아가야겠다. 혁신적인 변화가 이루어지도록 말이다. '지금은 남루한 생활을 하고 있지만, 나는 충분한 여유를 느낄 수 있을 것이다'라고.

아찔했던 나의 첫 해외여행

대학 2학년일 때 친분이 두터운 1학년 후배가 있었는데 나와 이름이 같은 '은경'이어서 더 친하게 된 것 같다. 그 후배와 함께 일본 여행을 계획하였다. 마침 도쿄에서 유학하는 중인 그녀의 사촌 언니 자취방에서 신세를 지기로 했다. 영어를 잘하는 후배를 믿고 아무 준비 없이 대담하게 자유여행을 선택했다.

특별한 계획 없이 떠난 여행은 처음부터 틀어지기 시작했다. 우리가 막상 일본에 도착했는데 그녀의 사촌 언니가 나의 방문을 거부했고 나는 민박을 해야 했다. 일본어와 영어가 안 되는 나는 후배가 주선하는 숙소로 갈 수밖에 없었다. 독방은 없었고 어떤 한국인과 함께 방을 써야 하는 상황이었다. 방 한쪽 벽에 "어서 돈을 벌어 한국으로 돌아가자!"라는 손 글씨가 쓰여 있었는데, 그것은 당황한 나를 더욱 놀라게 했다.

낯선 나라, 낯선 동네, 낯선 집, 낯선 방에서 나는 텔레비전만 바라볼 수밖에 없었다. 그때 우리나라는 '서태지와 아이들' '김현철' '김동률' 등의 노래가 유행하고 있었는데 일본 가수들은 단체로 나와서 군무를 추며 노래를 불렀다. 그 당시 일본 문화는 우리나라보다 10년은 앞서 있었으니 이미 아이돌이 등장했다. 나는 신나는 음률을 들으며 울고 싶어졌다.

밤이 되자 더욱 무서웠다. 큰언니에게 전화했다. 의심이 많고 조심스러운 큰언니는 일본에는 북한 사람도 많다며 상황이 그렇게 됐으면 빨리 한국으로 다시 돌아오라고 재촉했다. 큰언니와 아주 길게 통화를 했고 제대로 잠도 이루지 못한 채 불안한 밤을 보냈다.

그다음 날, 그 후배와 연락도 취하지 않고 무조건 공항으로 나갔다. 항공권을 사는 일이 쉽지 않았다. 한국말을 하는 직원이라며 전화로 통역해 줬지만 알아들을 수 없었다. 장시간의 시도 끝에 겨우 티켓을 구해서 한국으로 돌아올 수 있었다. 한국 땅에 도착하자 땅에 키스라도 하고 싶은 심정이었다.

가슴에 붙어있던 '국제 미아' 스티커는 정신을 차리고 나서야 뗄 수 있었다. 이 일이 있고 달라진 점이 있다면 영어를 대하는 나의 태도였다. 비록 바로 영어 공부를 열심히 하지는 않았지만, 영어만은 익히리라 맘먹게 되었다. 그리고 30살 즈음부터 영어 공부를 하기 시작했다.

나의 첫 해외여행은 악몽이었지만 지나고 나니 재미있는 추억이 되었다. 만약 앞으로 해외여행을 하게 된다면 준비를 많이 하고 자유여행을 떠나거나 여행사를 통해서 가고 싶다. 잠시 놓았던 영어 공부도 다시 시작해야겠다는 생각이 든다.

폭 안아본다

김현성*

벚꽃이 봄바람에 흩날리던 날, 치매 초기인 어머니 진료 때문에 서북 시립병원에 갔다. 이 근처에 고등학생 시절 한때 얹혀살던 친구네 빌라가 있었는데, 이제는 아파트가 들어서 있다. 기억을 더듬어도 어디가 어딘지 알 수 없다. 변하는 것이 어찌 세상뿐이랴. 그즈음 한창이었던 어머니가 치매를 앓는 노인이 되었고, 고등학생 소녀였던 나도 중년이 되었다.

고등학교 2학년 겨울이었던가, 갑자기 가세가 기울었다. 아버지가 상품을 많이 사놓아 시세 차익을 남기려고 했는데 물건 상태가 좋지 않아 큰 손실을 보았는지, 아니면 불황으로 가게를 접었는지 자세한 것은 모르겠다. 우리 집에 어려움이 닥친 건 사실이었다. 아버지가 운영하던 공장을 갑작스럽게 문을 닫았고 쫓겨나듯 그곳을 떠나야 했다.

가족은 의정부로, 고시원으로 뿔뿔이 흩어졌고, 나는 무슨 이유에선지 그곳에 남아 서북 시립병원 근처 친구네 집에서 살았다. 그때 나는 부모님의 심정을 헤아리려 하지 않고 그저 남의 집에 얹혀사는 것이

---

* 〈그린에세이〉로 등단, 그린에세이작가회, 별뜰문학회 회원

싫기만 했다. 친구 부모님은 눈치를 주지 않았고 잘 대해 주었다. 그래도 나는 불편해서 견딜 수 없었고 남의 집이니 눈치가 보였다. 감정 기복이 심하고 예민했던 사춘기여서일까, 날마다 부모님을 못 보니 속 상하고 내 처지가 우울했다.

한 달에 한 번 부모님이 계신 의정부에 다녀오곤 했다. 어머니는 늘 같은 자세로 곱창을 손질하고 있었는데 "엄마!"하고 들어서는 나를 깜짝 반겨주곤 했다. 부모님은 방이 딸린 곱창 가게를 월세로 얻어서 두 오빠와 살고 있었다.

나는 철없는 아이였다. 손을 잡는 어머니의 물기 묻은 부르튼 손, 딸을 바라보는 안쓰러운 듯 슬픈 표정 등 다 싫었다. 어느 땐 나를 만지는 엄마의 손길이 싫어 슬며시 피하기도 했다. 한 대야 가득 쌓인 곱창의 기름을 떼어내고, 몇 번이고 반복해 깨끗이 헹구느라 허리 펼 날이 없었다. 지금 그때로 돌아간다면 어머니 손을 꼭 쥐며 안아드릴 텐데. "밥 먹어야지, 조금만 기다려." 하며 바삐 가게 안으로 들어가던 어머니의 뒷모습이 아직도 눈에 선하다.

쪼그리고 앉아서 곱창을 손질하던 어머니, 삭신이 쑤시면 이따금 긴 한숨만 토해낼 뿐, 손이 얼고 앞치마가 다 젖도록 그 일을 멈추지 않았다. 곱창 손질이 얼마나 힘들고 번거로운 일인지 안 것은, 내가 어른이 된 한참 후였다. 그땐 어머니가 구워주는 곱창을 냠냠 맛있게 먹을 줄만 알았다. 곱이 가득 찬 걸 참기름에 콕 찍어 씹으면 고소함이 입안 가득 퍼지곤 했다.

하룻밤 자고 친구네 집으로 다시 돌아갈 때면 어머니는 주머니에 용돈을 넣어주었다. 가기 싫다고 말하고 싶었지만, 입 밖으로는 내지 못

했다. 문을 열고 나오려면 그 말을 하고 싶어 항상 머뭇거렸다. "늦는다, 어서 가."라는 어머니 말에 터덜터덜 버스정류장으로 향했다. 뒤돌아보지 않았다. 마음이 무너질 것 같아서. 돌아갈 때는 여러 생각으로 우울했다.

'언제까지 이렇게 살아야 할까. 왜 이런 슬픈 삶을 살게 하는 걸까?' 부모님을 원망하며, 묻고 또 물으며 친구네 집으로 갔다.

나중에 알게 되었다. 그렇듯 힘든 시절이 나의 원동력이 되었다는 걸. 그렇게 나는 성숙해졌고, 힘든 일에도 버티고 인내하며 다시 일어서는 힘을 길렀다는 걸. 세상을 살다 보면 내리막이 있다. 내리막의 끝이 보일 즈음 다시 오르막으로 이어진다. 내리막의 끝에서 얻는 감정을 극복하고 나면 조금 더 자란 자신을 발견하게 된다. 올라갈 때 자만하지 않고, 내려갈 때 용기를 잃지 않고 살다 보면 어느새 한층 성숙한 자신을 발견하게 되지 않을까.

나의 처지에서도 원망하고 아파하고 불행하다고 생각했던 그 시절을 잘 견뎌냈기에, 가난을 알고 다른 이의 어려운 처지도 헤아리게 되었고, 그것을 극복하는 힘도 생겼던 듯하다. 이제 그런 경험이 모두 소중하다.

고교 시절을 그렇게 보낸 후 나는 대학교에 입학했고, 월세지만 단독 주택에서 가족과 함께 살게 되었다. 아버지가 새롭게 사업을 시작하였고 몇 년 후 재기에 성공해 살던 동네로 돌아와 집을 샀다. 온 가족이 모여 살게 되었을 때의 기쁨과 안온함을 어떻게 말해야 할까. 어머니 얼굴에도 웃음꽃이 피었고, 힘든 시간을 보낸 가족은 더 돈독해졌다. 힘들고 지난했던 시간이 우리 가족을 그렇게 만들어 주었다.

서북 시립병원에서 친구와 함께 살던 곳을 어림짐작으로 바라보았다. 늙고 허약해진 어머니의 손을 잡고 그 길을 다시 걸었다. "엄마, 제가 친구 집에 살았을 때 있잖아요. 여기 근처예요." 어머니는 지워지는 기억 속에서도 그때만은 잊을 수 없나 보다. 참 힘든 시절이었다고, 미안하다고, 물기 서린 목소리로 이야기한다. 나도 애써 눈물을 참는다. 물에 불어 벌겋게 부풀었던 어머니의 손이 겹쳐 보인다.

하늘하늘 떨어지는 벚꽃 사이로 내리는 햇살은 따사롭다. 걸음을 멈추고 어머니 옷을 여며주며 얼굴을 쳐다보았다. 젊고 고왔던 얼굴엔 깊은 주름이 뒤덮었고, 머리는 희끗희끗하다. 키는 더 작아진 듯하다. 더 늦기 전에 얼른 가라고 내 등을 떠밀던 그때의 어머니가 아니다. 기억마저 잃어 아이가 되어가고 있다. 저 봄바람이 기억을 모두 쓸어간 걸까. 여민 옷자락이 바람에 펄럭였다.

깨닫는 건 왜 이다지도 늘 늦는 걸까. 이제야 옛날의 모든 게 이해되다니 말이다. 어쩔 수 없던, 젊은 날의 어머니 마음까지도. 어머니 품에 폭 안겼던 여고생 딸이, 지금 아이가 되어가는 어머니를 안는다. 삶의 지난한 골짜기를 건너느라 애쓴 어깨, 굵은 손마디, 잃어가는 기억. 어머니의 힘든 일상보다 나의 하루하루 슬픔이 크다고 생각했던 그때가 부끄러워, 폭 안아본다.

[그린에세이 신인공모 당선작62호(2024)]

수수팥떡

이른 새벽 전화벨이 울렸다. 어머니다. 무슨 일이 있는 걸까. 아침 일찍 전화 오면 가슴이 두근거린다. 평소와 같은 목소리에 불안한 마음이 가라앉았다. 다음 주 아들 생일에 수수팥떡을 해오겠단다. 힘들까 봐 만류했지만 소용없다. 어릴 적 내 생일엔 어머니가 수수팥떡을 해주셨다. 귀신의 접근을 막아주고 아이가 건강하게 자라게 해 준다며. 수숫가루와 찹쌀가루를 섞어 동그랗게 만든 후 팥고물에 무쳤다. 힘이 들어도 꼭 해야 하는 일은 하고야 마나 보다. 어머니는 늘 자식 걱정뿐이다.

정성을 담은 수수팥떡. 세월 속에 투박해진 손으로 팥고물 묻히면서 아들의 건강을 기원할 어머니. 내가 아이를 낳을 때도 마찬가지였다. 나이가 많은 산모라고 걱정하며 돌봐주었고, 출산휴가가 끝날 때까지 내 곁을 지켰다. 어머니가 아니라면 그런 고생스러운 일은 하지 않았을 텐데. 그 후에도 직장 다니는 딸이 안쓰럽다며 아이가 세 살 될 때까지 돌보아 주었다.

아들은 잔병치레가 잦았고, 감기에 걸리면 중이염을 달고 살았다. 중이염이 심해 1년에 한 번씩 고막에 튜브를 삽입했고, 영유아 건강검진에서 시신경 발달이 덜 되었다고 해 일찍부터 안경을 썼다. 일곱 살

에는 입천장 기형으로 성형수술을 했다. 어머니는 그렇게 자라는 손자
가 무척 안쓰럽고 걱정이 되어, 건강하게 잘 자라도록 기원의 마음을
담아 수수팥떡을 만든 모양이다.

　아들의 생일은 시월 삼십 일이다. 방과 후 돌봄 학원에서 생일 파티
를 한다며 신이 났다. 생일 파티를 위해 학원으로 음식을 주문해 주었
다. 저녁에 아들이 좋아하는 돼지갈비를 먹기로 했다. 퇴근하며 어머
니에게 전화해 몇 시에 오실 건지 물었다. "다섯 시쯤." 어머니 목소리
에 힘이 없다. 태평역으로 모시러 가겠다고 했다. 평소 같으면 버스
타고 올 테니 걱정하지 말라고 하셨을 어머니가 흔쾌히 승낙했다. 수
수팥떡을 만드느라 진이 빠진 듯했다.

　태평역으로 향했다. 역 근처에 주차하고 전철에서 빠져나오는 사람
들을 이리저리 살폈다. 키 작은어머니가 저 멀리 보였다. 허리에 손을
짚고 천천히 걷고 있다. 지치고 힘이 없는 표정으로. 우리 형제를 키우
고 손자까지 신경 쓰느라, 저리도 온 힘이 빠진 걸까. 작은 키가 더
작아진 듯하여, 마음이 자꾸 울컥거렸다. 어머니를 마중해 아들의 생
일파티가 벌어지고 있는 학원으로 향했다. 수수팥떡을 아이들과 나눠
먹도록 하기 위해.

　집으로 와서 어머니에게 물 한 잔을 드렸다. 어머니는 갈증이 났는
지 한 번에 마시고, 수수팥떡 이백 개를 만들었다고 말했다. 땀을 어찌
나 흘렸던지 바깥이 추운 줄도 몰랐다고. 쌀쌀한 가을바람에 감기라도
걸리면 어쩌나 걱정스러웠다. 수수팥떡을 만드는 것에서 끝나면 좋으
련만, 구청으로 갖고 가 일하는 분들에게 나누어 주었다며, 이야기를
풀어 놓았다. 솜씨가 좋다는 분도 있었고, 아무 말 없이 자리를 피하는

분도 있었고, 나이가 지긋한 분은 손자 건강을 빌며 먹어주기도 했단다. 어머니는 흥에 겨워 얘기해주었다.

아들과 나는 어머니를 모시고 저녁 식사 장소까지 걸어가기로 했다. 남편과 딸은 식당으로 직접 온다고 했다. 어머니는 허리에 손을 짚고 느릿하게 걸었다. 그 모습이 이상해 물었다. 어디 안 좋으시냐고. 무리해서 그런지 허리가 아프단다. 복대를 했는데도 안 좋다며. 속상한 마음이 들어서 나도 모르게 소리쳤다. "힘드니까 수수팥떡 하지 말라고 했잖아요!" 순간 어머니 얼굴에 그늘이 드리워졌다. 아차, 싶었지만 늦었다. 입 밖으로 나간 말이니 후회해도 소용이 없다.

저녁을 먹고 난 후, 어머니는 음식점에도 수수팥떡을 나누어 주었다. 많은 사람이 먹어야 효험이 있다면서. 자기 몸은 안중에 없고 오직 손자 걱정뿐이다. 일면식도 없는 사람에게 떡을 나누어주다 보면 머쓱하고 민망할 텐데, 손사래를 치며 거절하는 사람도 많았을 테고. 그런데 어떻게 저리할 수 있을까. 더구나 요즘엔 남이 주는 음식을 받지 않는 추세인데, 아랑곳하지 않고 오로지 손자에게 좋으리라는 마음으로 실천하는 어머니. 나는 못 할 일이다.

어머니의 사랑을 가없다고 한다. 그렇다, 끝이 없다. 딸인 나에게서 손자에게로 확장되고, 내리사랑으로 자리한다. 손자를 대하는 마음은 한없이 부드럽고 넉넉하다. 볼멘소리나 하며 서운하게 했던 나도 예쁘게 바라봐 준다. 주고 또 주어도 모자란 어머니의 사랑을 어찌 표현하랴. 수수팥떡이 맛있다며 호들갑 떠는 손녀의 손을 꼭 잡고 어머니가 걷는다. 구부정한 뒷모습이 마음을 자꾸 울컥거리게 만든다.

정성과 소망을 담아 만든 수수팥떡 이백 개보다 더 큰 어머니의 사랑이, 자그마한 어머니의 온몸을 감싸고 넘실댔다. 가슴에 가득 차오르는 따뜻함 덕분에, 가을 밤바람도 차갑지 않았다. 빌딩 숲에 가려진 도시의 하늘 저쪽에, 반짝이는 별이 보였다. 어머니의 사랑처럼 빛나는 별이.

요리하는 남자

회사에 나이 지긋한 분이 있다. 점심으로 떡볶이를 준비했다며 나누어 주었다. 남자 어르신이 만들어 준 음식은 처음 맛보았다. 남자가 부엌에 들어가면 안 된다는 교육을 받고 자란 세대였다. 그 어른도, 나도. 그런 분이 음식을 만들어 주다니 놀라웠다. 그것도 모두 편견이긴 하다. 의아해하며 음식을 하느냐고 물었다. 무슨 소리냐고, 아내를 위해 살림을 도맡아 한다고 했다. 시대가 확실히 변했다.

그릇에 덜어 떡을 한 개 입에 넣었다. 오호라! 내가 만든 떡볶이보다 맛있다. 주부 경력 20년이 넘었지만 깊은 맛을 내기 쉽지 않다는 것을 안다. 어떤 양념을 사용하는지 궁금했다. 시중에 파는 맛과 다르고 독특했으므로. 적당히 매우면서 달짝지근했다. 처음부터 매운 게 아니라 먹다 보면 매운맛이 살짝 올라온다. 다 먹고 나면 다시 한입 더 먹게 되는, 바로 그런 매력이 있는 맛이었다. 더구나 쫄깃쫄깃한 떡과 어우러진 어묵이 다양했다. 넓적한 어묵만 있는 게 아니라 굵고 동그랗고 네모난 어묵도 잘 어우러져 있었다. 듬성듬성 썬 파도 떡과 버무려져 있었고. 고추장을 직접 담근 건지 궁금했다. 양념장을 따로 만들어 두었다가 사용한 것 같기도 했는데, 텁텁하지 않고 깨끗한 맛이었다.

남자는 부엌에 들어가면 큰일 나는 시대가 있었다. 우리 집도 예외는 아니었다. 아버지는 그렇게 자랐고 그것이 맞는다고 가르쳤다. 그러던 아버지가 김치볶음밥을 해 준 적 있다. 물론 처음 있는 일이었다. 아버지가 시장에서 노름하다 크게 빚졌던 것 같은데 정확하지 않다. 부모님이 크게 싸우는 소리를 얼핏 들었다. 서운하고 속상했던 어머니는 집을 나가 늦게까지 집에 들어오지 않았다. 그날 아버지가 김치볶음밥을 해 주었다.

그날, 한 끼 식사 해결을 위해 아버지가 부엌에 들어갔던 것이다. 기름을 듬뿍 넣고 썰어 놓은 김치를 프라이팬에 볶았다. 기름이 이쪽저쪽 튀며 김치가 지글지글 익어갔다. 김치를 잘게 썰어야 하지 않을까 생각했다. 기름에 지져진 김치에 밥을 볶아주었다. 모양은 별로였던 볶음밥. 기름에 튀기듯 지져진 김치가 한몫했는지 맛이 좋았다. 아버지가 해 준 게 신기해서 그렇게 느꼈는지, 배가 너무 고파서 맛있었는지, 그건 잘 모르겠다.

나이 지긋한 어르신이 요리를 잘하다니, 밀키트가 아닌 직접 요리한다니, 신기하기만 했다. 직장 퇴직 후에 다시 일을 찾아 우리 회사에 들어오신 분이니 물어보진 않았으나 연세가 많을 거다. 그분은 수영과 운동도 꾸준히 한단다. 다부진 근육이 건강해 보인다. 인생은 하기 나름 이라는 말이 맞는 듯하다. 거기에 음식도 잘 만드니 요즘 시대에 맞는 어른이 아닌가 싶다.

요즘엔 나이 지긋한 남자들이 요리에 관심을 많이 갖고 있단다. 그럴 수밖에 없는 게 현실이다. 평생 직장에만 다니고 집안일에 관심을 두지 못했던 세대일수록 그래야 하는 게 맞다. 그렇지 않으면 같이 나이 들어가는 부인이 힘들어한다. 황혼이혼이 늘어나는 이유와 무관하지 않다. 요리뿐인가. 세탁기 돌리고 다림질하고 집안 정리하는 것까지 배우는 남자들을 심심찮게 보기도 한다. 바람직한 현상이다. 그렇다면 지금까지 내가 가지고 있던 편견을 버려야 한다.

며칠 전 남편과 정년에 관한 얘기를 나눈 적 있다. 정년은 육십이지만 연금은 육십오 세에 나오는 게 요즘 실정이다. 연금 수령 시기를 더 늦추자는 이야기도 심심찮게 들린다. 오 년 동안 수입이 있어야 하지 않을까 싶다. 어떤 일을 해야 할까 생각도 해봤다. 같이 사업을 하자고 하고, 아니면 각자 작은 일이라도 찾아서 해 보자고 했다. 남편은 뜬금없이, 퇴직하면 요리를 배우겠다고 한다. 남편은 다른 일은 잘 도와주지만 요리하진 않는 사람이다. 겨우 라면 정도 끓여 먹을 정도다. 그런데 나중에 요리를 배워서 음식을 해주겠단다. 그럼 우리 남편도 요리하는 남자가 되려나. 남편에게 약속 꼭 지키라고 신신당부하며 웃었다.

예전부터 배운 관습대로 남자는 음식을 못 하는 줄 알았는데, 나눠준 음식을 먹어보니, 나보다 맛있게 하는 게 놀라웠다. 설거지해 놓은 그릇에 초코파이를 넣어드렸다. 양념 비법이 궁금하다고 물었다. 특별한 게 없단다. 대충대충 넣었다면서. 혹시 고추장을 집에서 만들었냐고 물었다. 시중에서 파는 고추장이란다. 그렇다면 예전부터 전해온다는 손맛이 비법 아닌가. 우리 어머니가 그랬듯이, 손맛과 정성에서 우러난 깊은 맛이, 비법이라면 비법일 것이다.

아직도 요리하는 남자는 내게 낯설다. 유명한 요리사는 여자보다 남자가 많은데. TV에 나오는 것만 봐도 그렇다. 가정에서 요리하는 남자가 적다. 내가 아는 사람들에게 물어봐도 그렇다. 가정에서 집안일을 나누어 하기도 하고 예전에 비해 달라진 점이 많은 현실이다. 요리하는 남자들, 가사 분담하는 남자들이 많아지고, 그걸 마땅하게 여기는 문화를 기대한다. 그러기 위해 여성들, 아니, 나부터 편견을 버려야 하리라.

자전거 타기와 닮은 세상살이

김민영*

....

초등학생 때 피아노 레슨을 받았다. 시골에서는 흔치 않은 일로 엄마의 높은 교육열 덕분이었다. 교장 선생님 따님에게 일 년 정도 배웠는데 그 댁은 걸어서 40분 이상 걸리는, 어린 나에게는 꽤 먼 거리였다. 엄마가 그런 나를 배려해서 생각해 낸 게 자전거였다. 그런데 그 자전거는 낡은 데다가 안장에 앉으면 다리가 땅에 닿지 않아 좀 불편했다. 다행스러운 것은 자전거 앞부분에 네모난 바구니가 있어 책을 넣어 다닐 수 있었고, 핸들과 안장 사이가 U자 모양을 한 여성용이었다.

그때 나는 자전거를 탈 줄 몰랐고, 가르쳐 주는 사람도 없었다. 학교 운동장에서 스스로 익힐 요량으로 자전거를 끌고 거리로 나왔다. 처음엔 흙먼지 폴폴 날리는 신작로를 걷는 일도 만만치 않았다. 핸들을 꽉 잡지 않으면 금세 중심을 잃고 자전거가 자꾸 한쪽으로 기울며 넘어지곤 했다.

며칠 후 손에 힘이 생기고 중심을 잡는 방법을 터득할 수 있었다. 다

---

* 〈그린에세이〉로 등단. 그린에세이작가회 회원

음엔 오른발을 자전거의 왼쪽 페달에 올려놓고 왼발로 땅을 구르며 매달리듯 자전거를 타기 시작했다. 수없이 넘어지고 다시 올라타면서 누구라도 내가 안장에 안정감 있게 앉을 수 있게 자전거를 잡아주는 사람이 있었으면 좋겠다는 생각도 했다. 자전거를 타고 싱싱 달리고 싶은 마음은 커졌다.

점점 브레이크도 잡을 수 있게 되었고, 자전거의 두 바퀴가 부지런히 움직여야 쓰러지지 않는다는 원리를 터득했다. 여전히 한발 타기 수준이었지만 손과 발에 힘이 들어갔고 발을 힘껏 구를 때면 자전거는 꽤 멀리 달려 나가는 게 아닌가. 속도가 주는 바람을 미세하게 느낄 수 있었다.

한동안은 자전거를 끌고 한 발 타기로 피아노를 배우러 다녔다. 익숙해지자 용기가 생겼던 것인지 대범해졌다. 자전거가 굴러가는 동안 균형을 잡았고 재빨리 왼발로 자전거 몸체를 딛고 사뿐히 안장에 올라섰다. 드디어 자전거 타기에 성공한 것이다. 안장에 앉아서 자전거 페달을 돌리니 내 키가 30cm는 더 커진 것 같았다. 뺨을 스치는 바람이 상쾌했다. 페달을 힘껏 밟을수록 나의 자전거는 내가 원하는 속도를 만들어 주었다.

자신감이 붙은 나는 학교 수업이 끝나면 운동장으로 나가서 자전거 속도 내는 연습에 몰두했다. 핸들을 돌려 오른쪽과 왼쪽으로 방향을 바꿔보기도 하고 원을 그리며 회전 연습도 했다. 직선으로 달릴 때는 처음으로 한 손을 살짝 떼어보는 여유를 부리기도 했다. 자전거는 나와 한 몸이 되어 내 마음대로 움직여 주었다.

자전거 익히기에 열중하는 동안 눈에 들어오지도 않던 풍경들이 새롭게 보이기 시작했다. 작년 여름 나무에서 놀다 쐐기에 쏘여 팔목이 발갛게 부어올랐던 추억이 있는 키 큰 플라타너스, 등 하교 때마다 멈춰서서 '국기에 대한 경례'를 했던 국기 대, 교문 옆 화단의 붉은색 칸나꽃 등 점점 많은 것이 보였다.

자전거 타기에 자신감이 붙은 나는 내리막길도 달리고 싶어졌다. "와아!" 평지에서와는 비교할 수 없는 시원한 바람, 속도감에 스릴을 만끽하고 있었다. 그런데 이상하게도 자전거가 직진하지 못하고 조금씩 왼쪽으로 치우치고 있었다. 브레이크를 잡고 핸들을 오른쪽으로 돌리려는 내 의지와는 다르게 자전거는 블랙홀을 만난 듯 논을 향해 빨려 들어갔다. 순식간에 자전거와 함께 무성한 벼가 있는 논으로 떨어졌다.

시간이 얼마나 흘렀을까? 나는 쓰러진 자전거를 일으켜 세우고 내 몸무게에 눌려 쓰러진 벼도 하나하나 일으켜 세워 주고는 자전거와 함께 논에서 빠져나왔다. 푹신한 벼가 충격을 줄여주어 다치지 않은 것도 다행이지만 주위를 살폈을 때 아무도 없다는 것이 주는 안도감이 더 컸다. 그 후 얼마 지나지 않아 피아노 레슨을 그만두었다. 그래서 자전거를 탈 일이 별로 없어졌다. 그래도 그때 자전거를 배운 덕분에 언제든지 자전거를 즐길 수 있게 되었다.

어른이 되어보니 세상살이가 어린 시절 자전거 타기와 많이 닮아있음을 느낀다. 새로운 일을 시작할 때나 결과를 예측할 수 없는 선택의 갈래 길에서, 그리고 감당하기 벅찬 어려움이 닥쳤을 때마다 중심을 잃고 넘어지지 않기 위해 두 팔로 자전거 핸들을 꽉 잡듯 살아가는 것이 인생 아니던가! 다리로 힘껏 페달을 밟아야 굴러가는 자전거처럼 꾸준하게 이어졌던 내 삶의 궤적들은 세상살이의 지혜가 되고 때로는 버팀목이 되어 주었다. 조심스럽게 자전거를 타다가 주변을 즐길 줄 아는 여유를 누리면서 빠른 속도에 넘어지기도 하고, 스스로 일어서기도 하는 것처럼 말이다.

그리고 가끔은 자전거를 잠시 멈추고 내가 달려온 뒤안길을 돌아보는 시간을 갖는다면 인생이라는 자전거를 더 잘 탈 수 있을 것 같다. 말을 타고 들판을 달리던 인디언들이 잠시 멈춰 서서 뒤를 돌아보며 나의 영혼이 따라 올 시간을 주는 것처럼 말이다.

[그린에세이 신인공모 당선작 62호(2024)]

구름에 달 가듯이

늦은 밤, 베트남에 있는 고급 리조트에 도착했다. 여행 책자에는 '아름다운 바다를 품은 환상적인 모습'이라고 했지만, 가로등 하나 없는 까만 어둠뿐이었다. 작은 도마뱀 몇 마리가 건물 외벽에 붙어 이국적 분위기를 자아냈다.

이른 새벽, 창문을 열자 넓게 펼쳐진 바다가 검은 하늘과 맞닿아 있다. 기다란 수평선 너머로 노란빛이 올라오더니 이내 주황색으로 일렁이며 하늘과 바다를 온통 붉은색으로 물들인다. 둥근 태양이 수평선에서 '톡'하고 떨어져 나와 하늘로 비상했다. 그제야 베트남의 하늘과 땅이 눈에 들어왔다. 휴가지에서 보는 일출은 더 찬란하고 역동적이다. 마음이 설렜다.

아침부터 태양이 벌써 뜨겁게 달궈져 있다. 더위를 피해 야자수와 바다가 보이는 식당 안에서 아침을 먹었다. 조식은 나라마다 식재료가 다르고 숙소마다 개성이 있어 먹는 재미가 쏠쏠하다. 이곳은 쌀국수 등 베트남 음식을 비롯해 서양식, 한식, 망고와 용과 등 열대과일, 특산물 커피까지 풍성하게 준비되어 있었다. 이국적인 풍경과 정성스러운 대접에 아침부터 호사를 누렸다. 속세를 떠나 아름다운 자연을 벗하는 신선들의 삶이 이럴까? 여행이 즐거운 이유 중 하나는 현실적이지 않아서이다.

정오가 되자 체감 기온이 40도를 넘어섰다. 더위를 피해 비행기로 5시간을 날아왔는데 적도에 더 가까워졌다는 건 모순이지만 휴양지가 주는 너그러움 때문일까? 뜨거운 태양과 더위쯤은 그저 여행의 배경일 뿐이었다. 열대 식물과 꽃으로 가꾼 야외 수영장에서 시원한 물놀이를 즐겼다. 전용 해변에서 눈부신 모래와 푸른 바다를 배경으로 인생 사진을 찍으며 여행의 추억을 사진에 담았다. 다음날엔 배를 타고 나가 스노쿨링을 하고, 현지 맛집에서 신선하고 맛있는 해산물 요리도 맘껏 즐겼다. 돌아오는 길에는 예약해 둔 마사지를 받으며 휴식을 취했다. 우리는 일상에서 벗어나 화려하고 멋지게 차려진 여행을 여왕처럼 즐겼다.

다음날, 관광객에게 인기 있다는 재래시장에 갔다. 2층 건물로 된 '한 시장' 입구에 들어서자 훅하는 열기에 숨이 턱 막혔다. 곰삭은 젓갈의 꼬릿한 냄새가 콧속에 들러붙는다. 통로는 한 사람이 겨우 지나갈 정도로 좁은데 관광객들은 계속 밀려들었다. 에어컨 없는 시장 안, 사람들이 배출한 땀과 호흡의 찌꺼기들이 열기와 뒤섞여 공기마저 끈적거린다. 땀구멍에서는 쉴 새 없이 물을 뿜어냈고, 건물 밖으로 빠져나가지 못한 소음은 귓속에서 딱딱하게 굳어 버릴 지경이다. 흡사 개미굴 같은 시장 입구로 사람들의 행렬이 개미 떼처럼 들어오거나 빠져나가고 있었다. 어제와 다른 풍경 위로 또 다른 여행의 시간이 흘러가고 있었다.

시장 1층에는 현지 음식과 망고 젤리나 과자, 커피 등 먹거리를 파는 상점이 즐비하다. 2층에는 유명 브랜드와 로고가 비슷한 스포츠 의류와 슬리퍼, 라탄 가방 등을 파는 상점들이 다닥다닥 붙어있다. 우리나라와 비교하면 턱없이 싼 물가 때문인지 시장 안은 어딜 가나 관광객과 상인

들의 흥정으로 흥건했다. 슬리퍼를 사려는 젊은 남자 뒤로 "10만 동(5천
원) 이상은 안 돼!"하고 조용히 훈수하는 여자의 모습이 보였다. 땀을
흘리며 흥정의 최전선에 선 젊은 남자를 보니 아들의 미래가 설핏 지나
가는 것 같아 웃음이 새어 나왔다. 실제로 상인들은 담합을 했는지 관광
객에게만 두세 배 높은 가격을 불렀다. 하지만 한국 관광객들은 동포애
를 발휘하며 자신의 경험담과 물건의 실제 거래 가격을 SNS에 자세히
올려놓았다. 이것이 흥정에 불을 붙이는 도화선이 되고 있었다.

따지고 보면 관광객들은 현지인의 한 달 월급과 맞먹는 숙소에서 잠
을 자고, 거액에 해당하는 돈으로 마사지를 받는다. 그런데 겨우 500원
(현지 화폐로 1만 동)을 깎으려고 땀내를 풍기며 실랑이를 벌이다니! 그
모습이 우습기도 하고 체면이 서지 않는 일처럼 보였다. 그러나 꽤 재미
있어 보였고, 구경꾼이었던 나의 구매욕에도 슬슬 불이 지펴졌다.

'흥정은 붙이고 싸움은 말리라'는 옛사람의 말에 충실하게 나는 베트
남 상인과 '치열한 눈치 보기와 입담의 향연'을 시작했다.

반바지 한 벌 가격을 물어보니 "7만 동(1개 약 3,500원)"이란다.

나는 "비싸, 4만 동!(1개 약 2,000원)" 하며 고개를 가로저었다.

상인은 "언니, 안 비싸~"하고는 한국말이 바닥 난 듯 바벨탑으로 갈
라진 언어의 장벽을 무너뜨리는 '계산기'를 들이댔다. 그리고, 조용히
흥정을 이어갔다.

상인이 계산기에 찍은 숫자는 '6만 동'/ 나는 개수를 늘려 '2개, 10만
동'

상인은 '2개 12만 동'/ 나는 '3개 12만 동(3개 6천 원)'

상인은 '3개 14만 동'/ 나는 "오케이! 14만 동(약 7천 원)!" 흔쾌히 거래

를 마쳤다.

현지 지폐와 비닐봉지를 주고받으며 오랜만에 진한 사람 냄새를 맡았다. 베트남이라는 나라가 한층 친숙하고 가까워진 느낌이다. 보는 것보다 체험한 것이 두고두고 오랫동안 기억에 남는 법이니까.

필요한 물건을 몇 개 더 사고 시장을 빠져나왔다. 찜통 같은 더위를 피해 서둘러 베트콩 컨셉의 인테리어로 인기 있는 '콩 카페'로 들어갔다. 시원한 에어컨 바람이 나오는 자리에 앉자마자 "디스 원(이거 하나)"하고 '코코넛 스무디 커피'를 주문했다. 그리고 체구가 작고 미소가 착한 베트남 청년에게 6만 동(무려 반바지 한 벌값이 넘는 돈)을 흥정 없이 순순히 내어놓았다. 이곳은 '정찰제'였기 때문이다.

그동안 여행을 계획할 때마다 욕심을 부렸었다. 더 좋은 장소를 찾아내려 애쓰고, 더 많은 곳을 다니길 희망하며, 무언가를 넘치게 채워오겠다는 마음이 그것이었다. 이번 베트남 여행은 화려한 리조트에서 여유롭게 시간을 보내고, 삶의 현장인 시장에서 사람 냄새도 느껴보았다. 그러면서 생각이 조금 바뀌었다. 여행에 욕심을 부리는 것은 별로 의미가 없다. 여행은 우선 떠난다는 설렘만으로도 충분하다. 더불어 배움이든 휴식이든, 여행지의 모습 그대로를 넉넉한 마음으로 즐기면 된다. 여행은 나그네의 삶을 자처하는 일이다. 술 익은 마을의 타는 저녁놀을 보며 구름에 달 가듯이 가면 그만인 것이다.

꿈이 영그는 산책길

　유치원에 다녀온 아들이 '식물도감'을 들고 아파트 화단을 따라 걷고 있다. 그곳엔 맥문동과 채송화, 별꽃, 동백 등 철마다 다른 꽃을 피워내는 여러 종류의 풀과 나무들이 자랐다. "엄마, 별꽃이에요!" 작고 예쁜 눈으로 지나치기 쉬운 작은 별꽃을 잘도 찾아냈다. "응, 하늘에 사는 아기별이 내려왔나 봐. 작은 꽃잎 아래가 따로 떨어져 있는 갈래꽃이네." 산책길엔 늘 이야기꽃도 함께 피었다.

　봄이 오면, 노란 개나리 잎을 보면서 통꽃을 이야기했다. 철쭉과 영산홍, 진달래의 차이점과 유사점, 꽃말도 알려 주었는데 그럴 때마다 아들은 흥미롭게 들었다. 셋 중 가장 먼저 봄을 알리며 피는 진달래는 꽃이 잎보다 먼저 핀다. 철쭉은 잎이 나온 후에 꽃이 피고 꽃받침이 끈적한 게 특징이다.

　산수유꽃은 고귀한 공작 머리에 놓인 작고 노란 왕관을 닮았다. 우아한 자태의 하얀 목련과 자목련은 연달아 피었다가 어느 날 예고 없이 '툭'하고 떨어진다. 영산홍과 철쭉의 기세가 아파트를 분홍빛 꽃바다로 물들일 즈음, 연보라색 라일락꽃 향기가 은은하게 흐르다 머물기를 반복한다. 가지를 기울여 꽃향기를 맡던 아들이 말했다. "이 라일락 나무는 좀 비싼 종류예요." 묘목 시장에 다녀온 뒤 나무 가격에도 관심이 생겼나 보다. 키 작은 아이의 머리 위로 따사로운 봄 햇살이 내려앉았다. '자세히 보아야 예쁘다.'라는 어느 시인의 말처럼 꽃도 아이도 볼수록 예쁘고 사랑스러웠다.

아파트를 한 바퀴 돌고 나면 길 건너에 있는 다른 아파트로 탐험을 나갔다. 그곳에 가면 작고 생명력이 강한 꽃마리, 붉고 탐스러운 꽃을 피워내는 모란, 약재로 쓰이는 키 작은 작약, 기다란 대에서 꽃을 피워내는 비비추 등을 볼 수 있었다. 탐험에서 돌아오면 땅을 뚫고 올라온 새순이 어떤 모양인지, 한껏 움츠렸던 꽃봉오리가 만개했다는 등 여러 소식을 내게 전해주었다. 식물들이 얼마나 자랐는지, 어떻게 생겼는지를 이야기할 때마다 아들의 눈은 반짝였고, 목소리는 신대륙을 발견하고 돌아온 콜럼버스가 영웅담을 이야기하듯 잔뜩 신나 있었다. 그런 날이면 식물, 동물, 곤충, 광물에 관련된 책을 한참 동안 읽곤 했다.

화단의 낮은 곳에 핀 꽃에서 시선이 멀어져 갈 때쯤, 어느새 나무를 타고 올라간 주황색 능소화가 여름 한철 화려함을 더한다. 옛날엔 양반집 마당에만 심어서 '양반 꽃'이라 불리던 지체 높은 꽃이다. 주차장 옆 화단에는 풍성한 겹황매화가 무리 지어 피어있다. 아파트 울타리 안쪽에는 사철 푸른 소나무와 잣나무가 듬직하게 자리 잡고 있다. 나무 아래를 지나다가 송충이를 만나면 꼼실꼼실 기어가는 털북숭이 녀석을 한참 동안 호기심 가득한 눈으로 관찰하기도 했다. 회양목과 측백나무에 초록색 열매가 열리면, 우리는 울퉁불퉁하고 단단한 열매를 따서 눈싸움을 즐기듯 던지며 놀곤 했다. 아이와 함께하는 산책은 내게도 선물 같은 시간이었다.

여름이 짙어 가면서 고결한 기품을 간직했던 매화가 진 자리에 초록

색 매실이 송골송골 자리를 잡는다. 매실은 특히 동네 남자아이들에게 인기가 좋았다. 전장에서 얻은 값진 전리품이라도 되는지 서로 따려고 경쟁이 치열했다. 또 다른 화단에는 줄기의 껍질이 하얗게 벗겨지는 자작나무 몇 그루와 줄기에 얼룩덜룩 무늬가 있는 모과나무도 몇 그루 자라고 있다. 한번은 아들이 친구들과 함께 나무에 올라가 설익은 모과를 따려다가 경비 아저씨에게 혼이 난 적도 있었다. 매미 잡는 법을 터득할 때까지 매미채를 들고 벚나무 사이를 뛰어다니기도 했다. 풀과 나무로 무성한 아파트 화단은 덥고 긴 여름 내내 아들에게 신나는 놀이터가 되어 주었다.

가을이 되면, 담장 넘어 키 큰 은행나무가 제 잎을 떨구어 바닥을 노란색으로 수놓는다. 나무를 흔들어 노란 은행잎 비를 내리게 해 주면 아들은 까르르 웃으며 흩날리는 은행잎을 잡기 위해 뛰어다녔다. 그리고 기다란 비눗방울 통을 휘둘러 떨어지는 잎을 맞추며 즐거워했다. 맑은 웃음소리가 파란 하늘과 노란 가을 길을 가득 채웠다. 우리는 여러 해 동안 같이 산책하면서 계절이 주는 즐거움과 아름다움을 맘껏 누렸다. 그것은 오래도록 기억될 따뜻하고 소중한 추억으로 남았다.

그 시절, 아들이 산책하며 걷던 길은 도토리나무의 요정 토토로가 살고 있는 산속만큼이나 흥미로웠을 것이다. 그곳에서 호기심 가득한 눈으로 자연을 관찰하고 즐기는 방법을 배우며 아들만의 세상을 꿈꾸었을 것이다.

그 후, 관심사가 장수풍뎅이, 사슴벌레 등의 곤충강, 구근식물, 화초로 이어지더니 지금은 건생다육식물과 선인장의 아름다움에 푹 빠져 지내고 있다. 척박한 환경에서 단단한 잎과 날카로운 가시로 자신의 삶을 지켜내는 강인한 아름다움에 매료되었다고 했다. 고등학생이 된 아들은 공부로 지치고 힘이 들 때 선인장을 찾아보며 가시의 모양과 무늬를 즐기면서 힐링하기도 한다. 선인장의 독특한 광합성 방식을 탐구해 기숙학교 입학을 준비하는 데 활용하기도 했었다.

지금은 아이와 함께 산책하는 시간이 줄어들어 아쉬움이 많다. 하지만 이제 혼자 걸어가야 하는 '인생'이라는 산책길이 아이 앞에 눈부시게 펼쳐질 것이다. 그 길을 어린 시절 화단을 산책하듯 온전히 즐기고 꿈꾸며 걷길 소망해 본다.

딸 같은 며늘아기 苦行記

문성미*

삐죽 내민 입술과 깜빡거리는 눈으로만 표현하던 어머니는 이제 보디랭귀지조차 못하셨다. 병실로 들어서면 "우리 며느리와 손자 왔네." 하고 큰소리치면서 내 손을 꼭 잡으셨는데, '어머니는 아직도 누구를 만나고 싶은 걸까? 아니면 여전히 회개를 못 하셨나?'

전화를 받자마자 허둥대며 들어섰을 때, 어머니는 음식을 통 못 넘겨 영양 상태가 좋지 않아 손발이 붓고 의식이 점점 흐려지고 있었다. 바이털 사인은 모두 양호한데 단지 음식을 못 넘기면 돌아가실지도 모른다고 하였다.

그때 대화할 수 있던 시기에 어머니가 하셨던 말씀이 생각났다. "심폐 소생 그런 거 하지 마라." 콧줄을 끼우는 것이 생명 연장의 방법인지를 잠시 생각했다. 고민 끝에 아들과 나는 생명을 주신 그분에게 맡기기로 했다. 처음 병원에 입원할 당시만 해도 쩌렁쩌렁한 목소리로 말씀하던 분이다. 병실에서도 가족에게 대하던 것처럼 대장 노릇을 하

---

* 〈그린에세이〉 등단. 약사. 영락온누리약국 경영

며 온갖 것을 간섭하셨다. 요즘엔 욕창까지 고통이 한두 군데가 아니었을 것이라 안쓰러웠다. 성난 호랑이 같던 어머니가 이젠 이빨 빠진 호랑이, 아니 겁 많은 작은 토끼로 변해 있다니, 이런 어머니 모습을 보면 '인생무상'이란 말이 절로 나왔다.

영양제를 꽂고 있는 어머니는 숨을 조금 할딱거리며 안색이 발그스레해 보였다. 나는 순간 이게 마지막이 될지도 모른다는 생각이 들었다.

"어머니, 이제 아픔도 없고 슬픔도 없는 세상으로 예수님 손 꼭 붙잡고 가세요. 여기 일은 걱정하지 마시고 평안한 길로 가셔서 우리를 기다려주세요. 어머니가 우리 어머니가 되어 주셔서 감사하고 미흡한 며느리 잘 대해 주셔서 감사했습니다. 사랑합니다." 어머니 손을 잡고 귓가에 대고 전했다. 죽음 앞에서는 모든 미움이 사라진다.

사실 여자의 적은 여자라고 할 만큼 나는 어머니의 호된 시집살이를 견뎌내야 했다. 직장에 출근하기도 바쁜 아침 시간에 임신 중인 며느리인 나의 일손을 돕기는커녕 오히려 시누이에게만 늦잠을 자도록 정당성을 주었다.

"막내 시누이는 시집가서 일을 많이 할 테니 밥 먹을 때 깨워서 먹여 출근하도록 해라. 아버님 저녁상 차림은 네가 할 일이다."

억지를 부리듯이 약국에서 근무하는데 저녁상을 차리라는 엄한 명령을 내리기도 했다. 한번은 시누이가 아버지상을 차려드리고 약속 시간에 나갔다 돌아왔는데 "언니가 너한테 고맙다고 했니?"라고 묻는 것이었다. 친정에선 고맙다고 하는 인사하는 것을 배우지 못한 거냐면서 두 시간 동안 나에게 무릎을 꿇리고 잔소리했다. 심지어 갓 시집온 나에게 내 의견은 묻지도 않고 다른 가족들과 만장일치로 시아버님의 당뇨 주사를 놓으라 했다. 아버님 옷을 올리고 내리고 하며 가졌을 치욕의 감정과 새댁으로서 민망함은 아랑곳하지 않은 채 말이다. 어머니는 유독 나에게 사사건건 날을 세우고 예민한 반응을 보이곤 했다. 그래서 늘 기도하고 또 기도하면서 고부간 관계가 편안해질 날만을 기다려야만 했다.

그러던 어느 날, 침상에 누워계신 어머니는 내 손을 꼭 잡고 "고○○. 고. 마….." 끝을 못 맺은 채 무슨 말인가 계속했다. "고맙다고?" 하고 물었더니 고개를 끄떡였다. 그렇게 좋아했던 손자를 뒤로하고 시선을 고정한 채 사랑의 눈빛으로 나를 바라보았다.

아들은 자기를 이긴 할머니 사랑의 0순위로 나를 올려놓았다. 그 순간 오랜 체증 같은 마음의 응어리가 스르르 녹아내렸다. 이후에 나는 어머니를 더 열심히 찾아가 얼굴을 쓰다듬어 보고 팔다리도 주물러 드렸다. 깨달음은 뒤에 온다. 그동안 겪은 호된 시집살이는 어머니 세대와 내 세대의 차이란 것을 뒤늦게 깨달았다. 지금이야 여성도 직장을 다니고 사회생활을 하고 있지 않은가? 어머니는 어머니 세대를 살아온 방식대로 나를 대하고, 나는 어머니 세대를 전혀 이해하지 못하여 늘 당한다고만 생각했다. 아마도 그것은 아들에 대한 지나친 사랑으로 마치 아들을 며느리에게 뺏긴 듯한 시기심이었을지도 모른다. 어머니가 살아온 어머니 인생을 좀 더 빨리 이해하였다면 어머니에게 더 가까이 다가갈 수도 있었을 거다.

어머니 떠나시고 나서야 드디어 나는 딸 같은 며느리가 된 것이다. 아이러니하게도 가끔은 그때 큰소리로 호통치시던 어머니가 그립다.

내 인생의 홈런

비가 조금씩 내리던 어느 일요일 오후, 아들이 플레이오프전을 하는
데 야구장에 같이 가자고 했다. '친구하고 가도 되는데 굳이 엄마랑
가자는 의도는 무얼까? 이 나이에 내가?' 그러다가 '내 나이가 어때서!'
라는 생각을 하며 아들을 따라나섰다.

오랜만에 현장에서 보는 야구 경기다. 비가 내렸지만 조금은 흥분되
었다.

아들은 프로야구 LG의 찐팬, 아니 광팬이다. 마치 자기가 감독이라
도 되는 양, 다음 볼을 예상하고 선수들에게 지시하곤 한다. 어떨 때는
해설자가 할 말을 먼저 하기도 했었다. 아들은 야구 경기를 보면 장소
를 가리지 않고 환호성을 지르며 곧잘 흥분까지 했다.

그런데 정작 나는 어디로 가는 게 볼이고 스트라이크인지 잘 몰랐
다. 홈런일 때만 손뼉을 치며 소리를 질렀을 뿐이다. 그런 나에게 평소
아들이 선수 이름과 포지션, 특징과 타점 같은 것을 세세히 설명해 주
었다. 예전에 남편이 가르쳐주려고 하면 무슨 소리냐고 핀잔만 했는데
이제는 아들한테 배운 상식으로 혼자 TV에서 야구 경기를 즐길 수 있
을 정도로 조금은 안목이 생겼다.

대부분 경기마다 좌석이 거의 만석인데, 그날은 비가 와서인지 사람

이 그리 많지 않았다. 삼루수 외야 쪽은 드문드문 비옷 입은 사람들만이 하나둘씩 앉아 있었다. 비가 계속 내리면 중간에 끝날지도 모른다는 생각에 의자를 닦고 큰 파라솔 같은 우산을 펼쳐 들었다. 우리는 비옷도 없이 비를 맞으면서도 흥분하여 '안타! 안타!'를 군중들과 섞여 외쳤다. 야구장에 들어서자마자 상대 선수가 안타를 쳐서 0대 3으로 이기는 순간, 응원단의 기가 충천하였다. 마치 내가 선수가 된 것 같아 상대편의 안타가 잡히기를 기대하며 날아오는 공을 향해 "제발 제발" 하고 소리쳤다.

그때 초등생도 안 되었을 법한 여자아이 하나와 남동생, 그 아이 아빠와 엄마가 비옷을 입고 우리 바로 뒤에 자리 잡고 앉았다. 선수가 비디오 판독을 신청했고 여자아이가 무슨 상황인지 제 아빠에게 물었다. 아빠는 상세하게 잘 가르쳐 주는 듯했다. 이번에는 투수가 공을 던지는 사이 2루에 있던 타자가 도루하다가 아웃당하자, 아이는 다시 엄마한테 이유를 물었다. 엄마가 아이에게 알아들을 만한 말로 조곤조곤 설명해 주니 고개를 끄덕였다. 그 모습을 지켜보면서 문득 옛날 생각이 떠올랐다.

25여 년 전, 처음으로 남편과 아들 나, 우리 세 식구가 김밥을 싸서 소풍하는 마음으로 야구장으로 갔었다. 초등학생인 아들은 음료수도 사 먹고 과자도 먹으며 흥분을 가라앉히지 못하고 집에 올 때까지 응원가를 불렀다. 그런 아들의 기분을 이해하지 못하고 좀 조용히 하라고 타이르며 윽박지르기도 했다. 남편과 나는 차라리 집에서 치맥을 하면서 보는 게 더 좋았겠다고도 했다. 그 후로는 야구장에 간 적이 별로 없었다.

남편은 떠나고 뒤늦게 지금 아들과 단둘이 야구경기장에 있다. 마치 꿈만 같다.

'맞아, 오늘 나는 내 인생 긴 안타를 친 거야'.

내 삶은 그동안 삼진 아웃에, 병살타를 당하면서 살아온 것과 같다. 장애가 있는 나를 처음부터 탐탁하지 않아 했던 시어머니, 녹록하지 않은 시집살이와 매사 당신 아들을 내세우는 유세, 또 주위의 시선과 선입견과 맞서야 했다. 나는 내 아들만을 바라보며 인내하는 삶이었다.

그런데 이제 아들이 어미의 고단했던 마음과 삶을 헤아려 준다. 야구 경기를 보는 내내 든든한 보호자가 되어 주었다. 마치 뒷좌석에서 경기 규칙에 관하여 아이가 질문하고 엄마 아빠가 답해주는 것처럼 나도 아들에게 질문하고 아들이 설명해 주면 고개를 끄덕였다. 늘 긴장하면서 사느라 쌓인 스트레스가 녹아내리고 오래된 체증이 뻥 뚫리는 듯했다.

야구 경기를 보면서 마치 우리의 인생사 희로애락이 녹아 있다는 생각이 들었다. 선수의 일거수일투족을 보면 승리 팀의 기쁨과 패배 팀의 아쉬움이 읽힌다. 인생 뭐 있나! 삼진아웃 당할 때도 있고, 볼넷의 행운을 얻을 때도 있으니 크게 다르지 않다.

그러나 엄밀한 의미에서 게임과 인생은 다르다. 게임은 질 때도 이길 때가 있어도 다음 게임을 기대할 수 있지만, 인생은 단 한 번뿐이다. 비록 인생이라는 게임에서 이길 확률이 희박해도 우린 늘 이길 것을 기대하고 산다. 여러 번 헛스윙 해도 언젠가 한 번은 홈런을 치고 말 것이라는 희망으로 공이 날아오는 순간에 초점을 맞추고 응시하며 살아야 한다. 만루에서도 삼진 아웃 되어 패배하거나, 병살타로 점수를 얻지 못해 원통한 순간도 많을 것이다.

굴곡진 내 삶을 되돌아보면 볼넷의 행운은 단 한 번도 없었다. 삼진 아웃이라든가 만루에서 쓴잔을 마신 패배자가 느낄 아쉬움이 더 많았다. 그나마 단 한 번 홈런을 쳐서 얻은 아들은 나에게 큰 행운이다.

아들에게도 역시 인생의 잔루가 만루로 회가 바뀌면서 다음 기회를 노린 적도 있다. 승리를 눈앞에 두었는데 그간의 모든 노력이 물거품이 되어 허망하게 원점이 되었을 때도 있었다. 그때 아들은 무슨 생각을 했을까? 그때는 희망과 기대라는 단어가 세상에서 없어진 줄 알았겠지. 아들은 뼈아픈 기억으로 남았을 경기에서도 과감하게 일어서 다음 목표를 다시 정하고 미래라는 운동장으로 뛰어나갔다. 성악가의 꿈을 접고 목회자가 되어서 지금은 선교활동으로 나를 인도해 주었다. 마치 안타를 친 투수처럼 우뚝 서 있을 자기의 모습을 보여주려고 나와 함께 비를 맞으며 힘껏 소리치는 거라는 생각이 들었다.

앞으로 아들이 나와 몇 번이나 함께 더 야구장에 가 줄 것인가. 나이가 든 엄마랑 경기를 보는 것이 아들에겐 큰 재미가 있을까 싶지만, 이 어미를 살뜰히 챙기고 있다. 내가 힘들고 지쳐 있을 때 아빠의 빈자리를 채워주려는 아들이 나에게 긴 안타이며 홈런이다.

야구 경기를 보는 내내 나는 9회 말 연장 게임에서 마치 솔로 홈런으로 승리를 이끈 투수라도 되는 양 의기양양했다.

남편이 세상을 떠난 후로 아들은 더 듬직해졌고, 하나님과 나를 이어주었다. 덕분에 나는 약국에서 종일 앉았다 일어났다 동동거리면서도 고객에게 미소를 머금고 친절하게 대할 수 있다.

[그린에세이 신인공모 당선작 66회(2025)]

한 뼘 멀어지기

아들은 오랫동안 자기가 가고 있는 길이 옳은지 고민하다가 하나님을 만났다. 때론 하나님이 1%를 도와주지 않아서 자기 꿈이 흩어져 버렸다고 원망한 적도 있다.

내 인생에 색깔과 향기를 더해주는 선물이 있다면 그것은 하나밖에 없는 아들이다. 부모는 자기보다 더 나은 모습을 자식에게서 보고 싶어 한다. 내 아들도 어려운 상황에서 꿋꿋하게 이겨내고 꿈을 향해 노력하여 주위 사람으로부터 인정받고 칭찬받는 사람이기를 원하였다. 아들은 분명한 삶의 목적이 하나님 사랑을 전하고 세상을 변화시키는 일이라 한다.

어렸을 때부터 워낙 온순해서 여느 아이들처럼 길에서 떼를 쓰거나 소리 지르며 우는 일이 없었다. 어떤 것이든 한번 가르쳐주면 잊어버리는 일이 없어 모든 엄마가 그랬듯 나도 아이가 천재인 줄 알았다. 3살 때쯤 내가 운영하는 약국에서 손님이 달라고 하는 것을 냉장고에서 딱 맞게 갖다주었다. 그러고는 냅다 고사리손을 내밀어 돈을 달라고 해서 모두 웃곤 했다. 어린애 앞에서는 냉수 한 잔도 못 마신다고 했던가?

아이가 처음 영어를 배우기 시작할 즈음, 컴퓨터를 정리하는데 자판 밑에 A4 용지가 놓여 있었다. 내 눈길을 사로잡은 문구는 'My favorite lover is grandmother.'였다. 남자의 사랑은 하나에 집중한다고 하더니. '열 달을 뱃속에 담은 껍데기인 나를 이렇게 철저하게 무시할 수 있나?' 나는 너를 낳고 키우느라 힘들게 일하고 내 인생을 더러는 포기하고 사는데….' 그러다가 입술을 꼭 깨물었다.

섭섭한 마음이 들어 며칠 말을 안 하고 했여 속 좁은 엄마라고 할까봐 억지로 숨기려니 속에서 불이 났다. 그런데 아들의 말을 들어 보니, 자기 딴에는 고민을 많이 하며 써낸 영작문이란다. 만약 엄마라고 썼을 경우 할머니가 그 사실을 알면 할머니 성격에 자기에게 오는 화살이 두려웠다, 할머니의 엄마를 향한 시집살이가 안타까워서 눈물 흘렸다. 나보다 상황 대비를 잘하는 속 깊은 놈이었다. 그런 아들이 기특하긴 하지만 내가 받은 상처는 역시 상처였다. 반기문 유엔사무총장처럼 유엔 쪽의 일이나 교수가 되라고 했더니, 어느 날 수련회를 갔다 온 이후 성악을 하겠다고 하여 가족을 놀라게 했다. 나는 비전은 사람을 유익하게 하는 일이고 어떤 어려움이 있어도 뒤돌아보지 않는 것이라고 말했다. 큰 꿈을 갖기 위해서는 목숨까지 버릴 열정으로 기도해야 하는 게 아닐까?

예술을 직업으로 가진 아버지가 우리를 힘들게 했던 생각이 났다. 자식이 원하는 걸 제대로 해주지 못한 것을 내 부모를 통해서 간접 경험했었다. 아들의 환경이 그렇게 될까 염려돼 마음이 편하지 않았다. 가족회의 끝에 요즘은 재능 하나면 힘들게 살지는 않는다는 결론을 내리고 그 길을 밀어주었다. 자신이 선택한 길에서 매해 고민하며 걸어왔지만, 결국 행복한 성악가가 되었다.

그러나 상급학교로 가려는 노력이 물거품이 되는 몇 번의 고비를 넘겄다. 가장 추운 겨울 대학원 시험을 치르기 하루 전날에 교통사고가 나고 코로나로 인해 독일 유학의 길이 쓴잔을 마셔야만 했다. 아들은 큰 소리로 울었다. 나는 옆에서 등을 쓰다듬어 주는 일밖에 할 수 있는 일이 없었다. '우리가 바라는 게 큰 것도 아닌데 정말 하나님이 어디 계시는가?' 하며 남몰래 흐느꼈다. 누군가 때를 기다리라고 방향을 틀어버리는 듯한 느낌이었다.

하지만 그는 목표가 사라져서 서 있을 힘조차 없던 상황에도 잘 버텼고, 다른 사람처럼 그 흔한 술도 먹지 않고 흩어진 모습조차 보이지 않았다. 힘이 들 때면 조용히 혼자서 여행을 다녔다. 너무 많이 걸어서 때론 발이 퉁퉁 부어 돌아오곤 했다. 힘든 마음을 전혀 내색하지 않고 말조차 아꼈다. 자기의 인생을 한 발짝 더 내디디려는 몸부림이었기에 나의 간섭도 소용없었다. 뭔가 아들을 향한 세상의 일을 새로 계획하기만 하면 전부 도돌이표처럼 원점으로 돌아왔다. 마음 비우고 물 흐르듯이 가만히 지켜보고 있을 때 서야 일이 순리대로 풀려나갔다. 아들의 자율적인 의사에 맡기고 이를 악물고 기도만 해 주었다. 어미의 손에서 벗어나 자기 인생을 개척하려는 안간힘을 썼다. 그 후에 아들은 방향을 바꿔 다른 길을 찾아갔다. 지금은 신학대학원에서 공부하며, 송파구에 있는 교회에서 찬양하는 교육 전도사이다.

이제는 나의 홀로서기가 더 절실하게 필요한 때이다. 내가 아들을 가장 사랑하고 보호하고 싶은 사람이지만, 속내는 어쩌면 아들에게 더 보호받고 싶었는지도 모른다. 그러나 더 큰 꿈을 위해 나아가는 아들의 발걸음에 방해가 되지 않아야 한다는 생각이 든다. 내가 내 길에서 열심히 살아가듯, 아들도 자기 길에서 더 빛나는 영광을 위해 가야 하므로 뒤에서 조용히 격려해 주련다.

 요즘 아들에게서 한 뼘씩 멀어지는 연습 중이다. 내게 선물로 주신 아들을 지금까지 키우게 하신 분은 하나님이시다. 나의 역할과 사명은 여기까지다. 이젠 하나님이 쓰신다고 하시니 모든 걸 맡기고 하나님의 일하심을 지켜보려 한다. 가장 높은 곳에 계신 하나님을 바라보며 기도하듯이, 항상 애정의 눈길로 아들을 지켜보며 기도하는 것이 엄마인 나의 사명이 아닌가!

버려진 아이들

최용훈*

....

　오늘 이상의 수필 '권태'를 읽고 온종일 마음이 찡하다. 뭐라고 말할
수 없는 애절함과 쓸쓸함이 가득하다. 그리고 어린 시절 골목을 뛰어
다니며 들었던 그 소리가 다시 들려왔다. 그 시절의 소리들. 엿장수의
가위 치는 소리, 두부 장수 종소리, 나를 부르는 엄마의 소리. 그렇게
동심으로 돌아갔는데 왜 마음이 이렇게 아려올까.

　가난한 시골 마을, 어린아이들이 놀고 있다. '돌멩이를 주워 온다.
풀을 뜯어온다. 돌멩이로 풀을 짓찧는다. 푸르스레한 물이 돌에 가 염
색된다. 그러면 그 돌과 그 풀은 팽개치고 또 다른 풀과 돌멩이를 가져
다가 똑같은 짓을 반복한다. 한 10분 동안이나 아무 말도 없이 잠자코
이렇게 놀아본다.' 지루해진 아이들은 일어서서 하늘을 향해 두 팔을
흔든다. 비명을 질러본다. 이상은 아이들의 노는 모습을 보며 눈물을
흘린다. 가난한 부모들은 아이들을 위해 장난감 하나 사 줄 수 없었다.
너무 바빠서 같이 놀아줄 수도 없었다. 이래저래 또다시 지루해진 아

---

* 〈그린에세이〉로 등단. 연극평론가, 번역사, 현대영미어문학학회 회장. 가톨릭관동대학교 명예교수
　(영문학)

이들은 이제 새로운 놀이를 만들어 낸다. 다 같이 주저앉아 한 무더기씩 대변을 본다. 그리고 하나둘씩 자리에서 일어난다. 그런데 그중 한 아이가 도무지 일어나지 않는다. 대변이 나오지 않았기 때문이다.

'권태'를 읽으며 나는 대학 시절에 읽었던 또 한편의 글을 떠올렸다. 한수산이 쓴 수필 속의 아이들은 도시의 아이들이었다. 아파트의 아이들. 그들은 거리에서 파는 병아리를 사 와 아파트의 옥상에서 그것을 날린다. 아직 날개 펼 힘도 없는 어린 생명을 허공에 날린다. 수십 년의 간격을 두고 나온 이 두 수필은 이상하게도 내게는 크게 다르지 않았다. 아이들이 오버랩되고 권태가 느껴지고 진한 안타까움이 나를 사로잡았다.

그리고 난 오늘의 아이들을 생각한다. 외로운 아이들. 아파트 문을 열고 텅 빈 집으로 들어온 아이들은 책가방도 벗기 전에 컴퓨터 앞으로 달려간다. 그리고 현란한 색채의 게임에 몰두한다. 모두 똑같은 표정이다. 아니 표정이 없다. 마치 흰색 가면을 쓴 연극무대의 좀비들 같다. 다른 것은 내가 느끼는 감정뿐이다. 섬뜩하다. 병아리를 던지는 짓궂은 아이들의 잔인함보다도 더 서늘한 냉담함. 누구도 자신의 세계에 들어올 수 없다는 듯 앙다문 입, 깜박거리는 눈. 그것들이 날 두렵게 한다. 저들을 안아줘야 하는데. 다정하게 말을 걸어주어야 하는데. 어른인 나는 그저 바라볼 뿐이다.

그 상념의 끝자락에 한 여학생과의 면담을 떠올렸다. 자퇴 원서를 들고 찾아온 그녀 얼굴에도 표정은 없었다. 늘 무표정하고 냉소적이고 무심해 보였던 그녀였다. 입학 후 4년의 대학 생활 중 반복된 휴학, 세 번의 학사경고 그리고 이제 표정 없는 얼굴로 자퇴를 위해 내 도장을 받으러 온 그녀. 학과 생활에도 무관심하고 친구도 없고, 어쩌다 수업에 와서는 늘 딴생각만 하는 것 같았던 그 여학생. 나는 이미 시작한 학기를 채우고 차라리 다음 학기에 휴학하라고 권했다. 그리고 나중에 사정이 나아지면 대학 졸업장이 꼭 필요할지 모른다고, 졸업장이 없는 것과 있는 것은 큰 차이가 있는 것이라고, 젊은 시절이 고생스럽다고 이렇게 포기하면 안 된다고 설득했다. 그리고 여기저기 전화해서 휴학은 몇 학기까지 가능한지 장학금 신청을 하려면 최소 몇 학점이나 얻어야 하는지를 묻기 시작했다. 그러는 동안 그녀는 눈 하나 깜박이지 않고 나를 바라보았다. 그리고 자퇴 후라도 재입학이 가능하다는 교무처 직원과의 통화를 듣고 난 후에 그녀의 얼굴에 묘한 안도감이 떠오르는 것을 나는 보았다. 그리고 그제야 중간고사 이전에 휴학하면 등록금 전액을 받을 수 있었는데, 그 기간은 놓쳤고 자퇴라도 하면 등록금의 3분의 2는 돌려받을 수 있다고 했다. 난 순간 화가 났다. 그렇게 장학금 신청도 안 될 만큼 학점 관리도 못 하고, 이제 자퇴 원서를 들고 온 마당에 무슨 등록금 반환 타령인가. 좀 더 신경 썼으면 국가장학금도 있고, 가정형편에 따라 학교에서 주는 장학금도 많은데…. 이렇게 무책임한 아이에게 뭐라고 해야 하나. 나는 한숨을 쉬며 자퇴하더라도 재입학이 가능하다니 절대 학업을 포기하지 말라고 말했다. 그리고 어렵게 입을 뗀 그녀의 이야기를 들었다.

새어머니와 같이 살던 그녀는 대학 입학 후 아버지가 갑작스럽게 세상을 뜨자 홀로 독립해 아르바이트하며 학비와 생활비를 벌었다고 했다. 잦은 휴학에 친구도 못 사귀고 선생님들과 진지한 대화도 나눠보지 못했다고 했다. 순간 나는 그 여학생의 생활이 어땠을지를 짐작하고 뭔가 위로의 말을 하고 싶었다. 그러다가 겨우 '누군가와 얘기하고 싶으면 내게 전화해.'라고 말했을 뿐이었다. 그 순간 그 무표정한 얼굴 위로 그녀는 왈칵 눈물을 쏟았다. 그리고 서둘러 자리에서 일어섰다. 그녀가 나간 연구실 문을 바라보며 난 생각했다. 그들에게는 눈물이 없는 줄 알았는데…. 권태 속의 아이들, 병아리를 날리던 아이들, 그리고 무표정하게 게임에 몰두하는 아이들. 그들이 문제가 아니었다. 내가 문제였다. 아이들의 무표정함에 속아 그들의 아픔과 슬픔을 외면하고 속으로 그 철없음을 나무라던 어른들이 문제였다. 그 외로운 아이들을 안아줄 마음 없이 인색했던 내가 정말 싫었다.

미안하다.

[그린에세이 신인공모 당선작 67호(2025)]

조금 느려도 좋은 삶

우보천리(牛步千里) 마보십리(馬步十里)라 한다. 느린 소걸음도 천 리를 가면 먼 길을 가는 것이고 서둘러 말을 달려도 멀리 가지 않으면 소걸음만 못하다는 뜻일 것이다. 어린 시절 들었던 토끼와 거북이의 우화도 다르지 않다. 영어 속담에는 '천천히 서둘러라.'(Make haste slowly)라는 말이 있다. 서둘러 제대로 못 하면 늦는 것만 못하니 급할수록 천천히 하라는 조언이다.

내게 있어 가장 마음이 급했던 때는 분명한 삶의 행로가 정해지지 않았던 삼십 대였던 것 같다. 남들이 다 하는 고정된 직장도 없이 시간강사 노릇에 몸만 피곤했던 시절이었기 때문이다. 게다가 돈 안 되는 예술을 한답시고 부모님이 물려준 많지도 않은 재산을 탕진하고 있었으니 누가 봐도 한심한 한량 꼴이었을 것이다. 그래도 좋은 은사 만나 사십에 대학에 자리를 잡아 선생 노릇을 했으니 운은 좋은 모양이었다.

내 인생에서 한 번 더 마음이 바빴던 시기는 정년퇴직을 앞두고 만난 코로나 시기였다. 아무것도 하지 못하고 시간만 죽이고 있는 것이 버려진 가구처럼 낡고 쓸모없는 중늙은이의 모습이었다. 65세! 그나마 학교여서 다른 직장보다 퇴직은 늦었지만 그게 그렇게 좋은 일만은 아니었다. 30여 년 세월을 학자인 척 교수인 척 유유자적하다 보니 다른 일에는 그다지 신경을 쓰지 못하고 노년의 초입에 들어서고 있었기 때문이었다. 남들은 퇴직을 대비해 무언가를 배우기도 하고 계획도 세우고 그런다는데 나는 도무지 무엇을 해야 할지, 할 수 있는 일이 있을지 생각조차 못 하고 있었다.

그렇게 30대의 조바심은 사십 대로 이어지고 퇴직 전의 암담함은 무직의 삶으로 이전했지만 뭐 그리 달라진 것은 없다. 다른 것이 있다면 종이 냄새나는 책에 색줄을 긋거나 노트에 잔글씨를 적던 것이 이젠 모두 컴퓨터로 이루어진다는 것, 그리고 논문 때문에 읽던 책들이 전공과는 무관한 글들로 바뀐 것뿐이다. 삶이 고루한 것은 별반 다르지 않다.

돌이켜보면 인생이 참 짧다. 어찌 보면 무척 서둘렀던 시간도 도화지에 찍힌 점 하나일 뿐이다. 하긴 서두르고 바빴던 건 매 순간일지 모른다. 서둘러 출근하고, 뛰다시피 버스에 올라타고, 강의 준비하고, 짧은 시간에 점심 먹고 커피 한 잔 손에 든 때에도 다음 일을 찾아 마음은 늘 분주했다. 하릴없이 나이 들어 보니 가진 것은 시간뿐인데 여전히 부산한 아침이고 점심이고 저녁이다. 고즈넉한 시간은 남들 다 잠든 한밤 써지지 않는 글 한 줄기 붙들고 고심하는 지금뿐이다.

삶이 바쁜 것은 짧아서만은 아닌 것 같다. 마음에 품은 번잡한 생각 때문이다. 서두름은 행동에 있는 것이 아닐지 모른다. 오히려 생각과 마음에 있을 것이다. 패키지여행을 떠난 사람들의 모습을 보면 더욱 분명해진다. 생전 처음 보는 그 웅장한 자연, 역사의 흔적들, 박물관 안의 그 위대한 인류의 유산들을 앞에 두고도 관광버스 기다리는 주차장으로 서둘러 몰려가는 모습은 영원을 이루는 매분 매초를 다음을 위해 흘려보내는 우리네 인생의 다름 아니다.

정연복 시인은 〈느림의 미학〉이라는 시에서 이렇게 말한다.

일찍 피는 꽃/ 눈에 쏙 들어온다/ 제철에 딱 맞추어 피는 꽃/ 참 착하고 예뻐 보인다./ 하지만 뭐니 뭐니 해도/ 제일 예쁜 꽃은 따로 있다/ 좀 늦게 피어/ 늦게까지 피어 있는 꽃이/ 내 눈에는/ 으뜸으로 예뻐 보인다./ 쏜살같이 흐르는 물이 아니라/ 급할 것 없이 유유히 흐르며/ 바다로 굽이도는 강물이/ 참으로 아름답듯이.

늦게 피어서가 아니라 늦게까지 피어있어 아름다운 꽃, 흐르는 듯 마는 듯해서가 아니라 여울을 만나면 급해지다가도 넓은 물줄기에 섞이면 다시 여유롭기에 아름다운 강물, 인생이 그랬으면 한다. 마지막까지 추하지 않게 피어있는 꽃, 모든 것을 품고 유유히 흐르는 강물이고 싶다. 소처럼 느릿느릿하지만 꾹꾹 눌러 밟는 우보의 걸음이 아름답다.

계절은 바뀌어도

1960년대 세계적 명성을 누렸던 그리스의 록밴드 아프로디테스 차일드(Aphrodite's Child)의 〈봄 여름 겨울 가을(Spring Summer Winter and Fall)〉이라는 노래가 있다.

왜 겨울(윈터) 다음에 가을(폴)일까 하고 궁금해했다. 나름 무슨 특별한 이유가 있는 것일까? 노랫말 안에는 가을과 겨울을 바꾸어놓을 아무런 이유도 찾을 수 없었다. 하지만 노래를 들어 보면 알게 된다. '폴'이라는 단음절을 뒤로 놓아야 노래 속의 음이 딱 들어맞는 것이다. 결국 가사와 음률의 문제였을 뿐이다.

여름 뒤의 겨울, 겨울 다음의 가을. 그렇게 계절이 바뀔 수 있다면! 마치 동화 속 이야기를 상상하듯 계절을 뒤집어 놓아보면 어떨까? 여름의 더위가 하루아침에 겨울의 추위로 바뀐다. 추운 겨울이 지나니 높은 하늘과 부드러운 바람과, 가끔은 쓸쓸한 가을이 온다. 그래도 괜찮지 않을까? 가을 다음에 햇살 가득한 봄? 뭐 그럴 수도 있겠지. 기상학의 이론을 잠시 접어두면 계절을 마구 뒤섞어 놓아도 큰 문제는 없을 것 같다. 매년 계절의 순서가 바뀌어도 좋다. 준비 없이 맞는 계절의 변화도 묘미가 있지 않은가?

계절의 역전(逆轉)은 어떤 변화를 일으킬까? 가을 다음에 봄이 온다면 우린 봄을 그토록 간절히 기다리지 않을지 모른다. 가을의 황혼 뒤에 겨울의 절멸이라는, 그리고 다시 봄의 재생과 여름의 절정이라는 계절의 변증법은 사라지고 말겠지. 그래서 계절에 관한 수많은 시와 수필들은 모두 새로운 문장으로 바뀌게 될 것이다. '봄이 되어도 봄 같지 않다'라는 왕소군(王昭君)의 한탄은 누구의 가슴에도 와닿지 않을 것이다. 여전히 외로웠던 가을 뒤에는 봄의 도래가 그다지 감흥을 일으키지 않을지도 모르니까. 세상이 바뀌고, 마음이 뒤집히고 모든 것이 뒤죽박죽일지도 모른다. 하지만 그 혼돈의 시간에도 지금처럼 살아남을 수 있는 질서는 만들어지지 않겠는가.

가정(假定)은 늘 현실의 반전을 전제로 한다. '클레오파트라의 코가 일 인치만 낮았더라면 "역사는 바뀔 것인가?" 브라질에서 나비 한 마리가 날갯짓을 하면 "텍사스에 돌풍이 일어날 것인가? 생각은 자유니까 뭐든 가정해 볼 수 있는 일이다. 소설 속의 이야기처럼 어느 날 아침 일어나 보니 내가 커다란 벌레로 바뀐다면, 시간을 서로 사고팔 수 있다면, 누군가의 한 달이 남보다 길거나 짧을 수 있다면, 그래서 어떤 달이 25일이나 32일에 끝난다면….

내가 하늘을 날 수 있다면 어떨까? 사실 나는 몇 년 전까지도 하늘을 나는 꿈을 꾸었다. 땅에서 뛰어올라 몸을 띄우면 허공에서 다시 발을 굴러 솟구친다. 몇 번을 오르면 하늘 높은 곳에서 새의 날개처럼 두 팔을 벌리고 선회한다. 세상이 아득하게 내려다보인다. 그런데 언제부터인가 그 꿈이 멈췄다. 나이가 든 것일까? 높은 곳에서 떨어지는 꿈에서 멀어진 것과 같은 이유일까? 상상은 자유라지만 그 자유에도 한계가 있는 모양이다. 하지만 그 끝에 또 다른 상상이 자리하겠지. 계절을 바꾸고 하늘을 나는 꿈자리에서 이젠 다른 꿈을 꾼다.

익선동 거리를 걷는다. 골목을 빠져나와 안국역 쪽으로 향하니 30년 전 모퉁이 길에 있던 찻집 브람스가 보인다. 이름만 남아 있겠지? 발이 이끄는 대로 계단을 올라 2층의 문을 여니 바닥과 천장의 목재가 예전의 그것이란다. 물론 손을 봤겠지. 그런데 60대로 보이는 여주인은 내가 앉은 의자마저 그때의 그것이라고 주장한다. 정말일까? 수십 년 동안 잠들었다가 깨어난 립 반 윙클이 된 기분이다. 북촌의 언덕은 남아 있건만, 광화문 네거리를 걷던 연인들, 명동의 신사들은 모두 어디로 갔을까? 하지만 모든 것이 변해도 여전히 남아 있는 것들이 있다. 오래 전의 기억들은 변하지 않고 내 속에 남아 있으니까. 그래서 가을과 겨울이 뒤바뀌어도 계절과 함께 깊어져 온 기억들은 여전하겠지.

아프로디테스 차일드의 노랫말에 이런 구절이 나온다. '봄 여름 겨울 가을은 모든 것 안에 있어요.' 인생 속에도, 사랑 속에도, 내 기억 안에도 계절은 여전히 남아 있다. 아지랑이처럼 피어오르는 봄의 나른함, 그해 여름 북적대던 망상 해변, 강아지와 함께 남긴 눈 위의 발자국, 단풍으로 불타는 설악의 등줄기는 계절이 바뀌어도 여전히 내 안에 있다. 우리네 삶이 그런 것 같다. 가끔 순서가 바뀌어도, 그래서 모든 것이 엉망이 되어도 삶에 찍힌 발자국은 늘 같은 방향을 향하고 있지 않은가?

종각 뒤편 시몽 다방은 더 이상 현실 속에 존재하지 않는다. 사랑했던 많은 이들도 이제는 함께 체온을 나눌 수 없다. 어린 시절 크기만 했던 학교의 후문도, 강의실의 설렘과 웅성거림도 이젠 모두 꿈처럼 희미하다. 하지만 그날의 느낌, 그 냄새와 소리와 빛깔은 여전히 내

가슴 속에 박혀 사라지지 않는다. 그래서 다시 꿈꾼다. 남아 있는 기억의 순서를 바꾸어 나는 영원히 그곳에 있다. 계절은 바뀌어도, 사랑은 가도, 아직까지 남아 있는 아련한 그리움. 그 오래된 노래의 가사처럼 내 삶의 조각들은 모든 것 안에 있다.

어머니의 택배 상자

최은영*

....

택배 상자가 도착하였다. 상자 위 흔들리는 글씨체로 친정어머니가 보낸 택배라는 것을 금방 알 수 있었다. 며칠 전부터 서너 번 택배 도착을 확인하는 어머니의 전화를 받았기에 내용물이 무엇인지도. 봄 쪽파이다. 쪽파로 파김치를 만들어 며늘아기들 주라고 보내셨다. 결혼한 지 얼마 안 되는 며늘아기들이 집밥을 좋아해 무말랭이도 여러 번 만들어 주었다는 이야기를 기억하셨나 보다.

상자 안에는 달력 종이에 둘둘 말아 노란 고무줄로 묶어놓은 쪽파와 쥐포, 깐 더덕이 있었다. 뿌리가 다듬어져 깨끗한 쪽파는 묵직했다. 두 단은 되어 보였다. 바로 도착을 알리는 전화를 했다. 쥐포는 두들겨 야들야들하게 만든 다음 파김치에 넣고 깐 더덕도 아이들 바쁘니 양념해서 주라고 하며 전화를 끊으셨다. 펼쳐진 싱싱하고 귀한 식재료에 어머니 마음이 푸릇푸릇하게 피어올랐다.

쪽파는 주로 8월 중순, 가을 농사 시작할 때 심어 9~10월에 수확한

* 〈그린에세이〉 등단. 원예치료사, 도시농업관리사, 별뜰문학회 회원

다. 택배로 온 봄 쪽파는 겨우내 땅속에 있던 쪽파씨가 이른 봄기운에 자라 올라온 것이다. 고향 땅에서 수확한 쪽파를 보니 고향의 봄을 제대로 만나는 듯했다. 어머니가 보내주신 봄 쪽파는 슈퍼에서 보는 쪽파보다 길이가 짧았다. 겨울을 견디고 올라와서 그런 걸까. 씹으니 맛이 진하고 단맛이 강하게 올라왔다.

먹성 좋은 아들 둘 키우느라 요리를 제법 하는 편이지만 능숙한 손맛으로 하는 것은 아니다. 평생 일하며 가장 역할을 한 어머니에게 손맛을 배울 기회는 없었다. 대학 시절 하숙집 아주머니에게 반찬이 너무 맛있어 무 국물 더 달라고 했다가 모두 웃는 봉변을 당했다. 그때 처음 알았다. 그것이 동치미라는 것을.

가정생활에 대한 배움이 부족했던 나는 어릴 때는 요리책으로 요즘은 SNS 검색으로 온갖 비밀 레시피를 찾아 도움을 받는다. 이렇게 따라 하는 사람들의 특징이 있다. 할 때마다 맛이 다르다는 것. 며늘아기에게 무말랭이를 만들어 주었을 때도 아이들이 맛있다고 하면서 맛이 달라졌다고 했다. 매번 검색해서 선택한 요리법이 달랐으니 그럴 만하다.

파김치 요리법을 검색하였다. 최근 유명 연예인이 만들어 호평을 받는 기사가 눈에 띄었다. 김치 할 때 주로 사용하는 멸치 액젓이나 까나리액젓을 사용하지 않고 꽃게 액젓을 넣어 만든 방법이었다. 처음 써보는 꽃게 액젓은 깊은 감칠맛과 단맛이 나 쌉쌀한 쪽파와 잘 어울렸다. 김치풀도 만들지 않고 바로 만들면 되어 짧은 시간에 파김치를 만들 수 있었다. 양념이 잘 버무려진 파김치 사진을 어머니에게 보내고 김치통에 담으면서 어머니의 택배들을 생각했다.

작년 초, 둘째아들 결혼을 앞두고 친정에서 아주 큰 택배가 도착하였다. 메주 두 개와 굵은 소금, 그리고 간장을 담을 옹기 단지 두 개. 한구석에는 비닐에 담긴 마른 붉은 고추 세 개와 숯까지 있었다. 깨지지 않게 하려고 완전히 무장한 단지들의 모습이 가관이었다. 팔순이 넘어서까지 일하시는 어머니의 된장 담는 모습은 보지 못하였다. 그런 어머니가 아파트에 사는 나에게 된장과 간장을 담으라고 살뜰히 챙겨서 보낸 거다. 반짝거리는 단지가 안 깨지고 잘 도착했다는 게 천만다행이었지만 한 번도 장을 담가 보지 못한 나는 난감했다. 외손자가 결혼하고부터 갈수록 택배의 난이도가 높아지고 있었다.

큰 택배 상자를 열면서 한숨이 나왔다. 도착한 모습을 사진으로 담고 전화를 하였다. 어머니는 이제 며느리가 둘이나 되니 장을 담가야 한다고 했다. 요즘 사람들이 된장을 얼마나 먹느냐고, 시중에 파는 된장도 좋은 재료로 잘 만든다고 하며 투덜거렸다. 식탁 위에 놓여 있는 메주 두 덩어리를 노려보면서. 어머니는 장은 아들 집에서 만들어 보내야 한다고 단호하게 말씀하셨다. 그런 풍습이 있었냐고 하자 너희 시댁에서 그랬다고 하였다. 결혼한 지 30년이 넘었는데 처음 듣는 이야기였다. 시댁과 친정은 서로 다른 지역이 아니다. 500m 정도 떨어진 가까운 거리에 있었는데 그렇게 서로 모르는 풍습이 있었다니.

신혼집으로 살림이 왔었다. 부모님이 고향 집에서 이것저것 모아 트럭에 실어 서울로 보내왔다. 어머니가 아끼고 쓰지 않던 물건들을 챙겨 보내셨다. 선물 받은 2인용 한식 세트, 은수저, 커피잔, 하물며 행사 기념 쟁반까지. 트럭이 출발하려 할 때 시부모님이 장은 시댁에서 보내야 한다고 가져오셨다고 한다. 친정어머니가 된장, 고추장, 간장을 실었다 시댁 장 때문에 내렸을까. 아니면 미처 챙기지 못했는데 다 부지게 장만해 오셔서 기억에 오래 남아 있는 것일까.

예부터 간장 맛과 향을 대물림해 오는 씨간장 이야기가 있다. 잘 숙성된 간장을 적당량 남겨 다음 해에 새로 만든 장을 부어서 장을 담그는 것이다. 시부모님은 아들로 대가 이어진다 생각하듯 시댁 장을 대물림해야 한다고 생각하였을까. 이것저것 귀하게 모아 딸에게 보내는 신혼살림에 당당하게 자리 잡은 시댁의 된장, 간장, 고추장의 위세에 어머니의 마음이 어떠했을지.

거부할 수 없지만, 마음 편하지 않은 그 일을 참으로 긴 시간 숨어있었다. 어머니는 집에서 살림하는 시어머니를 부러워하기도 하였다. 딸이 시어머니라는 존재가 되니 마음의 빗장이 열린 듯하다. 일하느라 당신 며느리에게 살뜰하게 챙겨 주지 못하는 마음도 한몫한다. 지난 시간 당신이 하고 싶지만 할 수 없었던 살림에 대한 갈증이 택배로 도착하고 있다. 가르쳐 주지 않았지만, 뭐라도 만들어 내는 딸에게.

외손자 결혼 후 매해 딸집에 메주를 보내신다. 거대한 택배의 메주는 작년 3월에 첫 된장과 간장이 되었다. 어머니는 고향 동네 손맛 어르신이 물에 계란이 500원 동전만큼 떠오를 정도로 소금을 넣으라고 했다고 한다. 옹기 안에 소금물을 부어 메주를 담그고 여러 날 아파트 베란다 방충망까지 열어 해와 달이 담기게 했다. 다행히 노란빛의 구수한 향의 집 된장과 끓일수록 검은색을 띠는 간장이 되었다. 올해 도착한 메주는 메줏가루를 만들어 고추장 만들기에 도전하였다. 집에서 빻고 갈아 가루를 만들고 요리 고수의 최대한 쉬운 요리법으로 그럴싸한 고추장이 만들어졌다.

친정어머니의 택배로 어쩌다 장을 담그는 시어머니가 되었다. 아들 딸 모두 귀한 세상, 어머니의 따뜻한 마음의 씨간장을 대물림하려고 한다. 어머니에게 배우지 못한 손맛이지만 보내주신 사랑을 더하여 맛있게 버무려 본다. 힘이 나는 생명의 식탁에 함께 할 수 있게 어머니와 아이들에게 음식 나누는 날을 기대한다. 친정어머니의 다음 택배는 무엇일까. 어머니의 희망이 담긴 고향의 택배가 궁금해진다.

늦가을 두물머리

대학 4학년 여름이었다. 상봉터미널에서 모인 친구들과 함께 MT 기념사진을 찍은 다음, 버스를 타고 두물머리에 갔었다. 오가는 길에 우리는 얼마나 많은 이야기를 나누었던가. 친구들의 왁자지껄한 소리를 뒤로하고 민박집 마당에 서서 올려다보았던 밤하늘, 까만 하늘을 밝히는 수많은 별, 달빛을 품으며 조용히 흐르던 강물. 우리들의 꿈과 이야기를 안고 흐르던 두물머리는 그대로일까. 그날의 기억들은 가끔 나를 이끌어 그리움에 잠기게 했다.

그때 함께했던 친구 여덟 명과 같이 추억여행을 하기로 했다. 한 조각 한 조각 퍼즐을 맞추듯 추억여행의 여정을 맞추는 동안, 스물셋 꽃 같은 시절로 돌아가는 듯했다. 그렇게 찾은 두물머리, 추억 속의 강물은 여전히 유유히 흐르고 있었다. 고요하며 넉넉한 강물은 우리를 닮았다. 어수선하고 질펀했던 삶의 조각들은 강물처럼 잔잔해졌고, 또 무늬를 이루어 알록달록 곱게 현재를 물들이고 있는 모습이 그랬다.

두물머리 중심에는 수령 400년 느티나무가 잎을 다 떨군 채 묵직한 모습으로 서 있었다. 고요히 흐르는 강물을 내려다보고 있는 듯했다. 긴 세월 동안 한자리에서 묵묵히 우리의 굴곡진 역사를 지켜보았으리라. 우람한 둥치와 수많은 가지가 400년의 세월과 사연들을 안고 있는 지혜로운 큰 어른 같아 보였다.

우리는 느티나무를 맴돌았다. 여덟 명이 손을 잡고 옆으로 때로는 앞에 서서 웃고 떠들며 사진도 찍었다. 이미 중년이 깊어 가고 있는 우리는 대학생 때처럼 깔깔댔다. 친구들의 시끌시끌한 소리는 배경음악이 되고 마음은 더 고요해졌다. 30여 년 전 그날 밤의 기억이 어제인 듯 생생했다. 밀가루 안에 과자를 숨겨놓고 입으로 찾느라 얼굴이 온통 밀가루 범벅이 된 채, 웃고 떠들던 학창 시절. 저 느티나무 가지 어딘가에 우리의 그 시간도 담겨있을까.

두물머리 강가 주변엔 연밥주머니들로 가득했다. 한여름 찬란했던 연꽃이 지고 이제는 검게 그을린 듯 쪼그라져 있었다. 꽃이 지고 연밥에 열매만 남아 있는 모습이 빛나던 청춘을 흘려보내고, 이제는 아이들이 다 자라 엄마의 역할조차 별로 남지 않은 우리와 닮았다. 비어져 가는 현재의 시간을 다시 부풀리고 싶은 의욕이 일었다. 그럴 수 있을까, 아니 그래야 한다. 저 연밥주머니를 받치고 있는 뿌리를 기억해야 한다.

두물머리의 늦가을은 회복의 시간이었다. 동그란 연자육이 남아 있거나 이미 빠져버려 비틀어진 연밥, 치열하게 살아온 50대 우리의 모습이다. 제 역할을 다해 비어 있는 마른 연밥 주머니가 마치 낳고 기른 자식들이 성장하여 각자 제 길 찾아 떠나 빈 둥지를 지키는 중년 여인처럼 보였다. 공허한 마음이 편안하다고 위로하며 다음을 위해 몸과 마음을 추스르는 나처럼.

연잎 핫도그를 입에 물고 말을 잊은 채 물가를 바라보았다. 물속으로 떨어진 연자육이 물살을 타고 퍼져가길 연꽃은 얼마나 간절히 바랐을까. 물 깊은 곳, 부드러운 진흙 속에 숨죽이고 있을 연자육 모습도 그려보았다. 수분이 다 빠진 고동빛 연밥주머니의 충만한 빈자리가 보였다.

플라워클래스 강사인 나는 수업 때 연밥을 가을꽃 장식 소재로만 사용했을 뿐, 연꽃의 생애는 생각하지 못했다. 차가운 물 속에 뿌리를 내리고 내년을 준비하는 인고의 모습에서 연꽃의 노고가 엿보였다. 어느 때나 우리에게 이로움을 주고 자연의 순환 질서를 따르는 숭고한 모습이다.

두물머리에서 보내는 시간이 길어질수록 마음속 무게를 덜어주는 틈이 생겼다. 마음이 가벼워졌다. 중년이 되어 다시 찾은 늦가을 두물머리의 강물은 내게 말하는 듯했다. 잘 살았다, 잘 인내했다고. 청춘 시절에 보았던 여름 강물은 먼바다로 흘러갔듯 우리의 청춘도 다시 돌아올 수 없다. 중년을 사는 일이 여전히 버겁지만 치열하게 살았던 삶에서 한 발짝 뒤로 물러서서 자연과 휴식하는 지금을 곱게 간직하리라.

우리는 두물머리로 추억여행을 떠나기 전에, 같은 모양 다른 색의 티셔츠를 입기로 했었다. 찬 바람이 불었지만, 친구들과 외투를 벗었다. 포토존에서 각자 입고 온 티셔츠가 보이게 사진을 찍었다. 빨강, 노랑, 보라, 초록, 검은색 등 알록달록 티셔츠를 입고 카메라 앞에 섰다. 사진 찍으려고 순서 기다리는 사람들의 시선이 집중되었다. 나도 입고 온 초록 후드티 차림으로 포토존 사진 프레임에 앉았다. 하나 둘 셋에 맞추어 손으로 얼굴을 약간 가리는 포즈를 취했다. 얼굴이 작아 보여 우리가 좋아하는 포즈다.

잠시 멈춰있는 동안 찬 공기 사이로 내리는 부드러운 햇살이 얼굴을 간질였다. 인생길을 함께 걸어가는 친구들의 숨결을 느꼈다. 늦가을 두물머리를 닮은 우리는 카메라를 보고 활짝 웃었다. 유유히 흐르는 강물처럼 앞으로 인생 또한 그러하기를 기대하며….

[그린에세이 신인공모 당선작 68호(2025)]

쌀쌀맞은 봄, 삼월

바람이 차다. 텀블러 잡은 오른손이 냉기에 빨갛게 굳었다. 산책하며 따뜻한 차를 마시려고 한 게 욕심이었을까. 봄은 아직 우리를 허락하지 않는 듯 쌀쌀맞다. 지나가는 사람들 옷차림에 아직 겨울이 묻어 있다. 분명히 겨울이 아니지만, 겨울만큼 춥다. 아니 더 속까지 사무치게 냉기가 파고든다.

3월 초가 되면 언 땅이 녹아 흙냄새를 맡을 수 있어 산책길이 즐겁다. 하지만 감수해야 할 싸늘한 기온은 옷깃을 단단히 여미게 한다. 냉기와 함께 바람도 거칠게 분다. 멀리서 봄을 끌고 오는 듯, 머리카락을 흔들어대는 봄바람은 잔뜩 경계심을 가지게 한다. 오늘처럼 강하게 부는 돌풍은 건조한 공기와 만나 작은 불을 큰불로 번지게 하는 재앙이 되기도 한다. 그러기에 이른 봄인 삼월은 호락호락하지 않은 달이다.

차가운 봄, 유난히 바람이 부는 이유는 겨울 동안 머물던 차가운 공기가 북쪽으로 밀려 올라가면서 생긴 기압 차 때문이라고 한다. 봄바람은 세찬 힘으로 나뭇가지 끝에 남아 있는 마른 잎들을 떨어뜨린다. 그리고 겨울 동안 수분을 흡수하지 않은 나무뿌리가 물을 빨아들일 수 있는 증산작용을 하도록 도와준다. 나무를 맴도는 바람은 밑에 있는 물이 나무 꼭대기까지 올라갈 수 있도록 펌프 역할을 해 준다. 자연스러운 봄바람이지만 계절이 바뀌는 길목에서 사춘기 아이마냥 거칠기만 하다.

삼월이 되면 우리 일상에도 새로 시작하는 일이 많다. 대학 시절 삼월의 강의실은 언제나 싸늘했다. 봄이라고 멋을 부리느라 얇게 입고 와서 입술이 파랗게 되도록 추위에 떨었다. 수업이 끝나면 볕이 좋은 곳에 앉아 친구들과 수다 떨다 노곤해지던 시간. 두꺼운 전공 서적을 들고 걸으며 마음은 잿빛인데 꽃들이 피어있는 것에 심술이 나 봄이 싫다고 떠들던 시간. 이렇게 박자가 맞지 않는 달이 삼월이다.

삼월에 아이들은 새 학년이 된다. 개학이 되어 아이들이 학교에 가면 엄마들의 방학이 시작된다고 좋아했다. 하지만 단체생활을 하면서 아이들은 여지없이 감기에 걸렸다. 아이들 감기는 중이염으로까지 쉽게 번져 삼월 한 달은 밥 먹고 후식 먹듯이 약을 먹이던 기억이 있다.

어느 해는 큰 눈이 내리기도 했다. 그날은 아들의 고등학교 첫 모의고사 보는 날이었다. 새벽 5시. 남편의 이른 출근 후 소파에 잠깐 누웠다 눈을 떠 보니 아침 8시였다. 전날 강의 세 개를 한 것이 무리였다. 기존 수업과 삼월에 새로 시작하는 수업이 겹쳤던 것이다. 허겁지겁 아이들을 깨워 주차장으로 가니 자동차에 눈이 쌓여있었다. 너무 많이 쌓여 눈사람이 된 듯 차 형체만 겨우 알아볼 정도였다. 간밤에 폭설이 내린 것이다.

급하게 털어 보았지만, 영하로 내려간 추운 날씨에 자동차 유리는 허옇게 서릿발이 끼여 앞을 볼 수가 없었다. 머뭇거리는 나를 뒤로하고 아이는 운전석 앞 얼음을 손톱으로 긁어내기 시작하였다. 아들의 간절한 모습에 정신을 차리고 차에 있는 온갖 물건을 동원해 성에를

긁고 손의 온기로 얼음을 녹여 겨우 앞만 보이게 했다. 손이 곱아 제대로 펴지지도 않는 채 운전대를 잡고 출발하였다.

이미 시험이 시작되어 아무도 없는 하얀 운동장을 가로질러 뛰어가는 아들의 뒷모습을 잊을 수 없다. 쌓인 눈을 털어낼 틈도 없이 자동차 위에 싣고 운전석 앞 조그맣게 뚫린 유리창을 보며 학교로 운전해 갔던 그해 봄. 품속까지 사무치는 쌀쌀맞은 봄날이었다. 봄눈은 쉽게 녹아 봄눈 녹듯 한다는 말도 있지만, 그날은 그 말이 통하지 않았다.

싸늘한 삼월 산책길에 추위를 뚫고 잎도 없는 맨 가지에 꽃봉오리를 피우는 식물이 보인다. 매화나무, 생강나무와 산수유, 히어리까지. 겨울을 견디어 온 빈 가지에 연약한 꽃잎을 피워내는 모습은 두꺼운 옷 입고 그냥 지나치기 미안할 정도다. 이들은 이른 봄바람 불 때 수술 암술이 수정하기 위해 추위를 감수하고 탄생하는 꽃이다. 초록 잎이 생기기 전 나무 주변이 한가할 때를 놓치지 않기 위해서다. 일찍 피어나 다른 꽃들과 경쟁을 피하려는 노력에 더 눈길이 간다. 해가 뜨기도 전에 일과를 시작하는 부지런한 사람과 같지 않을까.

곱은 손으로 차를 마시며 산수유와 히어리가 꽃을 피우는 쌀쌀맞은 봄을 느낀다. 아직 겨울옷을 여미고 있는 나에게 앙상한 줄기 끝 연한 노란빛의 꽃송이가 말을 걸어오는 봄. 삼월의 봄이다. 삼월은 새 학년이 되어 아프면서 적응해야 하는 달, 해낼 수 있을 거로 생각했지만, 그러지 못한 아침이 있던 달, 꽃은 피어나도 나에게는 아직 봄이 오지 않아 속상했던 달이었다.

그럼에도 불구하고 봄바람으로 머리가 산발이 되는 삼월의 봄을 즐겁게 맞이하자. 벚꽃잎이 눈처럼 땅에 흩뿌려질 때가 오면 이 쌀쌀맞은 봄도 그리워질 테니. 아들은 첫 모의고사의 쓴 기억을 학창 시절 추억으로 이야기한다. 마치 맨몸으로 찬 봄바람을 이겨내 꽃을 피운 히어리 같아 고마움이 앞선다. 얼어 있던 땅속 물을 끌어 올리는 삼월에는 빈 몸으로 꽃을 피우는 나무들과 마주하자. 우리의 조각난 상처들도 꽃으로 피어날 수 있다고 믿으며. 그렇게 히어리가 피는 삼월의 봄, 벚꽃이 피는 사월의 봄, 철쭉이 피는 오월의 봄맞이를 정성껏 하여 풍성한 우리의 봄날을 기대해 보자.

내가 그린 에세이

그린에세이작가회 · 2
2025